中公文庫

三度目の恋

川上弘美

中央公論新社

目次

三度目の恋

昔の章

昔、と言いかけたとたんに、不思議な気持ちになりました。昔。それはいったいどのくらいの以前のことなのでしょう。わたしはもうさほど若くはありません。けれど、年老いてもいない。

昔。それは今のわたしにとっては、たったの数年前をさす言葉でもあれば、わたしが生まれたばかりの四十数年前をさす言葉でもあれば、もっと以前をさす言葉でもあるのです。そう。昔のある時、わたしは恋をしたのでした。あのひとに。

あのひとは、わたしにとっては、おにいさん、でした。初めて会ってから、恋が始まるまでは。最初のころは何回か、おじさん、と呼んだこともあったとか。わたしが二歳になるころだったと聞きます。

「おじさんは、やめて」

あのひとは、わたしを抱きあげながら頼んだそうです。自分で自分のよだれをふく智恵もなかったわたしは、盛大にあのひとの胸もとによだれをたらしつつ機嫌よくあのひとの頼みを無視し、おじたん、おじたん、と繰り返したのでした。
まだ中学生なのに、おじさんなのか、ぼくは。あのひとは笑い、わたしをぎゅっとあのひとの胸に抱き寄せたそうです。母も笑いながら、おじたんじゃなくて、おにいたん。ナーちゃん、でもいいかもしれないわね。そう言いました。ナーちゃん。原田生矢《なるや》。それが、あのひとの名前なのでした。

「とにかく、あなたはほんとうに最初からずっとナーちゃんが好きだったのよね」

母はときおり、驚いたように言ったものでした。

その通り。自分がナーちゃんに恋していることを、小学校のころすでに、わたしははっきり知っていました。

そんなに幼い者に恋の何がわかるものかと思われるでしょうか。

そうかもしれません。

なぜ自分がそんなにもナーちゃんのことを好きなのか、わたしにだって、わかっていませんでした。ただ、ナーちゃんのそばに行くと、わけもなく体が暖かくなるのです。気持ちがほのぼのするのです。最初のころは、そのことをどう表していいのかわからなくて、しかたなくわたしはやたらにナーちゃんにまとわりついては、「おにいちゃん」「おにいちゃん」と呼びかけました。まだわたしは、幼稚園にも入らない、よるべない幼児でした。幼稚園に入園したのは、四歳の時だったでしょうか。それまでずっと父母と過ごしていた、みっしりとした楽しさに満ちた家と、幼稚園とは、なんと違う場所だったことか。

まずお教室がわたしはきらいでした。なぜ幼稚園児は、みんなあれほど乱暴に駆けずりまわるのでしょう。なぜオルガンは、あのようにがちゃがちゃとうるさく弾かれるのでしょう。なぜみんなで声をそろえて愚にもつかない歌をうたわなければならないのでしょう。

できるだけほかの子たちと離れたくて、いつもわたしは幼稚園の庭の、園舎からいちばん遠いすみにしゃがんで、じっと地面を眺めていたものです。わたしが見つめる先の地面には、さまざまなものがいました。放射状に葉を広げたたんぽぽの緑。少し前に母が鳴らしかたを教えてくれたぺんぺん草。つんつん腕をさすとがった葉の群れ。その間に小さく芽をだしているうすみどりの草。ジャングルのように感じられるだろうそれらの植物の間を歩きまわるアリ。体の小ささにくらべてとてつもなく高く飛ぶツチバッタ。横飛びするニカメイチュウ。少し高いところをひよひよと飛びまわるシジミチョウやモンキチョウ、そして土の上にひらたくとまるヒカゲチョウ。

地面をじっと見つめているうちに、わたしもその小さな世界の一部になり、虫や草の中にまじって長い時間を過ごすことができるのです。そこには、面白がってわたしの髪をひっぱったり、気にくわないからといって隣の子をおしのけたりする野蛮な子どもは一人もいなくて、ただどの虫も植物も、自分が生きてゆくことだけをせいいっぱいおこなっているのでした。

ナーちゃんと一緒にいると、わたしはいつも、地面を見つめている時のような心もちになるのです。なつかしい場所にいるような。すっかり安心しきっていていいような。しんと明るいような。そして、安心しているのに、とてつもなく淋しいような。

あのいやな幼稚園に行かなくていいようになると、今度はわたしは小学校に行かなければなりませんでした。

小学校は、でも、幼稚園よりまだましでした。だって、少なくとも休み時間以外は、子どもたちが野放図に走りまわったり人にちょっかいを出したりすることはできなくなったからです。

小学校には、図書室もありました。静かな場所を求めて、わたしは小学校じゅうをさがしまわったのです。階段をのぼって上級生の教室をのぞき、大きいおにいさんやおねえさんにじろじろ見られ、廊下をたどって理科室の扉をあけて、大きながいこつににらみつけられ、さらに階段をのぼって屋上への扉を押し引きしてもびくとも動かず、あきらめてこんどは階段をどこまでもくだってゆくと、用務員室がありました。

「おや、珍しいね、こんなところまであなたのような小さな人が来るなんて」

　用務員さんは、言いました。用務員さんは大きな男のひとでした。小さかったわたしは、まるで天井を眺め上げるようにあごを上向けて、用務員さんを見ました。晴れやかな表情の用務員さんは、高丘《たかおか》さんといいました。

「ぼくはね、少し前からこの学校の用務員をしているんだよ。用務員っていう仕事は、なかなか面白い仕事だよね、知っている？」

　そんなふうに高丘さんは言うので、わたしは少しだけめんくらいました。学校の先生たちはふつう、こんなふうな調子では喋りません。

「高丘先生は、どのクラスの先生なの？」

　わたしが聞くと、高丘さんは笑いました。

「ぼくは先生じゃないよ。ぼくは、学校の世話をするんだ」

　学校の世話、という言葉に、わたしはぽかんとしました。

「あなたたちの世話をするのが、先生たちでしょう。それなら、あなたたちの使う教室や校庭の世話をする人間も必要っていうものじゃないのかな？」

　高丘さんのことを、わたしはじっと見ました。すぐにわたしは、高丘さんのことが好きになりました。高丘さんも、わたしのことをじっと見ました。高丘さんの方も、どうやらわたしのことを気に入ってくれたようです。

「たまに、遊びにおいで。でも、しょっちゅうは、だめだよ。ぼくはなにしろ、学校の世話をしなくちゃならないんだからね」

これで少なくとも一か所は自分の場所を見つけることができたということに、わたしは満足して、教室に戻ったのでした。

小学校には、あといくつかの静かな場所がありました。

がいこつのいる理科室は、最初は怖かったけれど、じきに慣れました。図書室には、あまり下級生はいないので少し入りづらいのですが、めだたない席をわたしはすぐに見つけました。校庭だと、花壇のすみっこ。体育館へ行く途中の渡り廊下の陰。昇降口のかたすみ。

あんがいだめだったのが、保健室です。あそこは、走りまわったり、ぺらぺら喋るのが好きだったり、あとは、人にかまってもらうのが上手な子たちが行くところでした。少なくとも、わたしの行っていた小学校の保健室は、そうだったのです。保健の先生は、ときどき廊下を歩いているわたしをつかまえては、

「顔色が悪いわねえ。髪も、長すぎよ。少し切ったらすっきりするんじゃない」

と注意しました。

わたしは生まれた時から、髪を切ったことがありません。最初は母の好みでのばしていたのですが、そのうちにわたし自身が切ることをこばむようになりました。小学校に入学する時には、すでに腰の近くまでのびていた髪を、ナーちゃんはいつだって、いつくしんでくれました。

「梨子《りこ》の髪は、さらさらしていてきもちいいね」

そう言って、ナーちゃんがわたしの髪をゆっくりと撫でおろす時、わたしは嬉しさでふるえます。そのふるえが、自分の体の奥底にあるどこかのふたの一つが開いてこぼれ出たものだと、わたしは知っていました。そうです。このころには、わたしはすでにナーちゃんに恋をしていたのです。ナーちゃんに撫でられるためにある髪を、どうして切ることができましょう。保健の先生は、人がこんなふうにふるえられるのだということを、これっぽっちも知らないにちがいありません。

「朝礼で倒れることがあるでしょう、あなたは。ちゃんと朝ごはんを食べている？」

保健の先生は、厳しい顔で聞きます。もちろんわたしは、朝ごはんをちゃんと食べています。母のつくるごはんは、とてもおいしいのですから。ふっくらと炊きあげたお米。煮干しでだしをとっている香ばしいお味噌汁。黄色い卵焼き。ぽっちりの漬けもの。海苔。青菜のおひたし。最後にほうじ茶を飲んで、わたしの朝ごはんは終わります。お腹はいっぱいになり、起きたばかりなのに、少し眠たくなってしまうくらいです。

むしろわたしが食べないのは、お昼の給食です。味がきらい、というよりも、あの容器がわたしはいやなのです。へんに軽いプラスティックの、うす黄色い容器によそって食べる食事は、ちっとも食欲を起こさせません。みんなでいっせいに食べるのも、いやらしい感じがします。給食係が給仕をするのも、好きではありません。食べるものは、ひっそりとよそいたいのです。乱暴に給仕されるのが、わたしはぞっとするほどいやなのです。だからわたしは、給食当番がまわってくると、かえってほっとします。

もっと前は、給食を全部食べるまでは教室を出ることができなかったのだと、母は言います。ナーちゃんも、

「ぼくのクラスは、そんなことはなかったけれど、でもそういえば、きびしい先生のクラスでは、お昼休みじゅう先生が生徒のそばに座って監視してたな」

と言います。

何かを食べるのは、かけがえのないうつくしい時間のはずなのに、そんなふうに無理やり食べさせられたら、どんなにおいしいものだったとしても、きらいになってしまうでしょう。

「梨子は、ちょっとお高いんじゃないの？」

ナーちゃんは、愉快そうに言いました。

「そういうんじゃなくて、わたしはただ、きれいなものが好きなだけ」

まだ小学校の、それも低学年の子どもだったくせに、なんと生意気なことを言っていたことやらと、母は後年笑いましたが、わたしは本気でした。

高丘さんの話を、もう少ししましょう。なぜなら、高丘さんは、その後の人生の中でも、わたしと不思議な縁でつながってゆくことになる人だからです。

小学生たちは、高丘さんのことが、あまり好きではありませんでした。高丘さんの姿かたちが、小学生たちを少しばかり怖がらせたのかもしれません。

高丘さんは体が大きいうえに、頭の鉢がひらいていて、表情はいつも晴れやかだったのですが、顔だちはまるで鬼のようでした。額には深い皺がより、眉は異様に濃く、まなこはぎょろりと大きく、くちびるは厚く、ただ鼻だけはきれいに筋がとおっていて、もう少し造作がうまく並べば、いつか童話の本の中で見たインドのうつくしい王子様にそっくりだったと思うのですが、残念なことに、そうはなっていませんでした。

高丘さんのことを、当時わたしはずいぶんな大人だと思っていましたが、実のところ、わたしが小学校に入学した時、彼はまだ二十代の終わりくらいだったのです。のちに聞いたところによると、高丘さんは中学生の時にお父さんが亡くなり、それからはたいそう貧しく育ったのだそうです。大学に進学することがかなわなかったので、高校を卒業後就職しようとするも、なかなかいい働き口がみつからず、何を思ったのか高丘さんは僧侶になろうと決意し、高野山へと修行に入ります。

　わたしが通っていた小学校の用務員になったのは、修行が一段落つき、高野山で下働きの僧侶としてしばらく過ごした後のことでした。そろそろ高野山を下りようと思った高丘さんでしたが、僧としてどこかの小さな寺に所属することは、なんとなく気に染まず、また、修行の場から離れて久しぶりに俗世の空気もすいたくなり、伝手《つて》をたどって用務員の口をみつけたのでした。高丘さんが鬼のような存在感を持っていたのは、高野山での厳しい修行のためかもしれません。

　小学生たちが高丘さんに近づこうとしないので、わたしはますます高丘さんと親しくなってゆきました。

　高丘さんに、ナーちゃんのことを話したのは、わたしが小学二年生の時でした。

「ふうん、きみは恋しているんだね」

というのが、高丘さんのその時の反応でした。ナーちゃんのことを好きだということは自分でもわかっていましたが、「恋している」という言葉を使って考えたことは、それまでありませんでした。でも、高丘さんのこの言葉で、わたしは自分がナーちゃんに恋をしていることが、はっきりとわかったのです。

ナーちゃんは、突然わたしのところへとやってきます。これから訪ねるよ、という予告があることは、ほとんどありません。だから、玄関を開けてそこに立っているナーちゃんを見ると、いつも母は「しかたないわねえ」と、眉をひそめたものでした。「いつも、急になんだから」、そう言いながら眉をひそめている母が、けれど体ぜんたいから華やぎのようなものをたちのぼらせていることを、わたしは感じていました。

わたしが高丘さんに「恋しているんだね」と言われた当時、ナーちゃんは高校生でしたが、すでに、その頃から、ナーちゃんはさまざまな種類の女たちの柔らかな媚態をひきだす力をもっていたように思います。

女たちは、ナーちゃんがそこにいると、心が浮きたつのです。言葉は軽やかになり、体の動きはしなやかになり、知らず知らずのうちに、ナーちゃんの方へと体をかたむけてしまうのです。

ナーちゃんは、たしかにうつくしい男です。けれど、そのうつくしさだけがナーちゃんをそのような特別な男にしたてあげているわけではありません。

うつむいた時の肩の曲線。反対に、顔をすうっと上げた時の顎の線。静かに喋っている時の落ち着きと、勢いよく語っている時の高揚。動きまわっているかと思えば、気配を消してずっとそこにとどまる。活発な時もたいそう魅力にとんでいるけれど、何もせずにただ静かにそこにいる時に、ナーちゃんはいちばん人を惹きつけるのです。

そのうえ、ナーちゃんは話を聞くことがとても上手でした。ナーちゃんになら、心の奥底にある秘密を打ち明けても、きっと最後まで静かに優しく聞いてくれる。そんなふうにすべての女たちに感じさせるのです。

女だけではなく、ある種の男たちもまたナーちゃんに惹かれるのは、なんとまた不可思議なことでしょう。たとえば、わたしの父も、ナーちゃんに惹かれた男の一人でした。父は、ナーちゃんのことを、まるで年の離れた自分の弟のように可愛がっていたのです。

ナーちゃんは父のことを「先輩」と呼びます。そう呼ばれた時の、父のとろけるような笑顔といったら。そもそもナーちゃんがわたしの家をたびたび訪ねてくるのは、父に会うためなのです。わたしが二歳の時、すなわちナーちゃんが中学生になったばかりのころから、わたしはナーちゃんを知っていたと言ったでしょうか。そうです。ナーちゃんは、父の後輩なのです。私立の、小学校から大学まで続いている一貫校の同窓であり、同時に同窓会のサッカーサークルの先輩後輩でもあるのです。

「サッカーの試合を見に行ったことはある？」

わたしは母に聞いてみました。でも、母は首をかしげるばかりでした。母は、家の外に出るのが、あまり好きではありません。人がたくさんいて、めまいがしちゃうわ。それに、奥さまたちとのおつきあいが、私は苦手なの。そんなふうに、母は言い訳します。

たしかに、母はひっそりと家で過ごすことが好きです。近所づきあいも、最小限にしかしません。わたしが子どもを嫌いなのと同じように、母も大人が嫌いなのかしらと、時おりわたしは思ったりします。でも、そんな母も、父とナーちゃんとにだけは、笑顔をみせるのでした。

「梨子も何かスポーツか習いごとをすればいいよ」

わたしが小学校にあがった時に、ナーちゃんは言いました。わたしがずっとお琴を習っているのは、ナーちゃんのその言葉のおかげです。幼稚園で一緒だった子どもたちは、お習字や水泳やバレエや英会話を習っていましたが、なにしろ子どもというものが嫌いだったわたしは、そのような「みんなで習うお教室」などには、金輪際行こうとは思いませんでした。

お琴の師範である通子《みちこ》先生は、いつも着物を着ています。小さな髷《まげ》に結った髪はつやめいていて、着物は自分で着つけるため、あんばいよくこなれ、身に沿っているのです。

「今どきのお嬢さんにしては、あなたは古風な雰囲気をおもちね」

何回かのお稽古のあと、通子先生はふと口にしました。

「その長い髪は、とてもあなたに似合っているわ。なんてきれいな髪なのかしら。もしもその髪を切ることがあったら、ぜひわたくしに譲ってちょうだいね」

通子先生は、そんなことも言うのでした。自分が髪を切ることなど想像するのもいやでしたが、不思議なことに、もしまんいち切らなければならないはめにおちいった時、通子先生にならその髪を譲ってもいいとわたしは感じました。

わたしは、熱心にお琴のお稽古に通いました。家でのおさらいも、真面目におこないました。ときおりナーちゃんが、

「梨子、お琴弾いてよ」

と頼んできた時には、よろこんで弾いてあげました。ナーちゃんは、ソファにゆったりと背をもたせかけ、目をつぶってわたしの弾くお琴の音に聴きいります。そんな時、わたしは誇らしさでいっぱいになるのでした。

高丘さんの話を、もう少ししましょうか。

実は、高丘さんはわたしが小学五年生の時に、学校を去ってしまったのです。専業の用務員さんが必要なくなったと学校が判断したからです。

「まあ、ここらへんが潮時っていうものかもしれないから、ちょうどよかったんじゃないかな」

高丘さんは、去ってゆく少し前に、わたしに言ったものでした。潮時、という表現が、高丘さんらしいと思いました。

最初に高丘さんに会った小学一年の時から、高丘さんが小学校を去るまでに、まる四年

と少したっていましたが、高丘さんは年々若返ってゆくように感じられました。最初の印象は、男のひと、だったのに、しだいに若い男のひと、となってゆき、高丘さんが学校を去る頃には、年の離れたおにいさんのように感じられるようにさえなっていたのです。

「なぜ高丘さんは、どんどん若くなるの？」

わたしは聞いてみました。

「それはね、ぼくに魔法を教えた人がいたからだよ」

高丘さんは、茶目っ気たっぷりに答えました。魔法、という言葉ほど、用務員室に似合わないものはなかったのですが、高丘さんが、

「魔法」

と口にすると、なぜだか「魔法」は、よく片づいた用務員室のすみに、以前からずっとうずくまり続けていた生きものであるかのように思えてくるのでした。

「魔法って、どんなかたちをしているの？」

「いつか教えてあげるよ。今じゃないけれどね」

高丘さんは、謎めいた言いかたをしました。わたしは少しばかり不満でしたけれど、いつか、と言うからには、きっといつか高丘さんはその魔法について教えてくれるにちがいないと信じました。高丘さんは、信じるに足る大人なのですから。

信じるに足る大人は、さほど多くありません。わたしの母が、わたしと父とナーちゃん以外に馴れようとしないのと同様、わたしが「信じられる」と感じていたのは、ごくわずかの大人だけでした。

たくさんの人を信じていないぶん、反対に自分が信じている人のことを、わたしは深く愛しています。だから、父や母がいなくなってしまったり死んでしまったりした時のことを想像するだけで、いつも涙が出てしまうのです。

「また梨子が泣いてる」

と、同じクラスの男の子たちは囃《はや》します。人のいない場所に避難するほどの時間のない、短い休み時間には、わたしはしかたなく教室で過ごすのですが、そんなおりには、誰とも喋らず、窓の外をじっと眺めたり、いろいろなことを想像したりするのがならいでした。たいがいの時は楽しいことを想像するのですが、ごくまれに、父や母がはかなくなった時のことを想像してしまうことがあって、そんな時には涙があとからあとから流れ出るのです。

でも、子どもは、涙を流す子どものことが、大嫌いなのです。だからクラスの子どもたちは、わたしが静かに音もなく泣いているのをめざとく見つけては、

「泣きむし、泣きむし」

と、言いたてるのです。

囃されても、わたしはかまわず気がすむまで泣いています。ハンカチもちり紙もちゃんとポケットに入っていますから、臆することはないのです。洟《はな》をたらすわけでもなく、大声をたてるわけでもなく、ごくひっそりと泣いているだけなのですから、わたしのことなどほうっておいてほしいのですが、子どもたちにそんな気づかいはありません。

「どうしてみんな、わたしが泣いていると、いやがるの？」

高丘さんに聞いてみたことがあります。

「こわいんだよ」

「何がこわいの」

「囃したてても、きみは泣くのをやめないだろう。すると、きみがみんなをこわがっていないことが、みんなにわかってしまうのさ」

「なぜみんなをこわがらなければならないの？」

「だって、きみは仲間はずれの子どもだろう。ふつうは、仲間はずれの子どもは、世界をこわがるものなんだよ」

「世界なんて、そんな見たこともないようなものは、こわがれないわ」

高丘さんは、笑った。

「そうだよね。世界のことなんて、だれも知らないくせに、みんな平気で、世界が、世界が、なんて気軽に言うんだよな」

「高丘さんも、世界っていうもののことを、知らないの？」

「知らないよ。だから、ぼくはいつか世界っていうものをつかまえに行ってみたいんだ」

高丘さんの言葉の意味が、わたしにはよくわかりませんでしたけれど、「世界をつかまえに行く」という言葉には、わくわくさせられました。高丘さんが学校を去る時に、さほどわたしが淋しく感じなかったのも、この時の高丘さんの言葉があったからかもしれません。

学校を去ったのちに、きっと高丘さんは本当に世界をつかまえに行くにちがいない。昔教わったという「魔法」を道連れに、高丘さんは世界という大海原に漕ぎだすことだろう。そんなふうに、わたしは感じていたのでした。

高丘さんが小学校を去る日、わたしは家からカメラを持ち出し、用務員室を訪ねました。

「一緒に、写真を撮ってちょうだいな」

高丘さんに、わたしは頼んだのです。

三脚がなかったので、がらんと片づいた用務員室の窓の桟に、高丘さんはカメラを置きました。わたしに背を向けて、高丘さんはカメラをセルフタイマーにセットしました。そのころ背が急にのびつつあったわたしですが、高丘さんと並ぶとまるで入学したての小学生のようでした。早く、早く、と、わたしはせかしましたが、高丘さんはわたしの言葉にはかまわず、笑いながら悠々と歩いてきました。シャッターが切られる一瞬前に高丘さんはわたしの横に並んだのですが、あせっていたわたしは、ストロボが光る瞬間に、思わず目をつぶってしまいました。

「もう一回、おねがい」

わたしが言うと、高丘さんは鷹揚《おうよう》にうなずき、ふたたびタイマーをセットしました。

今度ははやあしで、高丘さんはやってきました。

「なにか楽しいことを考えよう」

高丘さんは言い、わたしの横にまっすぐに立ちました。

その時の写真は、今も持っています。家からこっそり持ち出したカメラだったので、フィルムはその日のうちに使いきり、現像に出しました。できあがった写真は、机の奥に隠し、わたしが成人するまで、ナーちゃん以外の誰にも見せませんでした。高丘さんと二人でうつっている写真が二枚、あとは、いつもわたしが過ごす理科室にあるがいこつがアングルをかえて数枚、放課後の教室の窓から撮った町の風景が数枚、そして残りは校庭に咲いていたニチニチソウ、金網にからまっていたヘチマの蔓《つる》、速すぎてその影しかとらえられなかった蜂や蝶の飛翔の名残などです。

「梨子が毎日学校で見ているものだね」

ナーちゃんは言いました。その通りでした。説明もしなかったのに、ナーちゃんはわたしのことをなんとよくわかっているのでしょう。

「高丘さんのこと、どう思う？」

わたしは聞いてみました。

「なんだか、弟子になりたいような感じのひとだね」

というのが、ナーちゃんの答えでした。


中学校になっても、高校になっても、わたしは同級生たちとなじみませんでした。もう子どもでもなく、かといって大人でもない、中途半端な自分の体を、同級生たちはもてあましているのです。それなのに、おのれがおのれの体をもてあましていることに、かれらは気がついていません。けれど、体をもてあましているのは、わたしも同様なのでした。だから、子どものころのように、わたしはうまくかれらを嫌えなかったのです。それは、なかなかに苦しいことでした。

ある日わたしは、母に言いました。

「早く結婚したい」

と。

「あら、梨子はまだ高校生じゃない。それに、いったい誰と結婚するというの？」

「もちろん、ナーちゃんよ」

「ナーちゃんは、承知するかしら」

あきれたように、母は言いました。

「結婚、してくれないかなあ」

「ナーちゃん、恋人がいるみたいよ」

「うん、知ってる」

そうです。すでに社会人になっていたナーちゃんは、入社してすぐに九州支社に配属になり、そこでねんごろになった女のひとがいるのです。

彼女の写真を、わたしは少し前に見せてもらいました。とても、きれいなひとでした。

「まだ梨子は恋をしたことはないでしょう」

母は言いました。

まだ恋をしたことはない？

わたしは驚いて、母の言葉を心の中で反芻《はんすう》してみます。

だってわたしは、小学校の頃からずっとナーちゃんに恋をしているのに。

「ナーちゃんへの気持ちは、ただのあこがれよ」

母は断定します。けれど母がどんなふうに断定しようが、わたしがナーちゃんに恋しているという確信がゆらぐことは、決してありません。地球が自転しているのと同じくらい、それは確かなことなのですから。

お正月は、わたしにとって特別なものです。晴れがましくて、粛々《しゅくしゅく》としていて、おごそかなお正月が、わたしは大好きです。そして、高三のお正月は、ことにも忘れることのできないお正月となりました。

当時まだ九州支社にいたナーちゃんでしたが、お正月の帰省で東京に戻り、二日には父を訪ねてきたのです。

「おや、いつの間にか」

わたしを一瞥するなり、ナーちゃんは言いました。

「梨子は大人になったね」

「そうだったらいいんだけれど、この子はいつまでたっても子どもっぽくて」

ナーちゃんの言葉に、母はそう答えたのですが、ナーちゃんは母の方は向かず、わたしをじっと見つめつづけました。

ナーちゃんに見つめつづけられている側の体が、どんどんほてってきました。頬と耳は紅《あか》くそまり、てのひらは汗ばんできます。

「恋人は、お元気？」

母が聞きます。

「まあ、ぼちぼちですよ」

ナーちゃんはいかにも会社員ふうな答えを返してみせました。父が、少し笑っています。

その日、ナーちゃんは長くは滞在しませんでした。軽くおせちをつまみ、お酒を父と二人で一合ほどあけ、わたしはもっとナーちゃんと過ごしたかったのですが、

「今年は受験なんだから、いつまでも居間でぐずぐずしていないで」

と、母に注意され、しぶしぶ自分の部屋へと引き上げたのです。

ナーちゃんがいとまを告げた時、わたしは自分の部屋で机に向かってはいましたが、その実、勉強は手につかず、階下から聞こえてくるナーちゃんのよく伸びる声にずっと耳をそばだてていました。

梨子によろしく言っておいてくださいね、というナーちゃんの声がして、玄関の扉が閉まる音がつづきました。わたしは急いでコートを着てマフラーを巻き、静かに階段を下りました。そっと玄関から外に出て、それから駆け足でナーちゃんを追いかけたのです。

角を曲がったところに、ナーちゃんは立っていました。

「何も言わなかったのに、よく来てくれたね」

ナーちゃんは言いました。

「うん」

としか、わたしは答えられませんでした。息もきれていましたし。

ナーちゃんはタクシーをひろい、さらうようにわたしを座席に引き入れました。小さな

灯りのともった建物の前で、ナーちゃんは車を止めました。

「ここは、どこ？」

「梨子の来たかったところ」

「そうなの？」

「あのね、昔はこういうところ、待合、って言ったりしたんだよ」

笑いながら、ナーちゃんは説明しました。

わたしはその日、生まれてはじめて、男のひとの肌にくまなくふれたのです。ナーちゃんの体はあたたかく、いい香りがしました。硬いところと柔らかいところがまじりあった男のひとの体の不思議を、わたしは飽きずにさぐりました。

「わたしがナーちゃんに恋していること、知っていた？」

二人して並んで横たわり、それぞれの速さの息をついでいる時に、聞いてみました。

「もちろんだよ。ずっと前から知っていたさ」

シーツに広がったわたしの髪を何回でもいとおしそうに手にすくいながら、ナーちゃんは答えました。手にすくったその髪を、ナーちゃんはいつまでも、さらさら、さらさらと、もてあそぶのでした。

ナーちゃんが九州から戻ってきたのは、わたしが二十四歳の時でした。それまでの、東京と九州でわかれわかれだったあいだ、わたしたちはずっと手紙のやりとりをしていました。電話や、当時少しずつ一般的になってゆきつつあったメールで連絡をとりあうこともありましたが、わたしにとっていちばん心地よいのは、ナーちゃんへ手紙を書くことと、ナーちゃんからくる手紙を読むことだったのです。

もちろんナーちゃんは忙しいので、長い手紙はたまにしか来ませんでした。

「梨子がなつかしい」

「梅が咲きはじめた」

「きょう夢に梨子をみたよ」

「このへんの名前も知らぬ山がきれい」

「梨子がここにいない。まぼろしの梨子に会うこともできない」

「会社、いそがし」

「梨子に手がとどかなくてかなしい」

「慕う上司がいるんだ」

「いい天気。梨子と散歩したい」

などという短い文章が、便箋の罫線《けいせん》からはみだしてのびのびと書いてあるナーちゃんからの手紙を、どんなにかわたしはいとしんだことでしょう。

ナーちゃんが九州にいる間、わたしたちは、めったに逢瀬をたのしむことができませんでした。接待のゴルフやら仕事のイベントやらでナーちゃんの週末はたいがい埋まっていましたし、もう一つ、ナーちゃんは九州のあの女のひとがまだ心にかかっていたようなのです。ですから、帰省は半年にたった一度ほどでした。

「一度は、添うたひとだから」

と、ナーちゃんはいつも言っていました。

「添う、って、結婚したみたいな言いかたね」

「結婚という社会的契約のかたちをとらなかったとしても、一度でも愛しあったひとは、ずっと大切にしなければならないとは思わない？」

ナーちゃんのその言葉を、必ずしもわたしは受け入れたわけではありませんでしたが、一度は愛したひとを粗末にすることは、たしかにみにくいことに思えました。

九州のそのうつくしい女のひとは、とても淋しがりなのだとナーちゃんは言います。

「ほうっておくと、枯れてしまいそうなひと」

そんなふうに言いあらわしていました。

わたしだって、ほうっておかれたら枯れてしまう。そう訴えたこともありますが、ナーちゃんは笑って取りあいませんでした。

「だって、今ぼくが夢中なのは、梨子なんだよ。もうあのひととは、終わってしまったのだから」

それなのに、なぜナーちゃんは東京にめったに帰ってこないのでしょう。

わたしはナーちゃんを信じています。最初からずっと。

だから、ナーちゃんが九州のその女のひとを大切にするのが憎かったのではありません。

わたしはただただ、純粋に悲しかったのです。ナーちゃんがわたしの横にいないことが。

ナーちゃんがいないと、わたしのいる場所からは何かが少しずつ漏れでていってしまうのです。まるで、ナーちゃんがいるべき空間に、ぽっかりとナーちゃんのかたちの穴があき、そこから空気やいい香りや暖かさが逃げだしていってしまうかのように。

二十四歳の冬、わたしはナーちゃんと婚約しました。九州の女のひとについて、わたしは何も訊ねませんでした。なぜなら、ナーちゃんはわたしを完全に愛していましたし、わたしも同じようにナーちゃんを愛していたからです。ほかに何が必要だというのでしょう。

婚約をするにあたり、ナーちゃんが家まで挨拶に来た時には、父も母も終始にこやかにしていました。

「なんといっても、小さい頃からずっと一緒で、気心が知れているのは、安心じゃあないか」

父は、手放しで喜んでいました。

いっぽうの母は、喜びながらも、ナーちゃんが帰ったあと、わたしにこう釘をさすことを忘れませんでした。

「たしかに、生矢くんは、すてきよ。梨子の気持ちは、よくわかるわ。でも、きっと梨子は苦労するわよ」

苦労。それは、いったいどんな苦労なのでしょう。ナーちゃんがわたしのそばにいてくれさえすれば、どんな悲しみがやってきても、それは苦労などではないのに。

でも、わたしは母に逆らいませんでした。

「そうかもしれないわね」

ゆっくりと、わたしは答えたのです。

いったい母は、結婚後のナーちゃんとわたしの生活を見て、勝ち誇った気持ちになったのでしょうか。それとも、愛する娘であるわたしのために、嘆いてくれていたのでしょうか。

おそらく、母自身にもわからなかったのではないかと思います。

結婚前に母が予言したとおり、ナーちゃんとの結婚生活は、最初から問題に満ちていました。

まず第一に、ナーちゃんは、九州の女のひとと、まだきちんと別れていませんでした。

ナーちゃんの身辺をさぐる、などということを、わたしは決してしたことはありません。

電話にこっそり耳をすます、ということすら。けれど、そんなことをしなくとも、すべてわたしにはわかってしまうのです。なぜならナーちゃんは、隠すということを、いっさいおこなわないからです。ナーちゃんと女のひとたちの間にあるなにかを、どうしてだかわたしはわかってしまうのでした。

九州の女のひとは、半年に一度ほどナーちゃんを訪ねて、東京に出てくるようでした。そんな時ナーちゃんは、たとえば接待ゴルフがある、だの、休日出勤である、だのという言い訳をいっさいしません。

「ちょっと、行ってくる」

それだけを言い置いて、ナーちゃんは女のひとの待つ場所へと、糸で引かれるように行ってしまうのです。

「行かないで」

わたしが頼んでも、無駄です。もちろんナーちゃんは、わたしの頼みを無下に断ったりはしません。

「そうだね、ぼくは梨子をいちばん愛しているんだから、ほかのひとのところへ行く謂《いわ》れはないはずだよね」

ナーちゃんはそう言い、わたしを優しく抱きしめます。それなのに、わたしを抱きしめているその手の先から、肩ぐちから、胸もとから、ナーちゃんのそわそわとした気配が濃くたちのぼってきてしまうのです。

「そんなに、行きたいの？」

わたしは聞いてみます。

「だって、かわいそうじゃないか。あんなにぼくに来てほしがっているのに」

ナーちゃんは、答えます。正直に。

ナーちゃんの正直さを、ああ、わたしは愛しています。けれど、同じくらい強く、厭《いと》うてもいます。なぜナーちゃんは、誤魔化す、ということをしないのでしょう。誤魔化すということが、愛する者に対する思いやりだということを、知ろうとしないのでしょう。どんなに優しくわたしを抱いていても、やがてナーちゃんは出ていってしまいます。女のひとの待つところへと。

「いつだって、ぼくが帰ってくるのは、梨子のところだよ」

ナーちゃんは言います。たしかに、ナーちゃんがわたしのところへ帰ってこなかったことは、一度もありません。でも、それがなんだというのでしょう。

行って帰ってくるひと。それが、ナーちゃんなのでした。わたしの結婚生活は、そのために、最初から、安寧《あんねい》というものをまったく欠いていたのでした。

母にナーちゃんのことを打ち明ける、ということだけは、したくありませんでした。打ち明けなくとも、母にはたいがいのことがわかっていたのでしょうが。なぜなら、ナーちゃんは、わたしの実家に同居していたからです。

わたしの家の婿養子にこそなりませんでしたが、一人娘を手放したがらなかった父の願いを聞いて、ナーちゃんはわたしの実家にそのまま一緒に住むことを快く承諾したのです。

ほんとうは、わたしはナーちゃんと二人きりの濃密な空間をつくりたかった。実家を出て、どこかの小さな部屋に、二人だけでひっそりと住んでみたかった。けれど、その濃密さを、自分一人で保ってゆくことができるかどうかということに、もしかするとわたしは自信を持てなかったのかもしれません。

ナーちゃんがその濃密な空間から出ていってしまうことを、わたしは引きとめられない、そして、濃密だと思っていた空気が、実は希薄で冷たいものだと思い知らされるにちがいない、そんなふうになってしまうことを予感していたのだと、今になってみればわかります。

実家にいれば、ナーちゃんが女のひとのところへ行ってしまったあとも、父や母がその希薄さを埋めてくれました。

そうです。わたしは、父母に甘えていたのです。

「なぜ二人きりで住まないの」

そう言ってくれたのは、お琴の通子先生だけでした。ナーちゃんを、わたしにまさるとも劣らないくらい大好きである母はもちろんのこと、ナーちゃんのことが可愛くてしかたがない父も、ナーちゃんが近くにいてほしいと強く望むばかりでしたから。

「若いのに、あなたはずいぶん保守的なのね」

通子先生は、笑います。

「先生のご結婚は、どんなふうだったの？」

わたしは聞いてみました。

「ふつうよ。三人いる息子たちも、ふつう」

「ご主人はたしか……」

「ええ、ずいぶん前に亡くなっているわ。いいひとだったけれど、お見合いで結婚した主人に恋はしていなかったから、いつかわたくし、恋をしてみたいと思っているのよ」

そんなことを通子先生が言うので、わたしはほほえんでしまいました。

「あら、なぜ笑うの。年のいった女が恋をするのは、可笑《おか》しいことなの？」

通子先生は、わたしの目をまっすぐに見て、言いました。

そんな意味でほほえんだつもりはなかったのですが、わたしは上手に答えることができませんでした。

通子先生が、それからあまりたたないうちに、意外なひとに恋することになるのを、その時わたしはまだ知りません。なんと多くのことを、わたしは知らなかったのでしょう。こうして昔の話をしてみると、そのことに気がつきます。怖いことです。そしてそれはまた、幸せなことでもあったのです。

九州の女のひとだけでなく、また誰か、いる。

わたしがそう感じたのは、結婚してから二年ほど過ぎたころだったでしょうか。

ナーちゃんの身のまわりに、ちがう雰囲気があらわれはじめたのです。

雰囲気、というごく曖昧なものでもって、わたしがナーちゃんのまわりにいる女のひとたちのことを察することを、不思議に思われるでしょうか。そうかもしれません。そんなあやふやなもので、ほんとうのところがわかるわけはないと、わたし自身も思います。けれどそのあやふやな推測は、悲しいことに、ことごとく当たってしまうのです。

誰なんだろう。わたしは、毎日思いめぐらしていました。

ナーちゃんの帰宅は、早くありません。まだそう年配ではないのに、会社ではかなり重用されているようで、毎晩のように残業や接待があり、夜の十時前に帰ってくることは稀《まれ》でした。

帰宅してからも、会社関係の人からの連絡は多く、そのころはことに頻繁に夜の連絡がきていたのです。女のひとの声での連絡も、たまにありました。でもそれは、会社の同僚たちであって、ナーちゃんをわたしのところから離そうとする目的のものではないということは、すぐにわかりました。

電話の相手が、ナーちゃんと交情のある女のひとなのかどうか、わたしにはなんとなくわかってしまうのです。夜中に、そのような関係のある相手から連絡がくることは、まずありません。彼女たちが、つつしみ深いということもあるのかもしれませんが、むしろ、ナーちゃんが彼女たちをじゅうぶんに満足させているので、妻のいる家まで追いかけてきて騒がせる必要はまったくないからなのではないかと、わたしは感じます。

なぜなら、わたしといる時のナーちゃんに、わたし自身も、満足しきっているからです。ほかのひとのところに、よし行くことがあったとしても、これだけわたしを愛してくれているんだから。そんなふうに、いつもわたしは充足してしまい——それが自分をなだめる無意識の方便であったとしても——ほかの女のひとについてナーちゃんを追及したりわずらわせたりする気持ちにならないのと、それは同じことだったのではないでしょうか。

そのころ、何回かつづけて夜に電話をよこす男のひとがいました。

最初は彼のことを、会社のひとなのだと思っていました。ところが、そうではなかったのです。

彼は、ナーちゃんよりも、おそらく年上です。受話器ごしに聞くその声は、やわらかな低音でした。最初に彼から電話があった時、ナーちゃんはまだ帰宅していませんでした。

「主人はまだ会社から帰っておりません」

と答えると、

「失礼いたしました。また後刻《ごこく》かけなおしてみます。何時までなら大丈夫でしょうか」

と言うので、何時まででも、と応ずると、

「ありがとうございます」

と、電話の向こうでお辞儀をしていることが感じられる、深い感謝のこもった礼が返ってきたのでした。

その夜は、けれど彼からはもう電話はありませんでした。次に彼からの電話がきたのは、日曜日でした。

「主人とかわります」

とわたしが言うと、また電話の向こうでお辞儀をしている気配がありました。

ナーちゃんは、しばらく会話をかわしていました。妙なことなのですが、男のひととの電話なのに、なぜだか電話の向こうに女のひとの気配があることを、わたしは感じていました。その男のひととわたしが直接しゃべっている時には、そんな気配などまったくなかったにもかかわらず、です。

もしかすると、電話の向こうには彼のほかにもう一人女のひとがいて、ナーちゃんに電話をかわったとたんに女のひとが通話口にやってきたのかもしれない、とも考えましたが、それもまた、違うようなのです。なぜなら男のひとの声は深く豊かで、ナーちゃんと電話をかわった後も、彼のその豊かな声は、受話器から漏れ聞こえつづけていたからです。

「どなただったの？」

電話が終わってから、聞いてみました。

「昔の知り合い」

と、ナーちゃんは答えました。

昔の知り合いって？　と、つづけて訊ねようとしたわたしのくちびるを、ナーちゃんは優しくふさぎ、そのままわたしたちは昼間だというのに、ソファで体をかさねることとなります。わたしたちが使っていたのは、実家の二階の二部屋です。一部屋は寝室で、もう一部屋は小さなキッチンのついたリビングに改造してもらった十畳ほどの板張りの洋室でした。その二部屋で、わたしたちは幾度体をかさねたことでしょう。

階下の父母のことを思うと、わたしの体は最初すくんでいるのですが、ナーちゃんにみちびかれた体は、やがてしどけなくひらいてゆき、そこが寝床だろうがソファだろうが、あるいは時に冷ややかな床や壁に背や腹をおしつけられてであろうが、よろこばしくナーちゃんをむかえてしまうのです。

ナーちゃんと愛しあうことは、たいそうきもちのいいことなのでした。快楽が深い、ということもありましたが、それよりも、心が満たされる、と表現したほうがかなっている、そんなふうに、いつもわたしは感じていました。

夜中の電話は、それからもときおりありました。そのうちにわたしはその男のひとと喋ることが、少しばかり楽しみになってきたのです。

「申し訳ありません、主人はまだ帰宅していないのです」

「そうですか、失礼いたしました」

「いいえ」

「いつもおそれいります」

「では、失礼いたします」

そんなふうに表面的な挨拶の言葉ばかりを並べあっていたにもかかわらず、わたしはその男のひとに親しみを感じるようになっていました。ナーちゃんと昔から知り合っている、とは、どんな知り合いかたなのか、彼に直接訊ねてみようかと思ったこともあります。でも、そのように踏みこんでゆくことへのためらいを、わたしはもっていました。相手を

慮《おもんぱか》って、というよりも、あるかないかわからないような微妙な親しみを、踏みこんでいったことによってこわしてしまうことをおそれて、という理由の方が大きかったように思います。

男のひとの声は、父に、すこしだけ似ていました。

男のひとが誰なのかをわたしが知ることになるのは、それほど遠い先のことではありませんでした。

結婚してからも、わたしがお琴のお稽古に通いつづけていたことは、お話ししていましたでしょうか。

独身の時は毎週だったものが、結婚してからは隔週に減りましたが、わたしはあいかわらず通子先生のところへ行き、お琴のおさらいをしてもらっていたのです。

いつもは午後の早い時間にあるお稽古を夕方からにしてくれないかと通子先生が聞いてきたのは、ちょうどナーちゃんが泊まりがけの出張に行っている日でした。ナーちゃんが夜帰ってくるならば、決してわたしはそんな時間には出かけなかったでしょうが、どんなに待ってもその日はナーちゃんが家に戻ることはないのですから、わたしは承知しました。

そういえば、いつか大学時代の友だちである菅原さんに、家でナーちゃんを待つのがわたしのよろこびなのだ、と話したことがあるのですが、その時の菅原さんの驚いた顔が、忘れられません。

「へえ、なんていい奥さんなの」

菅原さんは、そう言いました。言葉の表面では、わたしのことをほめているようですが、実際には——なんてつまらない人生なの——と、彼女はその時たしかに思っていたはずです。

　説明しても、きっと菅原さんにはわからないだろうから、わたしはそれ以上言いつのりませんでした。たとえば、ナーちゃんのために家事をおこなったりナーちゃんの世話をしたり、ということに、わたしがよろこびを感じていることについても——その仕事は自分にとってつまらない、と思う人がいることは、わかります。けれどわたしにとっては、それらの仕事のつまるつまらないは、どちらでもいいことなのです——。

　わたしはただ、ナーちゃんが帰ってくる数時間前からナーちゃんをずっと想っていること自体を、よろこばしく感じているだけなのです。ナーちゃんを好きだというその気持ちに、誰にも邪魔されずにひたりきること。あとほんの少したてば生身のナーちゃんに会えるのだという甘美な予感にうちふるえつづけること。それ以上のよろこびが——いったいこの世のどこにあるというのでしょう？

　結局その日は、五時からみっちり通子先生におさらいをしてもらいました。お稽古が終わったのは七時過ぎで、外はすっかり暗くなっていました。

「よかったら、お夕飯、ご一緒しない？」

　通子先生は聞きました。

「近所に、小さいけれどおいしい洋食屋があるのよ」

　通子先生の手をわずらわせるのではなく、店に行くというところに安心し、わたしはうなずきました。

その電話がかかってきたのは、奥の間で通子先生が身繕《みづくろ》いをしている時でした。

「梨子さん、ごめんなさい、出てくださる？」

という通子先生の頼みに、わたしはおそるおそる受話器を取りました。他人の家の電話に出るのは、会社で働いたことがなく、不特定多数のひとからの電話を受ける習慣がなかったわたしにとっては、緊張を強いられることでした。

「もしもし」

おずおずとわたしが言うと、電話の向こうで、一瞬ためらう気配がありました。けれど、すぐに相手は話しはじめました。

「お弟子さんのかたですね？　母を、呼んでくださいますか」

どうやら電話の相手は、通子先生の息子さんのようなのでした。ところが、相手の声を聞いて次に言葉をつぐのをためらったのは、わたしの方も同じだったのです。それは、なぜだったのでしょう。

電話の相手が息子さんで、思いもかけず通子先生の身内とはじめて声をかわすことになってしまった、という驚きが、まず第一にありました。けれどそれよりもずっと大きな驚きは、その声の主が、このごろ夜に電話をしてくる男のひとの声とそっくりだった、ということなのでした。そうです。あの、すこしだけ父と似た、やわらかな喋りかたをする声と。

結局その夜は、電話をしてきた通子先生の息子さんと通子先生とわたしの三人で、洋食屋に行くこととなりました。息子さんは、四十代半ばくらい、ちょうどナーちゃんと父の年齢のまんなかくらいの年まわりで、電話で聞く声の印象よりも風貌は若々しく、

「これがうちの三男。結婚しているのに、わたくしのことを心配して、こうやってしょっちゅううちにご飯を食べに来るの」

と、通子先生が説明すると、頭をかきかき、

「いやあ、まあ、ぼくが家で飯を食わない時があるほうが、妻も楽みたいなんだよ」

と、首をすくめるのでした。そのしぐさに、わたしも通子先生も、たわいなく笑いころげました。息子さんは、喋りかたも父に似ていましたが、たたずまいも父と似た、もの柔らかな雰囲気をもち、彼の前では女たちは緊張をすることなくやすやすと過ごせる、というふうに感じられるのでした。

息子さんの声は、やはりどうにも夜の電話の声の主に思われてならなかったのですが、わたしはその夜、彼が電話の主なのかどうかを訊ねませんでした。まんいちまちがっていたならばつが悪いし、わたしにかかってくる電話ではなくナーちゃんにかかってくる電話だから、ということもありました。

別れぎわ、息子さんはわたしにお辞儀をしました。それは、いつも電話の向こうで息子

さんの声そっくりな男のひとがおこなっているとおぼしきお辞儀と同様の、深い礼でした。

「今夜は楽しかったです」

息子さんは言い、わたしとは反対の方向の電車に乗って去っていったのでした。

次に通子先生の息子さんに会うことになるのは、その半年後です。

当時すでに九州の女のひとの影は、だいぶん薄くなっていたのですが、わたしが「ちがう雰囲気」と呼んだものをかもしだす原因となる女のひとがいったい誰なのかは、まだわかっていませんでした。

ナーちゃんについて語る時、ナーちゃんをめぐる女のひとの話ばかりになるのは、しかたのないこととはいえ、ナーちゃんにとって必ずしも公平であるとはいえないかもしれません。

ナーちゃんは決して、手当たり次第に女のひととねんごろになるわけではないのです。ただ、前にも言ったとおり、ナーちゃんという男は、いったん心の通じあった女のひとを、無下にすることができない性分だったのです。

九州のひとの影が薄くなっていったことに、わたしはほっとしていましたが、では次のひとはいったいどんな女のひとなのか。そのことを、わたしはナーちゃんを待つ日々のつれづれに考えつづけていました。

新しい女のひとの不思議なところは、九州のひとのようには、濃くまとわりつくものをナーちゃんに向かって投げかけてはこない、というところでした。奇妙な言いかたかもしれないのですが、わたしという妻の存在をそねんだり憎く思ったりしている、ということが、いっさい感じられなかったのです。

それどころか、これも奇妙な言いかたなのですが、わたしを大切にしている、というような印象さえいだかされてしまうのです。

たとえば、ナーちゃんのこととなると、母ですらわたしに対して対抗意識を持ちはじめてしまうことは、以前にもお話ししたことと思います。ところが、このたびの、まだ正体を知らぬその女のひとは、敵愾心《てきがいしん》とは正反対のもの、すなわち、わたしを尊重して包みこみたい、というような気持ちを、ナーちゃんを通じてわたしに放射しているように感じられてならないのです。

これはいったい、どういうことなのでしょう。

ことのからくりが明らかになったのは、それからほどなくしてからのことでした。

きっかけは、やはり電話でした。

その夜、わたしは久しぶりに、あの低く柔らかな声の男のひとからの電話をとったのです。

「ご主人を、お願いいたします」

いつもの通り、男のひとは言いましたが、ふだんにくらべて少しばかりせわしない声であるように感じられました。

ナーちゃんを呼び、二人が会話をはじめたのをしおに、わたしはソファにゆったりと身をあずけました。いつもならば電話の向こうの声のなかみまでは届かないはずなのですが、その夜、男のひとは、常にない声高な調子で喋っていました。

「今すぐ、ですか？」

ナーちゃんは言っています。

「そう願えれば」

と、男のひとは答えました。豊かなその声量が、切羽つまったように大きく響き、受話器ごしにまで聞こえてくるのです。

「でも、もう夜なのに」

ナーちゃんが困惑した声で言いました。

「すでにそちらに向かっているようなのです」

「妻が、いるんですよ」

「だから」

二人は、もめているようでした。いったい誰がこちらに向かっているのでしょう。妻であるわたしがここにいると困る、どんなひとが。

二人の会話は、じきに終わりました。

「ちょっと、出てくる」

電話を切ると、ナーちゃんは言いました。わかった。わたしは答えましたが、そのままにするつもりはありませんでした。

ナーちゃんの後を、わたしはつけはじめました。卑劣なことだとは、つゆ思いませんでした。わたしは知りたくてしかたがなかったのです。おそらく今こちらに向かっているのは、まだわたしが正体を知らぬ、新しい女のひとでしょう。もしその女のひとがわたしを憎んでいると感じていたならば、そんなふうにナーちゃんの後をつけることなど、決してしなかったでしょう。けれど、その女のひとからは、わたしへの親しみのようなものが感じられてならないのです。

そうです。わたしは、好奇心まんまんだったのです。その女のひとに、会ってみたい。そして、もしできるならば、友だちになってみたい、とさえ思っていました。

へんなことだと、お思いですか？

ええ、たしかにへんなことかもしれませんね。でも、わたしにとってそれはまったくへんなことではなかったのです。そもそも友だちというものの少ないわたしが、もしも真の友だちを得るとしたなら、それはナーちゃんのことをわたしと同じくらい好いているひと以外には、ありえないのではないか。以前からわたしはそう思っていたのですから。

同じ男のひとを好いている女どうしは、敵になりがちです。でも、万に一つくらいは、敵どうしではなく真に親しい仲になれる場合があるのではないか。そんなふうに、わたしは感じていたのです。

ナーちゃんは、まっしぐらに夜の中、女のひとに向かって駆けてゆきます。わたしも、ひたひたとその後に従うのでした。

それは、着物をきた女のひとでした。その輪郭に、たしかにわたしは見覚えがありました。

「なぜ、いらしたのですか」

ナーちゃんは、女のひとに、聞いています。

「あら、来てはいけなかった？」

「梨子がいます。梨子は驚くでしょう」

女のひとの声を、わたしはよく知っていました。まさか、と驚きながらも、もしかすると、こういうこともあるのかもしれないと、心の底ではわかっていたような気もします。あの、夜の電話の男のひとが、通子先生の息子さんだと知った時——もちろん、ほんとうにそうなのか、いまだに確かめてはいないけれど、あの声の主は通子先生の息子さんに違いないと、わたしはほぼ確信していました——から。

「梨子さんは、恋するということを、よく知っているひとよ」

女のひとは、言いました。

「よく知っていたなら、どうだというのですか」

ナーちゃんは、少しいらいらしたように聞き返します。ナーちゃん、そんなにひややかにならなくていいのよ。わたしはそう呼びかけたくてしかたがなかったのですが、女のひとがそのあと何と言うか知りたくて、我慢しました。

「女は、思いのほか強いものよ。それに、わたくしはあなたを梨子さんから取ろうとなんて、まったくしていないのだから。わたくしは、梨子さんのことが、大好きなの」

ああ、と、わたしは暗闇の中でほほえんでしまいました。なぜなら、その女のひとが、わたしを好いてくれていると言ったから。そしてまた、わたしと同じく、ナーちゃんを愛する者どうしは敵ではないという気持ちをいだいているらしかったから。

それから一分もたたないうちに、もう一つの足音が聞こえてきました。その時にはすでに、女のひとの影とナーちゃんの影はしっとりと重なっていたのです。いいえ、重なる、といっても、抱きあうというのではないのです。ただにじみあうようにして、寄り添っているだけなのですが、それはいっそのこと、かたく抱きあうよりもよほど親密な雰囲気をかもしだしているのでした。

足音は、重なった二人の影の前で、止まりました。

「やめてください」

声が響きました。

「一回だけの逢瀬、という約束だったではありませんか」

それは、あの電話の男のひとの声でした。そう、通子先生の三男の、あの落ち着いたひろやかな声だったのです。

「あらあら、追いかけてきてくれたの？」

女のひとは、笑いをふくんだ声で答えます。

「でも、どうしてやめなければならないの？」

さらに、可笑しそうに。

「だって、梨子さんはあんなにいいお嬢さんなのに。母さんは、なぜそんなに無情なひとなんですか」

ああ、そんなことを言わなくてもいいのに、とわたしは思いました。あなたのお母さんのことを、わたしは決して無情だなんて思うはずがないのだから。暗闇の中、ナーちゃんとにじむようにして重なりあっているのが、通子先生だったことを、そう、わたしは少しばかり嬉しくさえ思っているのでした。

「わたくし、梨子さんに、何の悪いこともしていないわ」

通子先生は、息子さんにそう答えました。

「こうして生矢さんと二人で会っているというそのこと自体が、梨子さんに申し訳ないじゃありませんか。今だって、生矢さんは梨子さんと二人して家でくつろいでいたんですよ」

息子さんは、通子先生を責めつづけます。

「まあ」

通子先生は、水面《みなも》に浮かんでゆく途中の泡のような、ぼうとした声をだしました。

「さあ、帰りましょう」

息子さんは、通子先生の手をひっぱりました。

「帰らなきゃ、だめ？」

通子先生は、ナーちゃんに聞いています。

「だめです」

答えたのは、ナーちゃんではなく、息子さんでした。

ナーちゃんが何も言わないので、通子先生は、しかたがない、というふうなそぶりで息子さんに従いました。ナーちゃんを待っていた時のしゃっきりとした様子とは似ても似つかない、おぼつかない足どりで。

ナーちゃんは、通子先生と息子さんの姿がみえなくなるまで、たたずんで見送っていました。いっぽうのわたしはといえば、ナーちゃんが帰ってくる前に家にたどりついて、何くわぬ顔をしていなければならないとは思ったのですが、すぐさまきびすを返す気持ちになれず、陰から通子先生を見送っていました。

通子先生の足どりは、思っていたよりも、ずっと年よりじみていました。息子さんが通子先生を連れ帰ろうと思うのはしかたないことだろうけれど、こんなふうに通子先生を追いやるように帰すのは、それこそ無情なのでは、とわたしには感じられてしまうのでした。

次に通子先生のところへお稽古に行った時に、わたしは思いきってナーちゃんとのことを訊ねてみました。

「まあ、梨子さん、ご存知だったの？」

通子先生は、無邪気に驚きの言葉を口にしました。

「この前、うちのそばまで、いらしたでしょう」

わたしが言うと、通子先生は、笑みをうかべました。

「ええ。どうしても、また生矢さんに会いたくて」

「ナーちゃんと先生は、愛しあっているの？」

通子先生が、あんまり無邪気な様子で話すので、わたしも素直にそう聞いてみました。

「いいえ、生矢さんが愛しているのは、梨子さんよ。でも、わたくしは生矢さんと一緒にいるのが、とても楽しいの。ほら、以前に、恋をしたことがないって、わたくし梨子さんに言ったことがあるでしょう。生矢さんと一緒にいると、まるで恋をしているみたいなのよ」

恋をしているみたい。

わたしは、通子先生の言葉を、口の中でころがすように繰り返してみます。

「では、先生は、恋はしていないんですか。ただの、恋みたい、なものなんですか」

通子先生は、わたしのその問いについて、しばらく無言で考えていました。それから、静かに答えました。

「よく、わからないの。わたくしは、生矢さんが好きよ。でも、わたくしは生矢さんと体をかさねたり、結婚したり、そういうことをしたいとは、全然思わないの。ただ、好きなの。一緒にいると、嬉しいの」

それこそが恋なんじゃないでしょうか。わたしは言いかけましたが、それはわたしの心もちなのであって、通子先生の心もちではありませんので、口をつぐんでいました。

「先生は、どうやってナーちゃんと知りあったの？」

そもそもの由来を、わたしは聞いてみました。

「それはね」

と、先生が説明してくれたのは、次のようないきさつでした。

　そもそも、通子先生が最初にナーちゃんを知ったのは、わたしとの結婚式の席ではなかったのです。それよりも以前、まだナーちゃんが中学生のころに、通子先生はすでに彼を見知っていたというのです。

　偶然、でした。

　通子先生は、自分のお琴のお稽古を受けに大先生――数年前に亡くなった、通子先生が若いころから師事していた先生で、わたしも発表会のおりにはご挨拶することがあったけれど、直接の手ほどきを受けたことはありません――のところへ行く途中で、貧血を起こしてしまったのです。

　道ばたにしゃがみこんだ通子先生に声をかけ、近くの公園まで一緒に歩いてベンチで休ませてくれたのが、中学生のナーちゃんだったのでした。

　お礼をしようと連絡先を聞いた通子先生に、「いいんですよ」と手をふって元気に走り去ってしまったナーちゃんでしたが、通子先生はあきらめませんでした。

　貧血を起こした道すじにある小さな喫茶店へ、通子先生はそれから一週間ほど通いつづけたのです。たぶんふたたび同じ道をナーちゃんが通るだろうと予想して。当初は、ナーちゃんの姿をみつけ、用意したお礼のささやかな品を渡し、それで終わりにするつもりだったそうです。ところが、実際にナーちゃんの姿をみつけ、その後も毎日その道を通って下校するナーちゃんを眺めているうちに、通子先生は妙な心もちになってきたのでした。

この子に、お礼の品を渡すなどということは、したくない。

そんなふうに思ったのだそうです。

礼節だとか、借りを返すだとか、筋を通すだとか、そのような世間的なことなど、この子との間には置きたくない。喫茶店の窓ガラス越しにナーちゃんを見ながら、通子先生ははっきりと決めたのです。

ナーちゃんはそれほどに、のびやかだったのでした。姿も、顔も、動く様子も、友だちと喋ったりふざけたりするところも、すべてが天然自然で、まるで吹き渡る風のような、あるいは降りそそぐ日の光のような、そんなふうだったのです。

自然を相手に、お礼の品を渡すひとなど、この世にはいません。自然の世話になったなら、ただ手をあわせ、心の中で感謝することしかできないのではないでしょうか。

通子先生は、ナーちゃんの名も知らずもちろん連絡先も知らないまま、ただナーちゃんのおもかげを心にそっとしまい、喫茶店通いをやめました。

ところが、偶然はまた通子先生とナーちゃんを引き合わせることとなります。

ある日、通子先生は夢をみました。夢の中で、通子先生はナーちゃんと手をつないでいるのです。つないだナーちゃんの手から通子先生の手へと、生命の息吹《いぶき》のようなものが、脈々と注ぎこまれていることを、夢の中ではっきりと通子先生は感じたのだそうです。

お正月に三人の息子たちが家族を連れて通子先生のところを訪ねてきた時に、通子先生は自分がみた夢のことを、座興のようにして話してみました。

長男は、肩をすくめただけでした。次男は、顔をしかめました。二人の妻たちは、くすくす笑いました。三男とその妻だけが、真面目な顔で通子先生の夢の話を聞いてくれたのです。

「そんなふうに自然な子どもが、いるんだね」

三男は言いました。

「子どもって言っても、もう中学生なのよ」

通子先生が答えると、三男の妻は、考えるふうをしたのちに、こう言ったのです。

「わたしも、そんな感じの中学生を知っているわ」

なるほど、世の中には、そんなふうに天然自然の風をまとったような子どもがたまにいるのであるなあと、通子先生と三男夫妻はその時興《きょう》がったのですが、それからほどなくして、三男の妻の知っている中学生と通子先生が会ったナーちゃんは、同一人物だとわかったのです。

ふたたび通子先生のところを訪ねた三男夫妻の妻の方が、写真をもってきたことがきっかけでした。

「この写真の男の子が、この前言っていた……」

三男の妻が写真を指さしながら言ったとたんに、通子先生は息をのみました。この男の子は、だれ？

「わたしが勤めている中学校の生徒なの」

三男の妻は答えました。そして、

「女の子たちは彼に夢中で。写真部の子が撮ったこの写真は、まるでブロマイドのように学校じゅうに出まわっているの」

と、愉快そうにつづけたのですが、写真の生徒こそが、通子先生を助けた中学生のころのナーちゃんなのでした。

この偶然の一致に、三男夫妻も通子先生も驚いたり興奮したりしたわけですが、それでもってナーちゃんと通子先生が親しくなった、ということは、なかったのです。三男の妻は中学校に事務職員として勤めており、ひそかに出まわっている写真を手に入れるくらいはできても、生徒と自分の身内の間をとりもつ、などということができようはずもなかったからです。

そのうちに通子先生はナーちゃんのことを思いだす回数もめっきり減っていったそうです。だから、わたしの結婚式でナーちゃんを見た時には、文字通り、飛びあがってしまったといいます。

飛びあがり、それから、今度こそこの縁を逃してはなるものかと思い、結婚式の間じゅうくいいるようにナーちゃんを見つめ——わたしはちっとも気がついていなかったのですが——、どうにかしてナーちゃんと近しくなろうとさまざまな手をつくしはじめた、という次第なのでした。

「もちろん、梨子さんのだんなさまを、わたくしが取ろうなどという気持ちは、みじんもなかったのですよ」

通子先生は、言いました。

「でもね、大人になった生矢さんは、中学生の時よりもさらに自然ですてきになっていたわ。女が望む男のかたちを、ぎゅっとしぼってしたたった雫《しずく》をあつめて、もう一度あらためて理想の姿にこしらえたような、そんな男に感じられたのよ、わたくしには」

という通子先生の言葉に、わたしは笑ってしまいました。いくらすてきなナーちゃんだといったって、そこまで褒めたたえるべき存在なのでしょうか。

「いいのよ、ほめてほめてほめきれば」

通子先生は言います。

「女が男のうえに夢をみないで、どこにみるというの」

そういうものなのだろうか、と、わたしはその時少しばかり首をかしげました。男のうえにではない夢だって、女はいくらでもみられるのではないだろうか、と。

今になって振りかえってみれば、たしかにわたしは正しかった。男のうえだけに夢をみているのは、たいへんに危ういことです。けれど、男のうえに夢をみることこそが本懐だ、と思い定めることも、また一つのゆきかたなのではないでしょうか。


通子先生に話を聞いたその夜、わたしはナーちゃんにも質《ただ》してみたのです。

「通子先生のことを、ナーちゃんはどう思っているの？」

と。

「大好きなひとだよ」

即座に、ナーちゃんは答えました。

「大好きって、どういう意味なの？」

「大好きは、大好きだよ。それ以外のなんでもない」

途方に暮れる、という気持ちを、ナーちゃんと一緒にいると、しばしば味わいます。いくら世間知らずのわたしでも、女と男のことについて、いくらかは見当がつくのです。自分以外の女のひとを「大好きだ」と言われるのは、じつに酷《ひど》いことなのではないか、と。

今になって考えてみれば、このときが岐路となったのかもしれません。わたしが世間さまの女のひとたちと同じく、恋いしたうナーちゃんを独占せんとする意志を持つようになるべきか、あるいは、女と男の間には約束などというものは働かないものだと覚悟を決めるべきか、という二つの道のどちらに行くかをさだめる。結局わたしは、後のほう、女と男の間には、道理は通らないのだという覚悟を決める道へと、踏みだしてしまうこととなります。

わたしは、ばかなのかもしれません。

「そんなことはないと思うよ。だって、ほんとうは、この世の道理なんて、人間が勝手に決めてみただけのものでしょう」

と、わたしを慰めるのだか面白がるのだかよくわからない言葉を、そののちわたしに言うことになるのは、高丘さんなのですが、当時わたしは自分一人で切羽つまった心もちになったすえ、そのように思い決めたのだったと思います。

通子先生は、それからも決してナーちゃんとわたしの仲に、無遠慮に入りこもうなどとはしませんでした。わたしは通子先生のお稽古に通いつづけましたし、通子先生のことを嫌いになることもありませんでした。

ただ、いつまでたってもなおらない、小さな小さな傷のようなものが、わたしの気持ちの奥底にできてしまったのは、たしかなことなのでした。

ナーちゃんとの暮らしの中に、常にほかの女のひとの影がさしていたわけではありません。ああ、わたしはどんなにか、ナーちゃんとの暮らしを楽しんだことでしょう。

ナーちゃんと暮らす実家の庭は広く、わたしは母から「原田夫妻」の領分を、わけあたえてもらいました。庭の南東の隅にある、ほんの小さな一画です。昔ふうの花壇を、わたしはそこに作りました。小さな煉瓦でぐるりを囲い、中には、白い花をたくさん植えました。シロヤマブキ、テッポウユリ、白いスミレ、ジャスミン、ドウダンツツジ、クリスマスローズと、手当たり次第に目録を見ては買いにゆき、せっせと植えました。日当たりのいいところを好む植物もそうでない植物もいっしょくたに植えたもので、そのうちに消えてしまうもの、やたらに繁茂するもの、出たり消えたりするものと、次第に収拾がつかなくなってゆき、あやしげな花壇になってゆくのも、愉快なことでした。小学生のころ大好きだった道ばたに咲く白い花の名を知りたくて、一生懸命に調べたら、それはハキダメギクという名の雑草で、花壇に植えるべきものではないと知ったのも、このころです。あんな可憐な花にハキダメギクなどという可哀想な名前をつけたのは、いったい誰なのかと、わたしは憤慨しました。そして、家の近くにはえているハキダメギクをありったけ掘り返してきて、自分の花壇に植えこんだものでした。

「うちの花壇は、梨子に似ているね」

と、ナーちゃんは笑います。内気なのに、野放図。そんな形容をそえて。

たった二部屋しかない住まいでしたが、そこを整えるのもわたしは大好きでした。大きな家具は少ししか置けませんでしたので、ひとの手になじむほどの大きさのさまざまな物を、わたしはいつくしんだのです。何かを手作りするのはあまり得意ではなかったのですが、買ってきたクロスの隅にささやかな刺繡をほどこすことは大いに楽しみましたし、小さなガラスの容器に庭の白い花をさして窓辺に置いたり、いくつかの籠を部屋のあちらこちらに配しては、なかみをつどつど取りかえて楽しんだりもしました。

家の中で着飾るのも、好きでした。着飾るといったって、たいそうな服を持っているわけではないのですが、自分の好きな服を着て、腰まである長い髪を服にあわせてさまざまに編みこんだり結んでみたりそのまま背に流してみたり、ということを毎日大切におこなうのは、しみじみとした満足感をあたえてくれることなのです。いつナーちゃんに見られても、大丈夫。という心がまえと同時に、いつ鏡をのぞいても自分自身が平気、という安心が、わたしの日々をあかるくしてくれるのでした。自己満足とお笑いでしょうか。それでもいいのです。自己満足すらできなくて、自分の外のことごとにどうやって満足できるというのでしょう。

「梨子は、猫みたいに自由だね」

ナーちゃんは、ときおり言いました。猫みたい、といったって、わたしは外猫ではなく内猫なのです。しょせん、ナーちゃんや父母のいるこの家の中で、自由にしているにすぎない。そんなふうにも、心のどこかで感じていたのはたしかです。けれど、わたしはナー

ちゃんに向かって自分のそのようなささやかな鬱屈を訴えたりはしませんでした。わたしはただ、

「そうね」

と、答えるだけにとどめておいたのです。

時は過ぎゆきます。ナーちゃんとわたしが結婚してから、すでに七年が過ぎました。通子先生とのことを知ってから以降の数年は、わたしにとっては比較的平穏な時期でした。女のひとたちはあいかわらずナーちゃんを好くようでしたが、ナーちゃんのほうから女たちに強い情けをかけるという気配は、ほとんど感じられなかったからです。

それよりも、ナーちゃんは会社での派閥争いにまきこまれ、気をすり減らすようになってゆきつつありました。

専務派と副社長派の対立、などという言葉を、わたしはテレビのドラマくらいでしか聞いたことがなかったのですが、ナーちゃんは実際にそのような複雑な派閥の対立に組みこまれてしまったようなのです。

「それは、ものすごく大変なことなの？」

ある時、ナーちゃんに訊ねてみたことがあります。

「ぼくらのような下っぱには、争いがあるのかないのかもよく見えなくて、それなのに何

かが暗躍していたりする気配だけがあって、めんどくさいんだよね。ぼくは元気に働きたいだけなのに」

というのがその時の答えでした。

元気に働きたいだけ、という言葉に、わたしは笑ってしまいました。それはいかにもナーちゃんらしい答えだったからです。複雑とみえて単純。と思ったら、折り重なった陰影をもつ。それが、ナーちゃんという男なのではないでしょうか。

そんなふうに笑いあえていた時には、まだよかったのですが、ナーちゃんは次第に会社というものに疲弊してきているようでした。

「働くことは、いいんだ。でも、重いことが多すぎて」

ナーちゃんはそんなふうに言うのでした。

「梨子にこんなこと愚痴ってるようじゃ、だめだなあ」

苦笑いしながら自分にそう言いきかせ、ナーちゃんは玄関でくつべらを使います。庭先まで出て見送る、そのナーちゃんの背中が、以前よりも年を経たもののように見えることに、わたしは気づかざるをえませんでした。ナーちゃんは、仕事のしづらい環境へと、どんどん追いやられているのではないかと、わたしは案じていました。

ほんとうは、ナーちゃんを苦しめるものを、わたしはすべて遠ざけたかった。そして、ナーちゃんをわたしの胸の中にいだいて守りたかった。

もちろん、そんなことはできません。だいいち、ナーちゃんが望まないでしょう。ナーちゃんは結局のところ、あらゆる意味においてわたし一人のものになってくれる男ではないのですから。

そしてついに、ナーちゃんの恋のことを、わたしは知ることとなります。

女のひとの気配が、そのころはもうなくなっていたと、わたしは言いましたでしょうか。そうです。女のひとの気配を、たしかにわたしは感じなかった。でもそれは、ナーちゃんの近くに女のひとがいなかったからではなかったのです。

はじめて、ナーちゃんはわたしに隠しごとをしたのです。

通子先生のことも、九州の女のひとのことも、ナーちゃんは隠そうとはしませんでした。自分からわたしに言い渡すようなことは、さすがにしませんでしたが、隠そうとしなければ、気配は自然に漏れいずるものです。結局わたしの知るところとなり、質すところとなり、そうなればナーちゃんは正直に女のひとたちのことをわたしに教えるはこびとなるのです。

ところが、このたびはじめてナーちゃんはその女のひとのことを、少なくとも恋愛している間は、隠しに隠しとおしたのです。

それなのにわたしの知るところとなったのは、つまりその恋が断ち切られるように終わった後のナーちゃんのとりみだしようから、わたしがナーちゃんの恋の存在を結局ははっきり感じとってしまったからですし、さらに後日には、まるでだめ押しのようにナーちゃん自身の口からその女のひととのことが語られたためなのでした。

ナーちゃんが恋したのは、副社長の許嫁《いいなずけ》という女のひとでした。副社長は社長の息子であり、許嫁というその女のひとは、戦前は爵位をもっていた家の末娘で、同族経営である会社の創業一族の、遠い血筋でもあるひとでした。幼いころから副社長と結婚することを決められ、外の風にも当てず乳母《おんば》日傘《ひがさ》で育ったといいます。

ナーちゃんはそのひとに、夢中になったのです。仕事の合間を縫い、そのひとと逢瀬を重ね、同時に社内での複雑な人間関係にも翻弄され、ええ、ナーちゃんが疲弊するのも当然だったのです。なぜならそのひとのほうは、夜中に家にいないなどということは許されぬ深窓ぶりでしたから、家を抜けだしてナーちゃんと逢うことについては、二人してずいぶんと神経をすりへらしたことでしょうから。

それでも二人は、逢いつづけたのです。

そしてついに、そのひととナーちゃんとのことは、そのひとの家の者たちの知るところとなりました。

そのひとには長兄と次兄がおり、あるときナーちゃんとそのひとが逢っているところに突然やってきて、そのひとを家にひき戻したそうです。

それはちょうど、二人で逢っているお店の個室の席を、手洗いに行くためにナーちゃんが一瞬はずした時だったとか。

用をたし席に戻ると、そのひとの姿はかき消えていました。ナーちゃんはあわて、捜しまわり、それでも見つからず、やがてそのひとの兄たちがそのひとを家に戻したことに気がつきます。

お店のひとたちは、さぞナーちゃんを憐れんだことでしょう。そのひとがひき戻される一部始終を見ながら、かれらはナーちゃんに何も言わなかったのです。何も言わない、というところにわたしはお店のひとたちのナーちゃんへの同情を感じてしまいました。

以来、ナーちゃんは二度とその女のひとに逢うことはかないませんでした。兄たちは厳重に彼女を見張り、目の届かないところへとゆくことを決して許さなかったのです。

――というような具体的な話は、先ほども言いましたとおり、後にナーちゃんの口から聞いたわけですが、ナーちゃんが大切な恋を失ったことは、残念ながらそのずっと前からわたしには一目瞭然だったのです。

しばらく、ナーちゃんは立ち直ることができませんでした。

そしてまた、わたしも。ああ、なんと心が痛んだことでしょう、ナーちゃんは恋を失っただけですが、わたしは恋を失っただけではなく、もっと多くのものを失ってしまったのですから。

幼いころからずっとナーちゃんに恋してきたわたし。結婚をし、恋はさらに陰影ある複雑な感情を含みもつものとなりました。

けれどそのすべてが、この時わたしの中で壊れてしまったのです。

月を眺めてはものおもいにふけるナーちゃんの横で、わたしはナーちゃんを眺めては悲しみの涙にくれました。でもナーちゃんはそのことに気がつかなかった。なぜなら、わたしの涙は、わたしの心の中でだけ流されたからです。わたしはただほほえんでいました。そのほほえみはわたしの顔を固まらせ、心を固まらせ、ナーちゃんへの思いを固まらせてゆきました。

わたしはまるで、血の通っていない塑像《そぞう》のようでした。つめたくて、心がなくて、同じかたちをたもちつづけるしかないもの。

それからの数年間のことは、ほとんど思いだすことができません。

ナーちゃんは会社で閑職に追いやられていました。それが、派閥争いにまきこまれたせいなのか、あるいは副社長の許嫁と情をかわしたせいなのかは、わかりません。わたしにとっては、どちらでもいいことです。

このころのことは、ほとんど覚えていないと言いましたが、むろん記憶喪失のように何もかもがきれいに消えてしまったわけではありません。むしろ、そのほうがわたしにとっては安穏なことだったでしょうけれど、そんな都合のいいことは、起こりません。

当時の感情の中で、今もときおりよみがえるのは、悲しい、という気持ちです。まず第一に、ナーちゃんがわたしを顧みなくなっていたことが、悲しかった。けれど、もっと悲しかったのは、ナーちゃんのことをいたわったり世話したりする気持ちに、わたしがもうなれなくなってしまった、ということなのでした。

あれほど、ナーちゃんに対して心をくだくことに幸福を感じていたのに。あれほど、ナーちゃんの喜ぶあれこれをおしはかり、そのおしはかったことをしてあげることが、楽しかったのに。

こうやって自分の来し方をふりかえってみて思うのは、恋愛においていちばんに充足感をあたえてくれるのは、相手に愛されることではないのだ、ということです。

相手が自分を愛してくれることは、ただの必要条件なのです。愛し、愛されて、はじめて恋愛は始まるのですが、そのことはあくまで、ただの始まりにすぎないのではないでしょうか。

恋愛がすすみゆく中で、自分が相手に何をしてあげられるのか。その内実こそが、恋愛におけるもっとも甘くて得がたい部分なのだと、わたしはしみじみ思うのです。

たとえば、性愛の部分で、相手にしてあげられることもあるでしょう。生活の中で、してあげられることもある。相手の感情を鎮《しず》めたり、揺れ動きざわめく心を落ち着かせたりする、という場合もある。反対に、いっかな波立たない心に、さざなみを起こし、やがてさざなみはかろやかで美しいうねりをもつ波となってゆく、ということもあるかもしれない。

自分は、このひとのために何かができる。

そう感じることこそが、恋愛のいちばんのよろこびなのだと、今さらながらにわたしは感じてしまうのです。

あのころ、わたしはナーちゃんに、何もしてあげられなかった。何をしてあげる気持ちにも、ならなかった。

黒く鎮まった水面のように、わたしの心には、どんな小さなさざなみも、立たなくなっていたのです。

ナーちゃんとの間が冷えていた日々、わたしはナーちゃんと過ごす家にいるのがつらくて、しばしば外出するようになりました。

整えていた花壇は荒れ、家の中も散らかりがちでした。母は心配していたようでしたが、わたしが母に打ち明けばなしをしたり愚痴を言ったりすることは、ありませんでした。

長い散歩を、わたしは毎日しました。ナーちゃんが会社に行ってしまったあと、以前ならば洗濯をしたり掃除をしたり、夕飯の献立を浮き浮きと考えたりしたものでしたが、それらの家事仕事をする気は、いっさい失《う》せていました。

言い訳のように、数日に一度洗濯機をまわし、掃除は一週間に一度すればいいほう、食器を洗うのも面倒になってしまい、キッチンのシンクは曇りきっていました。

あんなにいとおしんでいた長い髪をばっさりと切ってしまったのも、このころのことです。髪を切ることがあったら、わたくしに譲ってちょうだいね、と、いつか通子先生が口にしていたことを遠く思いだしながら、ヘアサロンの床いっぱいに散る自分の髪を、冷ややかに見おろしていたわたし。

切りおとしたあとの短い髪にくしを入れることもせず、ろくに身繕いもせず、わたしは荒れた部屋を後にします。まだ午前中の浅い日のさす道を、あてもなく歩きはじめるのです。

道には、思いがけないくらいさまざまなひとたちがいます。そして、そのひとたちは、みな少しずつ道に迷っているように、当時のわたしには感じられました。

道に迷っているわたしが、同様に迷っているひとたちのそぞろ歩く道を、どこまでもたどってゆく。そんな景色に、わたしは少しばかり、慰められるのでした。

ある日のこと、そうやって道を歩いていると、ずいぶんと遠くからやってくるものがありました。

光っています。

曇り日なのに、そのものは、美しく光っているのです。

次第に近づいてくるそれは、自転車を漕いでいるひとなのでした。

「あ」

と、わたしは声をだしました。

自転車に乗っているのは、あの、小学校の用務員だった、高丘さんだったのです。

高丘さんは、すぐにわたしのことがわかったようでした。

「きみは」

と、高丘さんは自転車を止め、わたしにまっすぐ向きながら、声をかけてくれたのです。

「きみは、あの、理科室の好きな」

「そうよ」

わたしは、笑いながら答えました。笑ったのは、ほんとうに久しぶりのことでした。自分が笑うことができる、ということすら、その時のわたしは忘れていました。

「高丘さんは、どこから来たの？」

昔と同じように、わたしは高丘さんに喋りかけていました。年齢のへだてなどまったくない言葉づかいでもって。

「ずっと向こうのほうからだよ」

高丘さんは、そう言いました。ずっと向こうのほう。わたしは、口の中で繰り返してみます。ほんとうに、高丘さんは、ずっと向こうのほうからやってきたように感じられました。隣の町でもなく、隣の県でもなく、ただずっと遠い、どこからか。

わたしたちは、やすやすと時間を飛び越えました。長い間会っていなかったのに、まるで昨日まで毎日会ってお喋りをしていたかのように、会うなり、すぐさま互いの時を取り戻したのでした。

「最後に会ったのは、いつだった？」

わたしたちは、小さな川の端にあるベンチに座り、訊ねあいました。

「わたしが小学五年生の時。まだ十歳だった」

「今、きみは何歳？」

「三十四歳よ」

「では、ほぼ四半世紀ぶり、ということになるね」

「まあ」

四半世紀、という言葉に、わたしはびっくりしてしまいました。そんなにも長い時間、高丘さんと会っていなかったのでしょうか。

「今日は魔法を感じたから、きみに会えるような気がしたんだ」

高丘さんは、笑いながら言うのでした。

「ほんとうに？」

「ほんとに」

なんて不思議なことでしょう。

わたしは高丘さんの写真を見たときの、ナーちゃんの言葉を、思いだしました。

「弟子になりたいような感じのひとだね」

たしか、ナーちゃんは高丘さんの写真を眺めながら、そう言ったのです。

あの時は、ナーちゃんのその言葉に対して、とりたてて何も思いませんでしたが、久しぶりに高丘さんに再会したわたしは、その場で、

――高丘さんの弟子に、今すぐになりたい。

と、切実に思ってしまったのです。

それほどに、再会した高丘さんは、恬淡《てんたん》としていました。男と女の間の、濃密で闇の深い関係からも、世俗の欲望からも、何かと競争することからも、高丘さんは遠く離れて久しいふうにみえたのです。

もしかすると、用務員をしていたころも、高丘さんは同じように恬淡としていたのかもしれません。けれど、小学生だったわたしには、高丘さんのそのこだわらないふうがどれほど安心感を与えてくれるのか、はっきりとわかっていなかったのです。

「ねえ、高丘さん」

わたしは聞きました。

「高丘さんは、自転車に乗って、これからどこに行くの？」

「べつに。こうしてきみに会ったのだから、しばらくはここにとどまっていようと、今決心したばかりだよ」

高丘さんは、わたしの顔をじっと眺めながら、静かに答えたのでした。

「仕事は、今は何を？」

そうわたしが聞くと、高丘さんは、

「無職だよ。派遣会社に所属して働いていたんだけれど、少しお金がたまったから会社を辞めて、去年からずっと自転車旅行をしている」

と答えました。

自転車旅行、という高丘さんの言葉に、わたしは目をみはってしまいました。

「山を越え丘を越え、ひたすら漕ぎつづけるんだよ」

そんなふうに、高丘さんは説明します。

「一日じゅう？」

「いや、べつに急ぐ旅じゃないから、疲れたら休み、眠くなったらそのへんに寝そべって眠り、腹がへったら料理をし、そうすると一日がいつの間にか終わってるんだ」

高丘さんは、屋根のある建物のもとではほとんど眠らず、たいがいは野宿をするのだと言うのでした。ほんの少しの荷物しか持っていないようにみえるのに、野宿などできるのだろうかとわたしがいぶかると、高丘さんは笑いました。

「だってぼくは、昔高野山で修行した男だぜ」

そういえば、そんなことを聞いたおぼえもありました。

「あの、千日回峰行《せんにちかいほうぎょう》、とかいう修行を、高丘さんは、したの？」

おっかなびっくり聞くと、高丘さんは首を横にふりました。

「高野山では、そういう修行はしないんだけど、外で何日も過ごすくらいのことは、慣れっこだったよ」

小学生の時も、高丘さんは年々若返っているような印象がありましたが、あのころよりもさらに高丘さんは若々しくみえました。毎日体を動かし、野外で過ごしているからでしょうか、その体は健康的に日やけし、締まっていました。このところの、不健康に悩んでいるナーちゃんよりも、いっそのこと若々しく感じられさえしたのです。

「お願い。高丘さん、魔法を教えて」

わたしはさきほどからの願いを、口にしました。鬱々とした日々の霧を、わたしはどうにかして払いたかったのです。

高丘さんは、いったいどのあたりで野宿していたのでしょう。久しぶりに再会したその次の日から、わたしが散歩をはじめて小一時間もたつと、高丘さんは必ず姿をあらわすようになりました。

散歩に出る時間は、まちまちでした。ナーちゃんが出勤したあとに、もう一度寝直してから昼近くに家を出ることもありましたし、夜中目が冴えてしまってそのまま眠れずいやに朝早く散歩をはじめることもありましたし、時には午後になることもあったのに、高丘さんは、歩いてゆくわたしの視界の彼方から、必ず姿をあらわすのでした。

「どこから来るの？」

と聞いても、最初の時と同じように、高丘さんはいつも、

「ずっと向こうのほう」と答えるだけでした。

自転車は、きれいに磨きあげられ、ハンドルもスポークも輝いていました。

「野宿では、どんなふうに料理をするの？」

わたしは訊ねてみました。

「ほんとうは焚き火で調理するのがいちばん楽しいんだけど、街ではなかなか難しいから、小さなストーブにコッヘルで料理しているよ。山中だと火を焚けるから、景気いい気分になるんだ、いつも」

景気いい、という表現に、わたしは笑いました。

「動物とか、やってくる？」

「うん。山の中は、いろいろやってくるよ。鹿も、猪も、たまには熊もくるけど、火を焚いていれば、まあ近くまではこないね。きみも、一度野宿してみる？」

「いやよ」

すぐにわたしは答えました。野外での活動にはまったく関心がありませんでしたから。高丘さんがそのようなことごとを好んでいること自体には何の異存もありませんでしたが、自分が野宿したりキャンプしたりするのは、まっぴらごめんでした。でも、魔法を教わるには、野宿をしなければならないのでしょうか？

「いいや、そんなことは、ないよ。魔法は、野宿するくらいじゃあ、身につかない」

高丘さんは、可笑しそうに答えました。

魔法を教えるには、まずきみの人生のことを知らなきゃね。

高丘さんは言うのでした。それは、暖かな日でした。夏が去り、秋が来て、けれどまだ冬の気配はうすい、そんな日だったのです。

わたしたちは、いつもの川端のベンチに座っていました。盛夏にはあれほど生い茂っていた草が、今はもう丈低く、数少なく、何かを請い願うように静かに風にそよいでいるばかりでした。

今まで誰にも打ち明けてこなかったナーちゃんとの日々のことを、わたしはそんな季節に、高丘さんに話したのです。

ナーちゃんと初めて会ったころのこと。好きだと感じた、その心もち。いくたりかの女のひとたちとのことを知った苦しみ。通子先生との不思議な結びつき。そして、まさに今この瞬間の、わたしの悲しみ。

さぞかし長い話になるだろうと思われたのに、実際に喋ってみると、それは一時間にも満たない短い話におさまってしまうのでした。

高丘さんは、何も言わずにわたしの語る言葉を聞いていました。ため息と共にわたしの話が終わったあとも、高丘さんはしばらく黙っていました。

「こうして言葉にしてみると、なんだかよそごとのように感じるものね」

わたしは言いました。

「よそごととは、いい言葉だね。ぼくも、いつもそう思うよ」

「よそごとのためにこんなに苦しむなんて、ばかみたい」

「よそごとだからこそ、かえってその中に入りこんでしまうものなんじゃないかな」

「え？」

わたしは思わず高丘さんの方を向き、顔をじっと眺めてしまいました。ふれることのできる近さの、少し上に、高丘さんの顔はありました。よく日にやけ、ほどよくこなれた皺のよった顔は、やはりわたしの知っていた高丘さんよりも、よほど若々しく見えるのでした。

「だって、きみが語った今の話は、きみの物語なんでしょう」

「物語」

わたしは高丘さんの言葉を繰り返します。

「そう、物語。ほんとうの世界は、ただの断片からなっているだけで、見渡すことなどなかなかできないはずなのに、ぼくたちはみんな、その断片をつなぎあわせて、自分のためのお話をいつも作りあげているんじゃないかな」

「でも」

と、わたしは高丘さんに言い返そうとしました。

「でも、ナーちゃんに恋したのはほんとうのことだし、ナーちゃんのまわりにいる女のひとたちのことでわたしが苦しんでいるのも、ほんとうよ」

「嘘だなんて、言ってないよ」

「じゃあ」

高丘さんに対する憤慨の気持ちで少しばかり頬を紅潮させたわたしを、高丘さんは愉快そうに眺めています。その落ち着きように、わたしはますます憤慨してしまうのでした。

「ひとには、物語が必要だって、何百人もの心理学者や小説家が言っていることだしね」

高丘さんの、なにかひとをこばかにしたようなもの言いに、わたしは少なからずまたむっとしたのですが、こばかにしたくちぶりだったからこそ、わたしの気持ちの中にいくばくかのゆるみがあらわれたのかもしれません。

なんだかわたし、ほんとうに何かの物語の中にいるみたい。

そう、わたしは感じたのでした。ナーちゃんをひたすら慕ってきたことも、ナーちゃんが自分を裏切ったと身も世もなく嘆き悲しんだことも、ナーちゃんを中心に世界をまわしてきたことも、なんだかちょっと、昔ばなしのよう。

横を向くと、高丘さんが静かにほほえんでいました。


「いろんな物語が、あるよね」

高丘さんは、ぽつりと言いました。あたりがおぐらくなりつつあることに、その時はじめてわたしは気がつきました。高丘さんの隣に座り、わたしはどのくらいの間、もの思いにふけっていたのでしょう。

ナーちゃんのこと。母のこと。父のこと。数少ない友だち――菅原さんと通子先生しか友だちがいないということに、わたしはびっくりもしたのです。通子先生を友だちと言っていいかどうかは少しばかり難しいところですが、友だちだということに、その時わたしは決めたのです――のこと。好きなこと。嫌いなこと。そして、自分自身のこと。

こうしてふりかえってみると、わたしという存在は、なんとあやふやではかないのでしょう。高丘さんの言うとおり、すべては断片で、すべてはわたしの思いこみでできていることに、高丘さんの隣でもの思いにふけってみて、わたしはあらためて気がついてしまったようでした。

なにひとつ確かな筋道はなく、なにひとつ確かな裏付けもなかった、わたしの今までの人生。

「たいした物語じゃ、なかったわ。つまらない物語よ、わたしの今までのことなんて」

投げだすように、わたしはつぶやきました。

「そんなことは、ないよ。物語は、たいがい単純なんだよ。男と女がいて、会って、恋して、そして別れてゆく」

おだやかに、高丘さんが答えます。

「じゃあ、わたしとナーちゃんは、次には別れなきゃならないの？」

「さあね。きみの物語のゆくさきを決めるのは、きみだから、ぼくにはわからない」

「ナーちゃんと離れるなんて、考えられない！」

思わずわたしは、叫んでいました。叫びながら、自分の声が不思議なふうに響いていることに、わたしは気がついていました。

洞穴《ほらあな》の奥深くで、誰にも聞かれることなく叫んでいる声のように、それは聞こえたのです。誰にも聞かれることはないはずなのに、わたしの声は響きわたり、洞穴じゅうを満たし、さらにその外へと伝わってゆき、やがてひとびとが天からふってくるわたしの声を聞きとめるにちがいない、わたしの声はそんなふうに、どこか遠い場所へ向かって、限りなくのびていったのです。

「そんなにも、彼が好きなの？」

高丘さんは、静かに聞きました。

「好き」

簡潔に、わたしは答えました。

「それなら、きみも魔法をおぼえることができるよ、きっと」

暮れなずむ川端のベンチで、高丘さんはそう言いました。きみも。高丘さんの、その言いように、わたしは一瞬胸をつかれました。きみも。ということは、高丘さんも、もしかするとわたしのように、誰かをくるおしいほどに恋したのかもしれない。そしてその果てに、いやいやながら、魔法をおぼえたのかもしれない。そんなふうに感じたからでした。

夢を、みるようになりました。

わたしはまだ幼いむすめなのでした。おまえは七つ、と、いつかあんにゃさに教えてもらった記憶があるのですが、七歳にしてはずいぶんと体が小さいのです。けれど、みすぼらしい体格をしているのはわたしだけではありませんでした。かかさんも痩せほそっており、ととさんはかなりな小柄、三人いるあんにゃさたちも同様に丈は低く体格も貧弱だったのです。

あばらやに住んでいるわたしたち家族は、冬には凍え、夏には暑さに身を灼《や》きました。それでも、秋や春のきもちよい風のそよぐ季節には、田畑の畦《あぜ》を走りまわり、とんぼうを捕ったりあまびらを追ったりしたものでした。

あんにゃさ、ととさん、かかさん、とんぼう、あまびら、などの言葉は、ひどく耳慣れないものでしたが、それが「兄さん」「父さん」「母さん」「とんぼ」「ちょうちょ」を意味していることは、わかっていました。夢だから、そんなこともあるわよね。そんなふうに、わたしは夢の中で思っていたのです。夢をみていることを知りながらみる夢は、なかなかに楽しいものでした。なぜなら、どんなに苦しいことが起こっても、それは夢なのですから、いつかは必ず覚めると決まっているのです。

あんにゃさたちも、ととさんもかかさんも、たいそうわたしを可愛がっていました。ほんとうは、すぐ上におんねさがいて、そのずっと上にもおんねさがいたはずなのですが、すでに二人とも、家にはいませんでした。すぐ上のおんねさが、前の前の年にお江戸へと売られていったことを、わたしはうすうす知っていました。このあたりの家では、多くのむすめたちは口減らしのために、十になると売られてゆくのです。歩いて何日かでゆける旅籠《はたご》町に売られてゆくことがほとんどでしたが、器量のよいむすめは、はるばるお江戸まで連れてゆかれ、そこでうかれめになるよう仕込まれるのです。すぐ上のおんねさは、優しいひとでした。わたしが駄々をこねて泣きはじめると、困ったような顔になり、

「よしよし、おまえはつぼい子ぉよ」

と、なぐさめてくれたものでした。つぼい、というのは、可愛らしい、という意味なのです。つぼい、つぼい、と、しょっちゅうおんねさはわたしに言ってくれましたが、自身のつぼさゆえに、お江戸などというひどく遠いところへ売られていったことが、わたしは哀れでなりませんでした。

姉が売られてゆくことを哀れと感じる慮りは、たった七つのむすめにとっては、いやに大人びた心もちにちがいありません。それはおそらく、七歳で、ひなびた痩せ地に住み、ひどく困窮した野良ぐらしをしているむすめの心もちではなく、現代の東京に生まれ、ナーちゃんと結婚をし、今まさに三十代の半ばであるわたしの心もちであったにちがいありません。夢の中では、わたしは七歳であり三十半ばの齢《よわい》でもありました。両方の心もちを、同時に持っていたのです。

夢の中の時間は、簡単に伸び縮みします。ある夜の夢の中では、たった一日ほどの時が過ぎるだけだったのが、違う夜の夢の中では一年が簡単に過ぎ去りました。

夢の中で、わたしは着実に成長してゆきました。七つだったのが、八つになり、九つに

なり、やがてわたしは、おんねさたちが売られていった十歳になろうとしていたのです。

同じ夢の続きを頻々《ひんぴん》とみるようになった一方で、昼の生活は、あいかわらずでした。ナーちゃんは鬱々としてたのしまず、わたしはいつも上の空でしかナーちゃんに対することができませんでした。

高丘さんは、また自転車の旅にでたようで、数ヶ月間会うことはありませんでした。つらい日々でしたが、夢をみるようになってから、そのつらさは少しだけ軽くなったように感じられていました。

わたしはナーちゃんに耽溺《たんでき》するあまり、よその場所を知らなかったのです。友だちも少なく、父や母にも心の内を明かすことができず、いくらお琴のお稽古に精をだしてみても、お稽古をしているその時しか心は晴れず、ただ毎日家の近くをさまようことしかできなかったわたしでした。

けれど、夢の中には、わたしが知らなかった景色があふれていました。山の雪が人のかたちに溶け残ったのを合図に野良仕事がはじまることや、寒い冬の間、肩を寄せ合うようにして藁《わら》仕事をする日々や、夕焼けが見たこともないくらい赤いことや、夜明けの空が刻々と色を変えてゆくこと、あんにゃさたちが喧嘩をする時の怖いくらいの気迫や、ととさんとかかさんが夜中に無言でぶつかるようにして目合《まぐわ》うことや、野良仕事の合間に飲む水のこよなきうまさや、一年に一度か二度だけ食べることのできる白い飯のおいしさ。夢の中のわたしが生きていたのは、たいへんに厳しい世界だったにもかかわらず、触れればすぐさま切れるような、あざやかな生気に満ちた場所でもあったのです。

夢から覚めて、ここにいる現世《うつしよ》の自分をかえりみれば、ひがな動かず、ただうつらうつらしているだけの存在でしかないようで、むしろこちらの方が夢の中の世界であるかのように感じられるのです。

夢の中の時間は刻々と過ぎ、いよいよわたしが売られる時が近づいてきました。村に時おり出入りしていた口入れ屋の蔵六《ぞうろく》という男が、わたしを売るてはずを整えました。ととさんとかかさん、それに三人のあんにゃさたちがじゅうぶんに冬を越すことができるくらいの金子《きんす》を、蔵六は用意していました。わたしはどうやらすぐ上のおんねさと同じく、お江戸に連れてゆかれることとなったようなのでした。

お江戸へ行くまでの道中、蔵六はあと二人、わたしとおないどしほどの娘たちを、途中の村で買いました。なるほど、一度の旅でたった一つの商品を仕入れるだけ、というのは、効率がよくありません。

そうです。わたしも、ほかの二人の娘たちも、売り買いされる商品だったのです。商品、という言葉が、命のないものをさすだけのように思われるならば、たとえば、売られてゆく牛馬と同じだ、と言いかえてもいいかもしれません。

売られた、という事実もですが、売る側であるととさんもかかさんもあんにゃさたちも、わたしが売られてゆくことを、思うほどには悲しまなかった、ということに、わたしは少なからぬ衝撃を受けていました。

あんなにわたしのことを可愛がってくれていた家族が、ことほどさようにわたしが売られることに対して平然としているのは、現代に生きているわたしの意識からすると、どうにも理解できないことでした。

なぜかかさんは悲しくないの。わたしは聞きました。さだめだから。というのが、かかさんの答えでした。

なるほど、わたしたち家族が貧しいことはさだめでしたし、毎日がひもじいのもさだめでしたし、十になったら娘が売られてゆくのもさだめ、息子たちが嫁をとることができないかもしれないのも、さだめなのです。長雨が降って作物が枯れてしまうことがあるのもさだめ、大風が吹いて実った稲が倒れてしまうこともさだめ、日照りで田畑が枯れてしまうのも、何もかもが、さだめなのでした。

さだめには逆らうことができない。だから、静かに受けいれる。それが、村の生きようなのです。それが嫌で、お江戸をめざして村を出奔《しゅっぽん》したり、あるいはいっそのこと盗人《ぬすっと》や山賊の仲間になったりして、耕すというたつきから離れていった者たちもありましたが、かれらが果たして今どこでどうしているか、村の誰も知らないのでした。

売られていった日の夢をみた夜、わたしは自分の泣き声で目が覚めました。

「どうしたの」

ナーちゃんが聞きます。隣に眠っていたナーちゃんを、どうやらわたしは起こしてしまったようでした。

「かかさんが」

わたしが言うと、ナーちゃんはきょとんとしました。

「かかさんって？」

夢の中の母をよぶ言葉を、ナーちゃんがわかろうはずはありません。わたしが売られてゆくのを、涙も見せずただ黙念と見送るばかりだった母を、はんぶん責めるような気持ちで悲しんでいたわたしは、いったいどちらのわたしだったのでしょう。現在のわたしなのか、お江戸に売られてゆくわたしなのか。

かかさん、というイメージを思う時、わたしはこれっぽっちも現在の母のことは思わないのですから、それはやはり売られてゆく十歳のわたしの心もちだったのかもしれません。

目覚めたというのに、だからわたしは少女の心もちでいたにちがいありません。

ナーちゃんは、不思議そうにわたしを見ていました。

「なんだか、梨子がいつもの梨子じゃないみたいだ」

しげしげとわたしの瞳をのぞきこみながら、ナーちゃんは言うのでした。

ずっとナーちゃんを直視することを避けていたわたしは、その時ほんとうに久しぶりにナーちゃんの瞳を見返したのです。

茶色い、あかるい瞳でした。

このひとが、わたしは、好きだった。そして、今も、やっぱり好きなのだ。

まるで他人のことをはかるように、わたしは思うのでした。

今ここにいるナーちゃんよりも、別れなければならなかったかかさんやととさん、そしてあんにゃさたち、狭くるしく窓ひとつないけれどなつかしい家のことを、わたしは強く思っていたのです。

お江戸は広くて華やかなところ、とわたしたちは聞いていました。村を出てお江戸に行くことができるのは、むしろしあわせなことなのです。

「きれいなべべに袖をとおすこともできるのだぞ」

と、蔵六はわたしたちに言いました。歩きに歩いてお江戸が近づいて、いよいよここからがお江戸だという内藤の宿場まで来たので、ようやく旅が終わるのだと、わたしたちはほっとしました。

けれど、そこからわたしたちはさらにまる一日歩かなければなりませんでした。お江戸の、ちょうど西の端から東の端までを、わたしたちは急ぎ足でゆきました。蔵六は、日が暮れる前に目的地に着くつもりでおり、わたしたちはまだ日も明けやらぬうちに内藤宿を出たのです。

　そしてついに着いたその場所は、ずいぶんとさみしいところでした。風が強く、川は波だっていました。遠くに、田んぼが見えます。夕刻ちかく、わたしたちは川辺で猪牙舟《ちょきぶね》に乗せられました。むっつりと黙りこんだ船頭が、長い棹を使って、先のとがった舟をあやつってゆきます。しばらく水路がつづき、やがて舟はそれまでよりも太い流れへと入りました。

「ここが大川」

蔵六は言いました。水面に幾本もの松の枝が張りだしています。舟はしばらく森ふかい両岸を見ながら進み、ふたたび、いくぶんか狭い水路へと進路を変えました。風が強く、水面には波がたち、舟はひどく揺れました。揺れるたび、あと二人の娘とわたしは、身を寄せあいました。

しまいに、船宿のかたまったあたりで船頭は棹を休め、舟をとめました。

「おりるんだ」

と、蔵六に追い立てられ、わたしたちはゆらゆら揺れる舟から土の上へと、よろぼい出ました。そこここに男たちがそぞろ歩き、何軒もの船宿からは楽しげな声がもれてきます。

道はくねくねと折れ曲がり、わたしたちは悄然《しょうぜん》と蔵六についてゆくばかりでした。しばらくゆくと、大きな柳の木があらわれ、道の両側には編み笠茶屋をはじめとする小店がたちならぶようになりました。道のどんづまりには、黒塗りの門があり、門の両側には堀がめぐらせてあります。まだこの時のわたしは、吉原を囲むようにめぐらせてあるこの堀が「おはぐろどぶ」と呼ばれていることを、知りません。

「大門《おおもん》だ」

蔵六は黒塗りの門を指さして言いました。吉原の大門。ああ、わたしはほんとうに何も知らなかったのです。どこかで聞いたことのある呼び名だこと。夢をみている現代のわたしは、思っていました。おおもん。それは、大きな門のことなのかしらん。江戸のわたしは、思っていました。

わたしたちは、足ばやに大門をくぐりました。

それからの十年間、わたしがこの大門をくぐって吉原の外に出ることは、一度もなかったのです。

吉原は、まるで一つの村のようなところでした。

共に旅をした娘たちは、わたしとはことなる家に売られてゆきました。家、といっても、むろんそこにはととさんもかかさんもいません。ほんとうは、家とは呼ばず、見世《みせ》、と呼ぶべき場所なのです。けれど、見世はやがてわたしにとっての家となってゆくのです。ととさんもかかさんもいませんが、かわりに何人もの女たち男たち、そして娘たちがいる、わたしの居どころとなる場所なのです。

わたしが身売りされた見世は、吉原の表通りに面した中見世《ちゅうみせ》でした。あとの二人の娘たちが、おはぐろどぶにごく近い小見世《こみせ》へとそれぞれ売られていったということは、後に知ることとなります。

長旅ですっかりほこりをすっていた粗末な着物を脱がされ、わたしは内風呂に入れられました。郭《くるわ》というところでは、娘はたいそうおそろしいことをおこなわなければならないのだということを、十歳のわたしはすでにうすうす知っていたので、風呂に入ったあとに、どんな怪物のような男がやってきて、わたしと目合うのかということを怖れていました。風呂の世話をしてくれたのは、わたしよりも少しだけ年若くみえる娘です。髪を肩で切りそろえ、きれいなべべを着た、はしこい娘でした。

「あんたも、売られてきたの？」

わたしは聞きました。

「いいや」

と、娘は笑いました。娘は、この郭の生まれだというのです。今は遣《や》り手《て》である娘の母は、もっと前はおいらんだったのです。

「あんたも、禿《かむろ》になるのよ」

娘は言いました。

「かむろ」

はじめて聞くその言葉を、わたしはただぼんやり繰り返すばかりでした。

「おいらんのおてつだいをしたり、いろんなご用を言いつかるの、あたいたちは」

「男と目合わなくても、いいの？」

意外に思って、わたしは聞き返しました。

「まぐわう」

わたしの問いには答えず、娘はわたしの口にした言葉を面白そうに繰り返します。

「それは、おねえさんたちの、お床《とこ》のことを言っているの？」

反対に娘に聞き返され、わたしは目を白黒させました。

「げすな言いようね、なんだか」

嬉しそうに、娘は言います。げす、などと言われ、夢をみている現代のわたしは少なからずかちんときたのですが、げすであることを、娘はちっとも軽蔑しているようにはみえません。むしろ、楽しんでいるようなのです。

「だって」

わたしは言いよどみました。

「旅人衆のことばは、おもしろいねえ」

余裕ある様子で、娘は笑います。この娘は江戸のわたしよりも年下だろうにと、現代のわたしはまたかちんときますが、江戸のわたしの方はといえば、すでにこの娘を見あげるような心もちとなっているのでした。

娘の、妙に婀娜《あだ》っぽいしぐさや喋りようは、たしかに独特のものでした。

おそらく娘は、ごく幼いころから吉原の内で育ち、吉原の風《ふう》を、習うということなくごく自然に身につけていったのでしょう。男たちを満足させるための、その摩訶不思議な美意識は、女が身を売る、という価値観の正否を超えて、江戸のわたしの心をとらえたのです。

「あたいたちは、台所のすぐ隣の間に休むのよ」

娘は教えてくれました。郭はみな二階建てで、通りに面した部分は紅殻《べんがら》を塗った太い格子づくりになっています。二階にはおいらんたちが客を迎える座敷があり、階下には台所や行灯《あんどん》部屋、風呂場や広間があるのでした。

翌日、わたしの髪は娘と同じ長さに、肩で切りそろえられました。そして、その日から、わたしの吉原での生活は始まったのでした。

夢をみるようになってから半年が過ぎました。季節はうつりかわり、冬がきて、やがて春になり、新緑が萌えいずるようになったころ、高丘さんが旅から戻ってきました。

冬の間はずっと家にこもりきりだったわたしですが、春のきざしを感じるようになってから、久しぶりに花壇の手入れをしたり、家を整えたりするようになりましたし、少し足をのばしての散歩も再開したのです。

夢の中で長い時間を過ごすようになってからというもの、今この場所でのさまざまなことに対するわたしの感じかたは、ずいぶんと変化しました。

そして、顔を見るのも、名を呼ぶのも、その息づかいを聞くことさえつらかったナーちゃんに対しての気持ちも、同時に変化しつつありました。

ナーちゃんのことは、あいかわらず好きでした。たぶん、どんなことがあっても、ナーちゃんを好きだというわたしの心は、変わることがないのです。生まれつきもっている、この体つきや声と同じように。

でも、ナーちゃんを好きだというその気持ちの中には、ナーちゃん以外のものが、ずいぶんとたくさん混じりこんできていたのです。今までナーちゃんだけで満たされていた場所に、色とりどりのものが流れこんできた、というふうな。

わたしは、ナーちゃんを好くのと同じように、夕暮れの空を好きになりました。一人で歩く道すがら知りあった女の子——その子は、夢の中の幼いわたしのおもかげをどことなく宿しているように感じられたのです——とその母親を好きになりました。桜の散るさまを、これまでになく好きになりました。春が闌《た》けるころ、知らぬ家の庭に、きもちわるいほどにびらびらと咲き開くチューリップの花が、好きになりました。

旅から帰った高丘さんに会ったのは、そんなころでした。あの川端で、いつものベンチに一人で座って水鳥を眺めていると、背後から近づいてくる気配がありました。わきたつような喜びが自然に体にあふれ、わたしは迷いなく振り向いたのです。

高丘さんは、なつかしい匂いがしました。草の匂い。風の匂い。木の葉の匂い。花の匂い。

「どこへ行っていたの」

わたしは聞きました。

「いろいろ」

というのが、高丘さんの答えでした。具体的な土地の名前はきっと言わないのだろうなと予想しながら聞いた、その答えが予想のとおりだったことに、わたしは思わず笑ってしまいました。

「何がおかしいの？」

高丘さんは、きょとんとしています。

「だって、高丘さんは、いつも高丘さんなんだもの」

「そうかね」

高丘さんは、首をかしげました。

そうです。夢の中で刻々と変化してゆく自分や、昔とは違うふうに思えてしまうナーちゃんにくらべて、高丘さんは、ちっとも変わらず、いつも高丘さんそのものの姿でわたしの前にあらわれるのです。なんと心安らかなのでしょう。

「魔法、ずっと続いているのよ」

わたしは言ってみました。

「そうなんだ？　それは、よかったね」

「いいことなのかな」

「いいことだよ。だって、面白いじゃない、魔法って」

「あれを、面白いって、言うのかな」

「この世界の、たいがいのことは、面白いでしょう」

落ち着いた口調で、高丘さんは答えました。この世界のことは、たいがい、面白い。ほんとうに、そうなのでしょうか？　ここ数年のナーちゃんとのあれこれは、わたしにとって全然面白いことではなかったので、高丘さんのその言葉にはとうてい賛成しかねました。

「きみは、いろんなことが、あんまり面白くないの？」

「面白くないことは、たくさんあるわよ、そりゃあ」

「そんなにたくさん、あるんだ！」

高丘さんは、目をまんまるくしました。その無邪気な様子に、わたしは思わずむっとしてしまいます。

「小さいころは、どうだった？」

口をとがらせているわたしに、高丘さんが聞きました。

小さいころ。その言葉を聞いて、わたしは小学生だったころのことを、一時《いちじ》に思いだしました。高丘さんのいた用務員室のようす。好きだった場所。嫌いだった同級生。どっちでもよかった、たいがいのこと。

なるほど。たしかに、小さいころわたしは、いろんなことが面白かったのでした。好きなことも、嫌いなことも、どうでもいいことも、みんなみんな、面白かった。面白い、という言葉の意味は、世間さまが使う「面白い」とは、少しずれているかもしれませんが。

高丘さんは、ベンチの隣に座って、ゆったりとした姿勢で、川を眺めています。

江戸時代の幼いわたしを夢にみる日々は、さらに続いてゆきます。

吉原の暮らしは、楽なものではありませんでした。あばらやに家族と住んでいたころの暮らしもきびしかったのですが、まったく異なるきびしさが、郭にはあったのです。

禿、とよばれるわたしたちは、おいらんたちの世話や、お使いや、こまごまとした下働きをさせられていました。農家とちがって、起きるのはさほど早くありませんでしたが、そのかわりに夜更けや朝がたになるまで起きていなければならない時も、たびたびありました。いつもわたしは、眠くてなりませんでした。それに、華やかだと聞いていた吉原の暮らしは、あんがい質素だったのです。村で着ていたのよりはずっと上等な着物も与えてもらいましたし、粟《あわ》や稗《ひえ》や麦は混じっているけれど毎日白いご飯を食べることもできました。最初のうちは、かかさんやととさん、あんにゃさたちに申し訳ないような気持ちにもなりました。

けれど、上等な着物も、毎日の食事も、何もかもが、すべてわたしの借金となるのです。おいらんが吉原から出るには、長い間に見世が立て替えたお金を、きれいに支払い終えなければなりません。禿はやがておいらんになるのですが、禿の時代にかかったお金も、借金として数えられてしまいます。長《なが》の年月、吉原から女たちが抜け出ることができないのは、このためなのです。

ああ、人というものは、すぐに慣れてしまうものなのですね。質素だけれど村でのものより数段上質な食事にも着物にも、すぐにわたしは慣れてしまいました。そうやってぜいたくに慣れさせ、ぜいたくでなければならないと思わせて借金を重ねさせるのも、吉原という場所なのです。

吉原に来てまだ一年とたっていなかったのですが、わたしは吉原の風《ふう》というものを、こうして着々と身につけていったのでした。

　おいらんたちのお客は、台屋《だいや》――現代で言うなら、仕出し屋ということになるでしょうか――からとった「台のもの」という、仕出しのごちそうを、部屋に運ばせるのがならいでした。江戸時代のわたしから見ると、台のものは、それはそれは豪奢《ごうしゃ》なごちそうでした。あんなものが食べられるのだから、おいらんになるのはなんて幸せなことなのだろうかと、わくわくもしました。

　ところが驚いたことに、おいらんは、台のものをお客の前で食べてはならないのです。少なくとも、わたしのいた見世ではそう決まっていました。それでも、馴染《なじ》みのお客がたくさんついているおいらんには、禿や下男や下女たちとはことなる食事を見世の台所でつくり、昼のうちにゆっくりと食べられるよう、二階まで運んだりもしていました。また、お客が帰ったあとに残った台のものを、これも残ったお酒を茶碗についだものといっしょに、何人かのおいらんでにぎやかに食べたりすることもありました。

　かわいそうなのは、売れていないおいらんです。彼女たちには、禿と同じような粗末な食事しか与えられません。だから、一階に下げられてきた台のものが残っていた時には、禿も売れていないおいらんも、それらを捨てることなど決してせず、こっそりと隠しておき、煮返したりあたためたりして翌日食べるのです。

わたしがいちばん好きだったのは、残っていたお刺身を、翌日の昼間火鉢で焼き、味噌や唐辛子をつけて食べる、というものでした。このやりかたは、わたしが見世に入ってきた時に風呂の世話をしてくれた少しだけ年下の禿、おみのちゃんに教えてもらいました。炊き合わせを小鍋で煮返す時に、ぽっちりお酢を入れると味がひきしまることも、おみのちゃんは教えてくれました。

おみのちゃんは、吉原でのわたしの先生でした。昔おいらんだったというおみのちゃんの母親は、今は遣り手として見世に残っているのですが、ほんとうの母親であるにもかかわらず、おみのちゃんとの間には、親子の情のようなものは、ほとんどないようにみえました。

おみのちゃんが寝るのは、見世の下女たちや禿たちが雑魚寝《ざこね》をする台所の横の大部屋でしたし、おみのちゃんの食事は、遣り手の母親よりもずっとみすぼらしいものでした。買われてきたわたしと、この見世で生まれ育ったおみのちゃんは、ほとんどわけへだてされず、ただ吉原の売れっ子のおいらんになるという目的のためだけに、同じように育てられていったのでした。

吉原に来ていちばん嬉しかったのは、手習いをさせてもらったことでした。

おいらんは――少なくとも吉原の表通りに面した見世にいる女たちは――みなきちんと読み書きができるのです。わたしにとって、これは意外なことでした。幼いころに身売りされ、郭で身を売るために育つおいらんには、読み書きなどできないのだろうとたかをくくっていたからです。

大きなまちがいでした。

もちろん、見世によって、禿への教育のしかたは異なっています。大きな見世には、お侍や大名家のおえらいさんもやってくるのですから、かれらの敵娼《あいかた》になるためには、じゅうぶんな教養が必要なのです。反対に、小見世では教育にはさほど手をかけません。

わたしがいたのは中見世でしたので、大名家の高い位のお侍がくることはめったにありませんでした。けれど、ごくふつうのお侍だったとしても、現代のわたしたちなどよりもよほど深い教養をおさめているように、わたしには感じられました。

といっても、打ち明けるなら、現代のわたしは学生時代、古典の授業がひどく苦手でした。けり、だの、はべり、だの、え得《う》まじう、だのというような古い日本語は、いつだってわたしにとっては、ちんぷんかんぷんなものだったのです。だから、そんなふうな古い日本語を苦もなく読んだり、懐紙にさらさらと筆を走らせたりするそのへんのありふれたお侍たちの姿が、実情よりもずっと立派にみえていただけかもしれません。

昼間、たいがいのおいらんは自分の座敷に寝そべって、戯作《げさく》本を読んだり、三味線をつまびいたりしています。戯作本、というのは、今でいえば大ヒットしているミステリーや恋愛小説のようなものでしょうか。

その中に一人、宇津保《うつほ》物語や源氏物語、さまざまな説話集などを好んで読んでいるおいらんがいました。

そのおいらんは、濃紫《こむらさき》という名のおねえさんでした。いちばんに売れているわけではありませんでしたが、見世ではいちばんの本読み、もの知りで、馴染みのお客とただ文《ふみ》のやりとりをするだけでなく、気の利いた歌や俳諧などを文に書き添えることもできるので、比較的格式の高いお侍がお客についていたのです。

「そのご本は、面白いの？」

ある日、わたしは濃紫のおねえさんに訊ねてみました。何冊も棚に積まれた綴本《とじほん》のうち、ことにも濃紫のおねえさんが好んで読んでいる本があったのです。

綴本には、挿絵もありました。おりしも、濃紫のおねえさんが開いていた版面には、男と女が手に手をとって草原を行く絵が描いてありました。

「あれあれ、この禿はこういう読本《よみほん》がお好きなのかい？」

濃紫のおねえさんは、びっくりしたふうに聞きました。わたしがこくりとうなずくと、おねえさんはわたしを手招きし、ゆっくりと挿絵の説明をしてくれました。

男は業平《なりひら》という名の貴族で、女はのちに二条の后《きさき》となる姫。二人はかけおちをしているところなのです。男のまとっている着物は、特徴的な菱形の文様でした。

これ、伊勢物語だ。

夢をみているわたしは、思いました。高校生のころ、伊勢物語が大好きな古文の先生が、わたしたち生徒に向かってとうとうと業平の魅力を語ってくれたにもかかわらず、クラスの大半が居眠りしていたことを、夢の中ではんぶん可笑しく思いだしながら、禿のわたしは濃紫のおねえさんの細くてよくしなる指がさす絵を、くいいるように見つめていました。

「今に貸してやるよ」

濃紫のおねえさんは言い、それから、急にわたしに興味をなくしたようにぷいと寝返りをし、わたしに背を向けて、ふたたび本に没頭しはじめたのでした。

夢から覚めたあとも、わたしはしばらく郭から戻ってくることができません。

今日もわたしは、まだ眠っているナーちゃんの横で、郭の中のあれこれを思いだしています。

郭は鰻《うなぎ》の寝床のようなつくりで、入り口からずっと奥までの距離がたいへんに長く、そのうえ開口部は通りに面したところだけで、窓というものがないので、ぜんたいにとても暗いのです。

おいらんたちは、共同の部屋でお客を迎えることになっていました。そう、彼女たちのほとんどは、個室を持っていなかったのです。お客を迎える二階にはいくつかの部屋があるのですが、ある部屋では二人のおいらんが同時にお客をとり、ある部屋では四人のおいらんがお客をとっていました。部屋の中は屏風《びょうぶ》や几帳《きちょう》でくぎられ、互いの姿をみることはありませんが、気配や声はもれ聞こえてくるにちがいありません。

わたしのいた見世で個室を持っていたおいらんは、三人だけでした。個室を持つおいらんは、部屋持ちとよばれ、そのうえさらにお客を迎える座敷まで持っているおいらんは、昼三《ちゅうさん》とよばれる、いちばんえらいおいらんなのです。うちの見世の昼三は、息吹《いぶき》のおねえさんでした。息吹のおねえさんの座敷は美しくしつらえられ、いつも香が焚きしめられていました。何枚も重ねられた布団の上で、息吹のおねえさんは一夜でただ一人のお客を、その座敷の主《あるじ》として迎えるのです。

郭の天井には、八間《はちけん》という平たい行灯がいくつもつるされており、いっぽう床には、現代でも使われているような形のふつうの行灯が、そちこちに置かれています。行灯の油をつぎたすのも、わたしたち禿の仕事でした。

郭の暗さが、わたしは好きでした。

夢からさめる時の、いちばんの不思議は、今のこの世界が、いかに明るいかということです。電気の光と行灯の光は、同じあかりなのに、なんと異なることでしょう。

電気のあかりは、ものの輪郭をはっきりとさせる光。行灯のあかりは、ものの輪郭はぼやかしたままだけれど、なぜだか、ものの奥行きを深くみせる光。

行灯の光のもとでは、濃紫のおねえさんが読んでいた伊勢物語の文章が、わたしが高校時代に教科書で読んだ伊勢物語の文章とは、まったく違うものであるように感じられました。

授業で伊勢物語を読んでいた時には、その文字や文章は、いかにも平らで荒唐無稽で欠け多く思えたのです。

ところが、あのおぐらい郭で――濃紫のおねえさんが本を読むのは昼間でしたから、夜よりも明るいかと思われるかもしれませんが、むしろ行灯の光が少ないぶん、夜よりもよほどおぐらい雰囲気にみちているのです――眺めた伊勢物語は、たいそうしんねりと色よいさまに思われるのでした。

手習いをさせてもらっているおかげで、現代のわたしが古文を読むことを不得意にしているにもかかわらず、夢の中のわたしは、濃紫のおねえさんが手にしている、くずし字で書かれた綴本を――決してやすやすとではありませんが――どうにか読みとめることができるのです。禿であるわたしがいちばん心ひかれる段は、芥川の段でした。のちの二条の后となる女が、業平に盗みだされる、伊勢物語の中の六つめのエピソード、すなわち六段にあたる文章です。

女は、業平におぶわれ、暗い夜道をゆくのです。おぶわれたまま川を渡ろうという時、女は草におりている露を指さし、

「あれは、なあに」

と、聞きます。けれど、答える間も惜しく、業平は雷が激しく鳴る中を、ひた走ります。どしゃぶりの雨となってきて、業平は女をすぐそこにあった蔵に押し入れ、蔵の前で弓矢を負い、戸口に立つのです。

夜通し業平は蔵の前で見張りをつづけました。ところが、いつの間にか、女はひとくちに鬼に喰われてしまっていたのでした。

「あ」

という声を一つだけあげ、女は消えてしまいます。夜が明けて女がいないことに気がついた業平は、泣きに泣きながら、歌を詠むのです。

白玉か何ぞと人の問ひし時
露とこたへて消えなましものを

あれはなあに。真珠かしら。そう問われた時に、ちがうよ、あれは露だよと答え、ぼくも露と一緒に消えていればよかったものを。

そんな意味の歌です。

業平のあわれに、禿のわたしはいつも涙ぐんでしまうのでした。せっかくの思いびとを、この手の中に得ることができようというその夜に、鬼に喰い殺されてしまうとは。夢の中では、ほんの少し涙を流すだけですが、なぜだかナーちゃんの隣で眠っている現《うつ》し身《み》のわたしは、ととさんとかかさんがわたしを人買いに売った夢をみた夜と同じくらい激しく、いいえ、もしかするとあの時よりもさらに激しく、泣きぬれて目を覚ますのです。

　暗闇の中で涙をぬぐうとき、わたしはいつもナーちゃんの気配を自分の横に確かめます。ナーちゃんは、まるでわたしの涙に応えるよう、苦しげに眉を寄せています。そして、ナーちゃんの閉じた目からも、ひとすじ、ふたすじと、涙が流れでているのです。もしかするとナーちゃんもわたしと同じ夢の中にいるのではないだろうかと、そんな時、わたしは思ってしまうのでした。

「伊勢物語の六段の、あの女はね、鬼に喰い殺されたんじゃないんだよ」

と教えてくれたのは、高丘さんでした。

「え」

　びっくりして、わたしは声をあげました。

「じゃあ、どうして女は朝になったら、消えていたの」

「女の兄たちが、業平から女を奪い返したのさ」

「ほんとうに？」

「少なくとも、伊勢物語の注釈には、そう書いてあるよ」

「注釈なんて、あてにならないじゃない。それに、伊勢物語はほんとうのお話じゃないんでしょう？」

「そうかな。ところどころは、けっこうそのままだって、業平も」

まるで業平のことを見知っていて面と向かって話をしたことがあったかのように高丘さんが言うので、わたしは少し笑ってしまいました。

女が鬼に喰い殺されたのではなく、兄たちによって業平から奪い返されたのだ、という高丘さんの言葉を、わたしは反芻してみます。

鬼に女を喰われるのと、身内の者に奪い返されるのと、業平にとっては、どちらがつらいことだったのだろう。

もしかすると、鬼に喰われるよりも、自分などまるで塵芥《ちりあくた》であるかのように女の兄たちから思われて引き離されることのほうが、業平にとってはなおつらいことだったのではないでしょうか。

だって、鬼に喰らわれたのなら、まだあきらめもつくではありませんか。鬼は、天然自然の怪異。逆らおうとしても、逆らえるものではありません。でも、兄たちによって奪い返されたとするならば、そののちも、女は生きてどこかにいるのです。そして、やがては決して手の届かない場所、他の男のもとへと入内《じゅだい》してしまうのです。なまじこの世に存在するから、未練は断ちがたく、思いは終えがたいのではないでしょうか。いつまでもいつまでも、女を恋いつづけてゆかざるを得ないのではないでしょうか。ナーちゃんへの自分の断ちがたい思いを、わたしは心にうかべていたのです。その苦しさを、業平の苦しさに、重ねていたのです。

吉原に来て四年の月日が過ぎ、わたしはいよいよ新造《しんぞう》になるおひろめの時を迎えようとしていました。

新造というのは、おいらんになったばかりの女のことです。おいらんは、お客をとらなければなりません。でも、わたしたちは新造になってすぐにお客をとるわけではありません。その前に、いくつかの儀式が待ちかまえています。

見世で、この秋に新造になるのは、わたしとおみのちゃんの二人です。新造になるために、まずわたしたちは「新造出し」というおひろめをおこなわなければなりません。

新造出しは、わたしたち吉原の女にとって、一世一代の儀式です。まだおはぐろをしていなかった禿のわたしたちは、おひろめの十日ほど前に、おねえさんたちのお客が用意してくれたおはぐろの、つけぞめをするのです。これが、いよいよおいらんになるのだ、という印となります。

おはぐろぞめの日には、見世は蕎麦切りを用意し、ゆかりの引手《ひきて》茶屋や船宿に配ります。赤飯も蒸し、ふるまいます。

おひろめの当日は、さらにおおがかりな儀式がおこなわれるのですが、この費用は、わたしたちの姉女郎についているお客が出してくれるのです。だから、豊かなお客のついているおねえさんがいる見世ほど、儀式は華やかなものとなります。

いよいよおひろめの日がくると、見世の前には、いくつもの蒸籠《せいろう》が積み重ねられ、さらにその蒸籠の上には白木の長い台が置かれます。それはまるで、会議室の長机のようでした。

台の上には、縮緬《ちりめん》や緞子《どんす》、それに錦の反物《たんもの》が置かれ、さながら百花が咲き乱れているようなきらきらしさです。華やかにものが置かれているのは、見世の前だけではありません。姉女郎たちの座敷にも、反物はじめ、たばこ入れや扇、それにあせぬぐいの布、蒸し菓子が置かれ、みなにふるまわれるのです。

それからの七日間は、毎日着物をとりかえ、姉女郎に連れられて吉原の中を練り歩くこととなりました。その時にわたしとおみのちゃんが着る着物も、見世のおねえさんたちが、お客にお金を出してもらって用意するのです。もしもお金を出してくれるようなお客がついていない時には、姉女郎たちは、見世から借金をして着物を用意しなければなりません。

どこまでも、吉原は女たちからお金を搾取するしくみとなっているのでした。ですから、おみのちゃんはおひろめの華やかさを嬉々として楽しんでいるようでしたが、わたしは内心、複雑な思いでいたのです。

「きれいねえ」

おみのちゃんは、贈られた着物のすずしいさわり心地を、てのひらで指でたしかめながら、うっとりとつぶやいていました。

「きれいだけれど、こわい」

わたしは、鬱屈した思いをいだいたまま、言いました。すると、どうでしょう。おみのちゃんが、くちびるの片側をもちあげるような笑いを、一瞬だけうかべるではないですか。あ、と、わたしは思い知りました。

おみのちゃんは、決して鈍感なのではなかったのです。ほんとうのところ、おみのちゃんは、わたし以上に吉原の底深さを知っているのです。借金ばかりが増えてゆく華やかな毎日の中には、たくさんの闇があり、おいらんたちはその闇の奥へと、ともすれば引きさらわれてしまうのであるということを。

でも、と、おみのちゃんは同時に思っていたことでしょう。吉原には、貧しいわたしたちの夢がある。添い遂げることのできる男に会えるかもしれないという夢。自分を心から慕ってくれる男に会えるかもしれないという夢。

どちらにしても、わたしたちおいらんには、何もできないのです。何もできないならば、いっそ今この時を楽しむだけ。

おみのちゃんの苦い笑いは、そんな心もちを、如実にあらわしていたのでした。

いよいよわたしとおみのちゃんは、男に抱かれることになりました。

といっても、新造出しを終えたおいらんは、最初から無作為にお客をとるわけではありません。素生の知れぬ男が、興奮と情熱にまかせておいらんを手荒く取り扱ったりしたならば、お客をとるという行為に対して、おいらんが心の底から恐怖心をいだいてしまわないともかぎりませんから。

そのようなことにならないためにも、女というもののよくわかった、場数をふんだ男が、新造のおひろめを終えたばかりのおいらんの水揚げをすることとなっているのでした。

わたしの相手は、四十を少し出たばかりの男でした。顔は浅黒くしまっているのに、はだかの腹は顔とは対照的にふかふかとなま白かったことを、よく覚えています。

男の指はあくまで柔らかくうごき、わたしのまだひらかれていなかった体を取り扱うさまも、たいそう巧みでした。

セックスというものをすでに知っているはずの現代のわたしと、まだ男というものをまったく知らない江戸時代の年若いわたしの、二つの別々の意識は、男に体をひらかれはじめた最初のうちは、別々にひややかに独立して存在していました。ところが、男のなしようが進むにつれ、二つの意識が次第に溶けあいはじめたのは、たいそう不可思議なことでした。

すでに三十を過ぎている現代のわたしも、まだ何も知らぬ江戸時代のわたしも、男の手管に驚きかえってしまったのです。

男と肌をあわせるとは、このようなことだったのか。現代のわたしの意識は、ことに強くそう感じていました。愛する男であるナーちゃんとのまじわりは、それはそれは嬉しくもあたたかいものでした。けれど、そこには安寧となつかしさが多くあるばかりで、驚きというものは、ほとんどなかったのです。まるで故郷に帰ってきたように、わたしはいつもナーちゃんとの体のふれあいを慈しんできました。

ところが、郭でおいらんになったばかりのわたしの体をひらいた男の、そのさまざまな技のもってゆきようは、現代のすでに成熟しているはずのわたしも、まったくあずかり知らぬ千変万化のものなのでした。

セックスとは、こんなふうなものでもあったのか。わたしは、ただただびっくりしていました。今まで自分にあるとは知らなかった筋肉が、この身の内に生き生きとあり、働くことができると、わたしは知ったのです。相手の動きにあわせて、押したり引いたりすることが、相手のよろこびでもあり自分のよろこびでもあるのでした。

セックスって、気持ちがよろこぶから体がよろこぶものなのだ。

そう、わたしはそれまで思っていました。ナーちゃんが、セックスにおいて技巧をもちあわせていない、という意味ではありません。ナーちゃんは、男の中でも、女の体を扱うにおいては上手《じょうて》の方なのだということを、なんとなくわたしは知っています。ほかの男のことを知らなくとも、そういうことは、わかるものなのです。

そう。ナーちゃんと抱きあう時、わたしはいつも快楽を感じています。体の快楽は、はっきりと確実にありました。それにしても、と、いつもわたしは思っていたのです。たとえば、ナーちゃんと同じ動作を、まったく知らないよその男がわたしにとりおこなったならば、わたしはナーちゃんの時のようによろこびを感じるだろうか、と。

感じるはずはありません。それどころか、嫌悪感で体は固まり、悲しみで心はとざされてしまうにちがいありません。

ところが、吉原ではじめて男に体をひらかれたわたしは、なんといえばいいのでしょう、あえて言葉にするならば、身体を解放された即物的なよろこびを、感じていたのです。

それはたとえば、逆上がりがはじめてできた時のよろこびと同質のものだと言ってもいいような気がします。あるいは、ダンスをしていて、きれいな回転ができた時のよろこびとも同質な。

今まで言葉をかわしたこともない、好きでも嫌いでもない、まったくの他人に、こうして体をひらかれているというのに、そこには嫌悪感が、ほとんどなかったのです。

男が、わたしを女としてみていなかったからかもしれません。

男は、どうやらわたしを、工芸品のように扱っているようなのでした。技のある職人が手塩にかけてつくりあげた、売り物であるとはいえ、思い入れのある貴重な商品。その商品であるわたしに、さらにみがきをかけるために、注意深く仕上げの技をほどこす。男のめざしていたのは、そのような行為なのでした。

情緒のはいりこまないセックス、というものを、こうしてわたしは、知るようになったのでした。

わたしは、新造になりました。そうです。いよいよわたしは、お客をとるおいらんになったのです。

はじめてのお客は、下谷《したや》にある武具屋の長男でした。年のころは三十を少し出たくらい。男の父親である武具屋の主はまだ隠居をしておらず、大きな商店の跡継ぎの道を約束されていた男は、商店を経営する責任をまだ一身に負う必要もなく、金にあかせて女を買う遊びをしていたのです。

「ちかごろは、もののふよりも大きな店《たな》の町人のほうが、きれいにお金を使うのさ」

と、おみのちゃんの母親である遣り手のおしなさんは、言い言いしていました。

「おまえたちは、高く売るからね」

とも。

お客をとることになったわたしとおみのちゃんは、おいらんとしての名前を持つようになりました。

おみのちゃんは、和泉《いずみ》。わたしは、春月《しゅんげつ》。

「春月は、春だけのものだろう。なんだか縁起が悪くはないかねえ」

おみのちゃんは、心配してくれました。一年じゅう売れつづけなければならないおいらんに、季節の名前は似合わないのではないか、というのです。

「春の月は朧《おぼろ》にかすんで、手の届くような届かないような。それでいいのさ、おいらんは」

と、遣り手のおしなさんは、はぐらかすように笑っていましたけれど。

実際のところ、春月、という名前を、わたしはかなり気に入っていました。ものやわらかな、素直な名前です。春月である自分ならば、もしかするとうちひしがれているナーちゃんの心の内に、もっともっとわけ入ってゆけるのではないか。そんなふうにも、わたしは感じていました。

こうして夢の中で吉原の生活をするようになってからというもの、現代のわたしも、吉原という場所に大いなる好奇心をいだくようになりました。

それも当然のことでしょう。だって、眠っている時間は、生きている時間のうちの、三分の一ほどを占めるのですから。一日のそんなにも長い部分を、わたしは今この二十一世紀の日本ではなく、江戸時代の日本の人間として生きているのです。好奇心をいだく、というよりも、やむにやまれず、という言いかたのほうがしっくりくるかもしれません。そうです。わたしはやむにやまれず、吉原という場所のことを調べるようになったのです。

ものの本によれば、吉原でおいらんと馴染みになるには、少なくとも三回は同じおいらんのところに通わなければならなかった、とあります。そこには、こんなふうに書いてあります。

――はじめての登楼《とうろう》――お客が見世にあがることです――は、初会《しょかい》と呼ばれる。お客は二階の座敷へ案内され、見世の入り口でお客をひいていたおいらんのうち、気に入ったおいらんの特徴を見世の若い者に告げる。すると、禿がお茶と煙草盆を運んで来、同時に若い衆がおいらんを連れて座敷にふたたび上がってきて酒の用意をする。お客はおいらんと離れて座り、お客もおいらんも酒を飲んではならない。やがて台のものが運ばれてくるが、おいらんはこの時も飲食をしてはならない。座がもりあがってきたころ、ようやく若い衆がお客をおいらんの部屋に案内し、床に入る。

二回めの登楼は、「裏を返す」と呼ばれる。初会の時はほとんど会話をかわさなかったおいらんも、裏を返したお客には少しだけ親しく話すようになる。台のものをとり、酒の席がもうけられるのは初会と同じだが、お客はこの時若い衆たちに祝儀を与えなければならない。その後、ようやくお客とおいらんは床につく。

三回めの登楼は、「馴染みになる」と呼ばれる。ここまできて、ようやくこのおいらんが気に入ったので通いつづける、ということが認められるのだ。この時には、若い衆だけでなく、遣り手にも祝儀を与える。ただし、祝儀はこの回までで、こののち同じおいらんのところへ通う時には、もう個別の祝儀は払わなくてよい。馴染みになると、それまで帯を解かなかったおいらんが、帯を解いて床についてくれるようになる――。

あらまあ、なんて厳格なしきたりなんでしょう。『江戸《えど》吉原《よしわら》図聚《ずしゅう》』という文庫本を読みながら、わたしは目を丸くしたものでした。そして、実際においらんになってお客をとってみた時に、文庫本に書いてある通りだった場合には、掃除をきれいにしあげた後のような満足感を得ましたし、本とは違うことが起こった時には、それはそれで、誰も知らなかった秘密を発見したような気持ちになって、やはり大いに満足したのでした。

そうです。この文庫本は、夢と現実の間をゆききするわたしにとって、バイブルのようなものとなっていました。家事の合間に読みふけり、散歩の友にと持ちはこび、ナーちゃんが遅くなる夜には、ソファにねそべって、繰り返し読みふけったのでした。

「このごろ、いやに読書家だね」

ある日ナーちゃんが言いました。

「何の本を読んでるの？」

「ああ、べつに」

わたしはけだるい気持ちで言いました。ナーちゃんはねそべっているわたしのまうえに来て、本の題名を読みとります。

「吉原？」

大きな、少しばかりまぬけな感じの声を、ナーちゃんはだしました。

そのころ夢の中で、わたしは最初のお客である武具屋の若旦那から、多くの貢ぎ物をもらう日々をおくっていました。武具屋だけではなく、江戸の男たちは、色めいた刺激を毎日わたしにもたらしてくれます。ですから、夢からさめた後に、わたしがおいらん春月の気持ちを多少ひきずったままなのは、しかたのないことだったのではないでしょうか？

この時も、昼前の見世で、まだお客のこない時間に自堕落に横たわって綴本を読むような心もちで、わたしはソファにねそべっていたのです。とっさに跳ね起きて文庫本の題名を隠す、という気分にはなれず、あまつさえ、そんなふうにまぬけな声をだすナーちゃんのことをわたしは一瞬、（無粋な男）と、感じてしまったのです。

武具屋の若旦那は、女道楽だけでなく、着道楽でもありました。お茶をたしなみ、芝居にくわしく、江戸の町の様子を、登楼するごとに面白おかしく話してくれるのです。ほかの男たちだって、わたしの気をひくために、それぞれに趣向をこらした贈りものやみやげばなしをしてくれます。

「吉原って、今もあるんでしょう？」

なぜこのような本を読んでいるのか訊ねられる前に、わたしはナーちゃんに聞きました。

「うん、たぶんね。行ったことはないけれど」

「ナーちゃんは、女のひとを買ったことは、ある？」

春月の心もちをひきずっているわたしは、たいしたためらいもなく、聞きました。

「えっ」

驚いた顔で、ナーちゃんはわたしを見ました。

「どうしたの、梨子」

「どうもしやしないわ」

江戸の男たちは、ナーちゃんほど美丈夫ではありません。平均身長が今よりもずっと低く、衛生状態もよくない江戸時代です。肌つやや顔だちのあかぬけかたの魅力でいえば、当然江戸の男たちよりもナーちゃんの方に軍配はあがります。何よりも違うのは、歯の美しさです。小さいころ歯列矯正に通い、今も定期的に手入れをおこたらないナーちゃんの歯は、乱ぐい歯で黄ばんだ江戸時代の男たちの歯にひきくらべ、なんと清潔に美しく輝いていることでしょう。

けれど、そのナーちゃんの獰猛《どうもう》なほどに輝かしい歯を、その時のわたしは、以前ほどは慕わしく思えなくなっていたのです。それよりもむしろ、わたしは江戸時代の男たちの、必ずしも隅から隅まで清潔とはいえないけれど、そのかわりにじゅうぶん遊びこなれた様子の方が、親しみ深く感じられていたのです。

「どうしてそんなことを聞くの？　ぼくは女のひとをお金で買うなんていうことは、絶対にしないよ」

ナーちゃんは、はんぶん憤慨したように、はんぶんは誇らしげに、答えました。

ふん、あだごころでわたしではない女のことは抱くくせに、女を買うことはだめなのかい。買われる女の気持ちなんざ思ってみたこともない男がまあ、上段にふりかぶってさ。

吉原の春月の口ぶりで、わたしはナーちゃんに毒づきます。心の中で。

腹へったよ。今夜は、なに？

無邪気に言いながら着替えにいったナーちゃんを、わたしはソファにねそべったまま、けだるく見送ったのでした。

高丘さんは、わたしの話を聞いて、大笑いしました。

「きみの魔法の世界は、楽しそうだねえ」

そうかしら、と、わたしは首をかしげます。吉原の暮らしは、その底になんともいえない暗闇をかかえる、難儀なものです。吉原で生きているおかげで、ナーちゃんに対するわたしの妄信がうすれ、その一挙一動に動じなくなったとはいえ、あの生活を「楽しい」という言葉でまとめるのは無理なのではないかと、わたしは思いました。

「楽しい、じゃなきゃ、おもむきある、でもいいよ」

高丘さんは言います。

「一度、きみの魔法の中に、遊びにいってみるかなあ」

「遊びにくることなんて、できるの？」

驚いて、わたしは聞きました。

「さあねえ。できるかもしれないし、できないかもしれないよ。きみが引っぱってくれたら、もしかしたら、きみの夢の中にぼくもおじゃまできるという可能性もあるし」

高丘さんの言うには、時たま高丘さんは、自分の夢の中に、自分がやってきてほしいと願うひとを、引き寄せることができるのだそうです。

「高丘さんの夢には、どんなひとが引っぱられてきたの？」

わたしは聞きました。

「それは、秘密。でも、ぼくが大昔から慕っていたひとが、何度か、遊びにきてくれたよ」

「おおむかし」

　わたしは、高丘さんのその言葉を、ゆっくりと口の中でころがすようにして、繰り返してみます。

　むかし、という言葉を、このごろわたしは、奥深い言葉だと感じるようになりました。

　今、わたしはここにいます。高丘さんと並んで、川沿いのベンチに。けれどまた、わたしは昔の世界にも同時に存在しているのです。吉原のおいらんとして。

　この場合、今と、吉原の昔の間には、いったいどのくらいの時間のへだたりがあるのでしょう。

　吉原の昔は、今のわたしにとっては、昔であり同時に今なのです。もちろん江戸時代は、歴史的には時間をさかのぼったところにあるもの。けれど、今のわたしはたしかに江戸時代の吉原にいます。時間をさかのぼったできごとを回想しているのではなく、今この瞬間に、江戸の時間を、このわたしの体と心でもって、生きているのです。

「高丘さんの言う、大昔って、どのくらいの昔？」

　わたしは聞きました。

「そうねえ。まあ、文字はすでにあったよ。人も、今とほとんど変わらない。直立歩行していて、眼窩《がんか》もさほどくぼんでいなくて、服を身につけて、戦争なんかもどんどんする。

そのくらいの、ちょっぴりの昔でしかない」

直立歩行、という言葉に、わたしは笑ってしまいました。もしかして、高丘さんは、直立歩行していなかったころの、さらに大昔のわたしたちの世界に遊ぶことさえ、できるのでしょうか？

まだ人間というものに進化していなかった、わたしたちのずっと昔の祖先と共に、必死に生きている高丘さんを想像しながら、わたしは川風に吹かれていました。そのころ、きっとまだこの川は川でさえなく、いえ、もしやここは海の底にひっそりと存在するだけの、地面にもなっていない漠とした空間だったかもしれません。

「昔、って、何なのかしらね」

それだけ言って、わたしは立ち上がりました。高丘さんも同時に立ち上がり、それから、ひらりと自転車にまたがって、素早く去っていったのでした。

誰かに似たひとだこと。

春月であるわたしは、思っていました。

そのおもかげを、わたしはよくよく知っている。むしろ、あまりに知りすぎているので、それが誰のおもかげなのだか、思いだすことができない。

そんな印象を、わたしは初会のその男、高田に対して持ったのでした。

高田は、あまり言葉数が多くありませんでした。台のものをほんの少しだけ口にはこび、じっとわたしを見つめていました。男を連れてきたのは、おみのちゃん、すなわちおいらん和泉の、馴染みの山下でした。山下は品川で塩問屋をいとなんでおり、金まわりがよく、見世に大切にされているお客でした。

「高田さまは、お武家さまなのですよ」

おみのちゃんにお酌をしてもらいながら、山下は鷹揚な調子で、高田というそのお侍を紹介しました。高田は、場慣れせぬ様子で、硬くうなずき返します。どうやら吉原のような場所を、高田は今までめったに訪《おとな》ったことがないようなのでした。

「春月を選ぶとは、高田さまもお目が高い」

山下は言いました。

「ま、和泉にくらべれば、まだまだだがね」

訳知りに、山下は続けます。

士農工商、という言葉を現代の学生時代に習っていたわたしは、江戸ではもちろんお侍がいちばん偉いのだと、最初は思いこんでいました。けれどおいらんとして働くうちに、必ずしも商売をしている男たちが武士たちよりもずっと下の地位にあるのではない、ということを知ってゆくこととなります。

実際に戦があった江戸時代のはじめのころまではいざ知らず、その後に太平の時代が続くようになった江戸では、武士たちの仕事は、どんどん少なくなっていったのです。位の高いお武家さんならともかく、食い詰めた中級や下級の武士たちは、生き延びるために内職をしたり、町人に婿入りをして武士の位を捨てたりせざるをえなくなっていました。

　山下と高田の関係がどんなものなのだか、わたしは注意深く観察しました。どうやら山下は、高田が禄《ろく》を食《は》んでいる大名屋敷に、塩を卸しているようなのでした。高田はおそらく屋敷の勘定方、すなわち屋敷の会計にかかわっていて、その縁で山下と知遇を得たようです。おそらくこのたびは山下が高田を饗応するために見世に連れてきたのだろうと、わたしはおしはかりました。

　床を共にする時も、高田は硬い様子を崩しませんでした。わたしに満足したのだかしなかったのだかわからぬままに、翌朝高田は見世を後にしました。

　そのまま二度と訪れてくることはないだろうとふんでいたわたしの予想を、けれど高田は裏切ります。

　三日後に、高田は一人でやってきたのです。

「裏を返してくださって、うれしゅうござんす」

　わたしが言うと、高田は少しうつむき加減に、

「うむ」

と答えました。なんだかその様子が可愛らしくて、まだ裏を返しただけのあいだがらだ

というのに、わたしの胸は少しばかり熱くなりました。お客は、わたしの商売の相手。それだけしか思ってこなかったわたしの胸が、ほんのわずかとはいえ熱くなるなど、あってはならないことなのですが。

ふいをつかれたわたしは、つい高田をまじまじと見つめてしまいました。高田も、わたしを見つめ返します。

その瞬間、高田がだれに似ているのか、わたしは悟りました。

高田は、高丘さんに似ていたのです。それも、現在の高丘さんよりも、もっと若いころの高丘さんに。

「よくぞここまで来ておくんなんした」

わたしは、小さな声でつぶやきました。高田には、聞こえないように。

高田は頻々とわたしのところに通うようになりました。馴染みになったのは、裏を返したその翌週で、それからも月に二日は登楼するようになったのです。

高田の禄はさほど高いものではないようでした。具体的な数字を訊ねたわけではありませんでしたが、金離れのいいお客と高田のふるまいとをひきくらべてみると、高田のつましい生活が、春月であるおいらんのわたしには、透けてみえてしまうのです。けれど、決して大きな金子《きんす》は持ちつけていないように見えたにもかかわらず、高田は不思議な余裕をいつもたたえていました。高田は、江戸の暮らしを、たいそう愉《たの》しんでいたのです。

高田は、江戸の町について、いろいろなことを話してくれました。辻に立つもの売りの口上。日本橋あたりにたちならぶ店のにぎやかさ。池之端《いけのはた》で夜釣りをしていた男の前に河童があらわれたという噂。芝居の中の男女の、さまざまな交情。

高田が寝物語にしてくれるそれらの話は、さながらことこまかに描かれた人情絵巻のようでした。華やかに美しく彩色されているというわけではありませんが、そこに登場する男や女たち一人びとりの表情も、着物の柄も、手足の動きも、どの一隅をきりとっても生き生きとした力に満ちていたのです。

おいらんの身につける着物や装飾品は、異性を惹きつけるための美々《びび》しく絢爛《けんらん》なものです。けれど、高田の話の中に出てくる男女や町の風景は、美々しくもなければ絢爛でもなく、ただそのものの命をむきだしに置いてあるがごとく、野性的に輝いているのでした。

すでに吉原でお客をとりはじめてからいくばくかの時が過ぎていて、吉原の上皮《うわかわ》の芝居がかった仰々しさに少なからず飽いていたわたしは、何よりも高田のその飾らない語りように心をひかれたのかもしれません。

わたしが高田を、吉原特有の言い回しであらわすなら「いいひと」——慕う男、という意味です——と思うようになるのに、さほど時間はかかりませんでした。

月に二度ほどの逢瀬では、わたしは我慢ができなくなっていました。かといって、高田のふところ具合では、それ以上の頻度でわたしに逢いにくることは不可能だったのです。日に日に、わたしの恋心はつのっていくばかりでした。

高丘さんを待って、わたしは何日かを川沿いのベンチでむなしく過ごしていました。

夢の中の時間の進みようは、どんどん速くなっています。この前江戸に売られてきたばかりのような気がしていたのに、わたしがおいらんの春月となってから、すでに数年が過ぎ去っていました。さらに、春月が高田を「いいひと」と思いなしてからは、はや一年がたっています。

夢の中でわたしが江戸に行きはじめてからの時間は、今の世界の時間にすればまだ一年と少しくらいなのです。それなのに、夢の中のわたしの心は、江戸の時間にあわせて、めまぐるしく変化し進んでいっているのです。

これは、どうしたことだろう。

わたしは少しばかり不安になっていました。小舟が広い川を下るうちに、大きな滝に引き寄せられ後もどりできない場所へといやおうなく進んでゆくように、わたしの心、春月の心は、どうしようもなく高田へと引き寄せられてゆくのです。

仲が深まるにつれ、高田は謎めいた男に感じられてきます。

　下級武士の身分である高田ですが、もともとの生まれは、武士としてはかなり高い家柄のようなのでした。ところが高田の生家は、何かの事件によって廃されたというのです。父親は切腹し、はらからとは離ればなれになり、高田は下級武士の家の養子となりました。生来の利発さから、高田はめきめきと頭角をあらわしてゆきましたが、家柄大事の武士の世界では、出世にも限りがあり、今の役職にとどまっているらしい——というような事情を、最初に高田を見世に連れてきた山下を通じて、おみのちゃんが教えてくれたのでした。

　高田には、品がある。

　わたしは、思いました。品と、余裕と、諧謔《かいぎゃく》の心。高丘さんその人のもっている資質と、そっくりではありませんか。

　でも、高田と高丘さんのつながりについては、ほんとうのところわたしははかりかねていました。果たして、高田は高丘さんその人なのか、それとも、高田と高丘さんが似ているのは、ただの偶然なのか。

　高丘さんに早く会わなければ。夢が先走りすぎてしまう前に、会って高田と高丘さんのかかわりを確かめなければ。わたしはそう決意して、川沿いのベンチで高丘さんを待っていたのです。

　けれどその時は結局、高丘さんはあらわれませんでした。またどこか遠くの土地を、自転車で旅しているのかもしれません。あるいは、異国の地を、口笛でも吹きながらのびやかに歩きまわっているのか。

春月は、すでに高田にぞっこんでした。このままでは、何かが起こってしまう。わたしの心には、ますます不安がつのってゆきました。

昨日はまだ慕っていただけの高田を、今日の春月は狂おしいほど求め、明日の春月はおそらく、高田と手に手をとって吉原から逃げだすことを夢見てしまうにちがいありません。

そんなことになる前に、どうにかしなければ。

わたしは必死で春月の心の傾きを均《なら》そうとしていたのです。

吉原は、その場所になじんでその流儀にしたがう者たちにはなかなかに寛大な場所です。けれど、掟にさからう者たちには、たいへんに厳しい場所なのでした。

おいらんは、お客にしんじつ惚れてはなりません。惚れたそぶりを見せ、惚れさせる。惚れられたならば、さらにまた深く惚れたそぶりで、金子をしぼりとる。それこそが、吉原の真髄なのです。

惚れたはれたでまわっている上皮の下で、おいらんという存在は、お客という飛んで火に入る虫を、そのねばねばで引きつけて決して離さない鳥もちのような役割を果たす、とでも言えばいいでしょうか。

だから、おいらんがねばねばを出さずにお客を簡単に離れさせてしまったり、逃げるにまかせてただ見送ったり、もっと悪いことにはお客がお金を放出しなくてもいいように尽くしてしまったりしたならば、おいらんが罰せられなければならないのは、吉原という場所の理にかなったことなのでした。

罰は、見世によってさまざまでした。いちばん簡単なのは、せっかんです。せっかんにもいろいろありますが、ぶつ、というのが、もっとも軽い罰でしょうか。

まだ禿だった時代から、遣り手や見世の主人にぶたれたり、押入に閉じこめられたり、などはまったく珍しいことではありませんでした。なにも大きな失敗をしたというわけではなく、ただ寝相が悪かったり、仕事を少しさぼったり、ということだけで、禿たちはかんたんに罰せられるのです。ただし、体に傷をつけるようなきついせっかんは、できるだけ避けられていました。何しろわたしたちの体は、お金のもととなる大切なものなのですから。

わたしのいた見世では、お客と手に手をとって逃げだしたり、おいらんの生活を厭って抜けだしたり、という女を見たことはありません。遣り手や主人は厳しくはありましたが、体を売るべしという以外の無体な要求を、おいらんや禿、男衆女衆にほとんどしなかったからかもしれません。おいらん同士の仲がさほど悪いものではなかったことも、関係していましょう。

けれど、わたしが高田とねんごろになってからしばらくした頃、三軒おいた隣の見世から、駈け落ちが出てしまったのです。

雪柳《ゆきやなぎ》という、見世で一番のおいらんが、自分のいいひと恋しさに、ある日、男装をして大門から逃げだそうとしたのでした。

昼前からしのつく雨が降りはじめ、吉原はいつもよりも人出がありませんでした。天気のいい晩には、見世をただひやかすだけの客もたくさん出て、吉原はいつも沸き返るようになりますが、馴染みの客がそそくさと見世に吸いこまれるばかり、表通りを歩く人影もほとんどなく、横手の通りにはさらにまばらな人影しかありませんでした。

雪柳は、そんな日に自分の思いびとである貞吉《さだきち》という男のために、郭を逃げだしたのです。

その夜雪柳には客がついていました。雪柳は、客に眠り薬を盛ったのです。いぎたなく寝入ってしまった客の着物を、雪柳は身につけました。女としては少しばかり大柄だった雪柳に、客の男ものの着物は、たいそうよく似合っていたといいます。

今しも大門から忍び出ようとしていた雪柳の男装を見破ったのは、わたしの見世の禿でした。

禿は名をときと言い、翌年新造出しをすることになっていました。わたしやおみのちゃんと年がさほど離れていないこともあり、おときちゃんのことをわたしたちは可愛がっていました。まだ三人とも禿だった頃には、手に入れた台のものの残りを、おはぐろどぶにほど近い路地で、こっそり分け合ったこともあります。

雪柳の見世は、わたしたちの見世よりも繁盛していました。でも、おいらんたちはいつも顔色が悪く、わたしたちの見世よりも激しく働かされている、すなわち取らされるお客の人数がずっと多い、という噂は聞いていました。

「あれじゃあ、おいらんが保《も》たない」

時おり、遣り手のおしなさんは、言っていました。

「こないだも、中条《ちゅうじょう》へ二人やったばかりだってさ」

そうおしなさんは続けました。中条、というのは、堕胎医のことなのです。中条で堕胎をするのはまだいい方で、遣り手が中条のかわりに堕胎を行う場合もあるということでした。なんと恐ろしいことなのかと、わたしとおみのちゃんはおぞけをふるったものです。

といっても、この時代、子どもができないようにする方法は、ずいぶんと曖昧なものでした。特別な煎じ薬を飲んだり、交わったあとの洗いかたに気を配ったりという、今ならば非科学的だと一蹴されてしまうようなやりかたしか、わたしたちおいらんの体を守る方法はなかったのです。もちろん、病気に対しても同様です。

雪柳を見つけた時のおときちゃんは、ちょうど引け四ツごろ、すなわち夜中の十二時近くに、大門の近くで待ち伏せをしていたのです。待ち伏せ、というのは、見世の馴染み客が、ほかの見世に登楼した帰りを待ち伏せ、つかまえて見世までひっぱってくることを言います。吉原では、馴染みの見世ではない郭にあがることを、少なくとも表むきは、禁じていたのです。

雪柳は、急ぐ様子でもなく、いかにも郭帰りの男のように、ふらりふらりと歩いていたといいます。おときちゃんでなければ、雪柳の変装を見破ることはできなかったでしょう。そのままなにげない様子で大門をくぐり抜けようとした雪柳を、おときちゃんは一瞬見逃そうかと迷ったそうです。

「どんみりした晩でね」

おときちゃんは後に、わたしとおみのちゃんに言ったものでした。

「あたい、雪柳のおねえさんの様子がいつも好きだったの。おねえさんが道中で歩くきれいな八文字《はちもんじ》、りっぱなんだもの」

うん。うん。わたしとおみのちゃんは、ただ頷《うなず》いていました。

「でも、あたい、あんなことしちまって。ああいうの、魔が差すって言うのかね。雪柳のおねえさんには、いいひとと逃げてしあわせになってほしいのに、あたい、おねえさんの手を強く引いて、一緒にいた男衆に、つかまえて、って叫んじまった。あんなにどんみりしたしめっぽい晩でなければ、あたい、あんな気持ちにはならないで、あんなふうに叫びもしなかったかもしれない」

おときちゃんは、うつむきながらそう説明したのでした。

おときちゃんの気持ちは、わたしにもおみのちゃんにも、よくわかっていました。雪柳のおねえさんが逃げおおせると感じたその刹那、きっとおときちゃんは、ひどい悋気《りんき》をおぼえたのです。ここから逃げだして、好いた男と所帯をもつなどという幸福が待っている雪柳が、憎い。うらやましい。逃げおおせるなどということは、つゆさせまじ。そんな心もちが、おときちゃんにきざしてしまったことを、誰が責められましょう。

だってわたしたちは決して、吉原から出てゆくことを願ってはならないのですから。

雪柳は、仕置きを受けました。何日も縛られたまま、食事も与えられず、郭の中庭の木にくくられたのです。

雪柳のすすり泣きは、はじめの二日ほどは聞こえていましたが、そののちは声も絶えてしまいました。結局はほとんど虫の息になってから、ようやく雪柳はいましめを解かれたということです。わたしもおみのちゃんもおときちゃんも、そのことについては話すことさえつらくて、いっそのこと、知らんぷりを決めこんでいました。

そののち、雪柳は何ヶ月も床についていましたが、その間も二階の行灯部屋よりも粗末な物置で、ぺらぺらのせんべい布団しか与えられず、食事もろくにとらせてもらえなかったということなのでした。

しまいに雪柳は、ひっそりと息をひきとりました。

雪柳の受けた罰は、現代のわたしにとってひどくいきどおろしいものです。夢から目を覚まして今の世界に戻り、雪柳の一生を思った時、あまりにくやしくて、わたしは何度涙をこぼしたことでしょう。

『江戸吉原図聚』を開き、わたしは怒りをぶちまけました。おいらんや禿たちが受ける罰を描写したページをにらみつけ、女たちがこうむってきたあらゆる理不尽を思い返したのです。

けれど、なんという不可思議でしょう、夢の中で春月として生きている間のわたしは、なぜだかそれらの理不尽を、理不尽とは感じることができないのです。

そういうものなのだから。

そんな言葉しか、春月の心には浮かんできません。まだととさんやかかさんと暮らしていたころ、ととさんとかかさんがしょっちゅう言っていた言葉と、それは同じ意味の言葉なのでした。

さだめだから。

ととさんとかかさんは、日照りがあるたび、大風が吹いて作物を倒すたび、貧しい暮らしであるにもかかわらず収穫した米を年貢のためにと召し上げられるたびに、言ったものでした。

江戸時代のしいたげられた者たちは、まるで動物のよう。

春月の心の中に同居しているわたしは、しばしば思ったものでした。

　動物は、自分がいる環境に対して、文句など決して言いません。環境に適応する、ということが、動物にとっては、生きてゆくことなのです。それと同じように、春月は、吉原という環境に適応しようとしていました。その環境を変えることなど思いもよらず、ただその環境をいかに安楽に感じて生きるか、ということだけに心を注いでいたのです。

　もっと何か、やりようがあるのではないか。おみのちゃんと協力して、見世のやりかたを変えることはできないだろうか。見世のためにもおいらんたちのためにも、吉原のシステム自体を、いくぶんかでも効率のいい衛生的なものに変化させられないだろうか。

　歯がみしながら、わたしは考えました。

　現代のその方面の仕事のことを、わたしは手当たり次第に調べはじめました。図書館で何冊もの風俗産業に関する本を借り、働いている女の子の手記を読み、風俗だけではなく水商売一般についての本も読みちらし、吉原で働く女たちがどうにか搾取されないですむ方法を、日夜考え続けたのでした。

　あまりに必死に考え続けたので、現代のわたしは、少し痩せてしまい、容色もおとろえぎみでした。家から出ずに、根を詰めて本を読み、ろくに髪もとかさずもちろん化粧もせず、お風呂だってあまり入らなくなり、ああでもないこうでもないと悩んでいたのですから、それもしかたのないことでしょう。

いっぽう、吉原で春月の中に生きるわたしは、肌や髪や顔の手入れに気を配ることが仕事なのです。肌はみずみずしく、化粧はよく顔にはえ、髪の艶もよく、つねに美しく装われている春月。そのように春月が自分をきれいに保つのと反比例するかのように、現代のわたしはみすぼらしくしょぼくれてゆくのです。

「このごろ、どうしたの」

ついにある日、たまりかねたようにナーちゃんが言いました。

「体調とか、悪いの？」

「ううん」

とだけ、わたしは答えました。ナーちゃんは優しいな、と、ひとごとのように思いながら。

このころも、ナーちゃんは会社では閑職にとどまっていたはずです。帰宅時間は以前よりずっと早くなっており、たまに会社の主流からはずれたところにいる同期とお酒を飲んで帰ることはありましたが、そんな時も午前様ということは、まずありませんでした。

「ねえ、今度旅行にでも行かない？」

ある日ナーちゃんは、わたしを誘ったのでした。

「旅行」

ぼんやりと、わたしは返します。

「梨子、なんだか疲れてるみたいなんだもの。温泉とか、どうかな」

温泉、という言葉を聞いて、最初にわたしが思ったのは、ナーちゃんと共に出かけることができるという嬉しさではなく、春月と和泉を温泉に連れていってやりたい、ということでした。

「伊豆に、いい宿があるって、この前教わったんだ」

そう言いながら、ナーちゃんはかばんからパンフレットを取りだしました。カラー印刷のきれいなこのパンフレットを、濃紫のおねえさんが見たならば、さぞ驚くだろうなと思いながら、わたしは上の空でパンフレットの紙のふちを、ゆるゆるともてあそんでいました。

ナーちゃんが選んだ温泉宿は、伊豆の山奥にありました。レンタカーを借り、朝早くに家を出たわたしたちは、午後いっぱいドライブをしながら宿に向かったのです。

湖も、山並みも、照り映える木々の葉も、みな美しく、さして期待をしてこなかったわたしでしたが、ナーちゃんが景色を見るためにそちこちで停車してくれるたびに車をおり、心ならずもその景色を楽しんだのでした。

ドライブインでは、ナーちゃんは大きなお好み焼きと、濃いソース色の焼きそばを食べました。わたしは、もりそば。

「せっかくの旅行なんだから、もっと堕落したものを食べればいいのに」

ナーちゃんは言いました。堕落したもの、という言い方が可笑しくて、わたしは知らないうちに声をだして笑ってしまいました。

「梨子がそんなふうに笑うのって、久しぶりだね」

少しだけうつむきながら、そうつぶやくナーちゃんの横顔を、わたしはそっと眺めやります。わたしの好きな顔。そう思いました。この顔が好き。この声が好き。このもの言いが好き。しみじみと、思いました。

そんなふうにナーちゃんのことを好ましく感じるのは、実に久しぶりのことでした。そうです。ナーちゃんの言うとおり、このところわたしは、ナーちゃんに笑顔を向けることなど絶えてなかったのです。吉原での暮らしに夢中になり、同時にわたしを裏切ったナーちゃんをひそかにずっとうらみつづけていたのでした。

実際のところ、この旅に出てわたしははじめて、自分を裏切ったナーちゃんを本当はずっとうらんでいたのだ、と認めることができたような気がします。

ナーちゃんに裏切られた無残さに目を向けず、ただ悲しみにうち沈み、夢の中の世界に生きはじめてからは江戸時代にあそぶことに気を取られたふりをし、自分の心の底にあるうらみつらみから目をそむけていたわたしなのでした。

むろん、自分の中にあるナーちゃんへのうらみを、わたしがまったく知らなかったわけではありません。けれど、そのうらみが、どんなふうにわたしをむしばんでいたのかについては、どう考えても、知らないふりをしていたと言わざるを得ません。

「ねえ」

わたしはうつむいているナーちゃんに、なんでもないことのように、問うてみました。

「あのひととは、どうなったの。もうすっかり、別れてしまったの？」

と。

貝のように口を閉ざしてしまったナーちゃんの横で、わたしは少しばかり手持ちぶさたでした。ドライブインから宿までの道すがらも景色はすばらしく、くねり曲がる山道の変哲もないガードレールの周囲さえ、この季節の美しさを満々とたたえていました。けれど、ナーちゃんはもう車を止めることはせず、ただまっすぐに宿に向かうばかりなのでした。

やがて車は宿に到着し、いつもならば易々と縦列駐車でも並列駐車でもバック駐車でもこなすナーちゃんは、珍しくもたもたと何回もハンドルを切りそこない、最後にようやくのことで駐車場に車を駐め終えました。憮然としたまま、ナーちゃんはトランクから荷物を取り出します。宿の前に敷きつめられた砂利を踏んで玄関までゆく間も、わたしたちは無言でした。

「ようこそおいでくださいました」

という、宿のひとたちの昔ながらの横並びの挨拶を玄関で盛大に受け、わたしたちは少しばかり後ずさりました。けれど、そこはナーちゃんのこと、すぐに態勢をたてなおし、柔らかな声で、

「お世話になります。原田です」

と答えます。

きっちりと着物を身につけた宿のひとにみちびかれ、わたしたちは部屋までの長い迷路めいた廊下をはたはたとスリッパを鳴らしながら歩いてゆきました。宿のひとの着つけが、江戸時代のひとたちとはずいぶん違うなと、わたしは思っていました。江戸時代の、空気をはらんだ着つけにくらべ、宿のひとの着つけは、きしきしと布どうしがこすれる音がしそうな、密度の高い着つけです。もう少し衿や胸もとをゆるめ、かわりに大事な紐だけはゆるまないよう効率よくぎゅっと結べば、もっと楽に動けそうなのに。ぼんやりとそんなことを考えながら歩いているわたしでした。

「部屋が、遠い」

ナーちゃんが、小さな声で、ひとりごとのように、言います。わたしは返事をしませんでした。

ようよう部屋に着き、宿のひとが淹《い》れたお茶を目の前にしたわたしたちは、大きな座卓で向かい合わせに座って、さらに沈黙のつづきを過ごしたのでした。

春月ならば、こんな時にはどうするだろうかと、わたしは思案しています。たぶん彼女ならば、こんなふうに向かい合わせに座るのではなく、ナーちゃんの隣、少しだけ下がったあたりにゆるく座り、扇子でも使いながら、首をかしげたりするのでしょう。何を伝える、というのではないけれど、男の言葉を誘うような身ぶりを、おいらんたちはいくつも知っています。

けれど今のわたしは梨子であって、春月ではないので、そんなことはしてやりません。

「知っていたのよ、ずっと」

わたしは言ってみました。

「九州のひとのことも、通子先生のことも、そして、いちばん最近のひとのことも」

ゆっくりと、ナーちゃんは目をみひらいてゆきました。それまでだって、目は開いていたのですが、わたしの言葉によって、ナーちゃんのまなこは、今まで見たことがないくらい大きく、花がひらくようにしてみひらかれたのです。

「あのひとのことも、梨子は知っていたんだね」

「そりゃあ」

そっけなく、わたしは答えます。この言いかたは、少し春月っぽいな、などと思いながら。

「もう、すっかり終わっているよ」

ナーちゃんは静かに言いました。

「でも、梨子はぼくと彼女のことを知って、平気なの？」

そうつづけます。

ナーちゃんのこの言葉に、わたしは刺されました。なぜなら、今までナーちゃんに女のひとの影がさしたどんな時だって、ナーちゃんは、わたしの気持ちを忖度《そんたく》したことなどなかったからです。いつだってナーちゃんはあけっぴろげで、女のひとたちと過ごすことについても自然で、うしろめたく思っている様子は、これっぽっちもなかったのです。

それなのに、このたびはわたしに向かって「平気なの？」と聞くのです。

それはすなわち、ナーちゃんの恋が、わたしにとって、平気なものではなかったのだ、ということにほかなりません。

「そんなに、好きだったの？」

わたしの方も静かに、聞き返します。

「好きだった、か。たしかに過去の話だよ、あれは。もうずいぶん前のことのような気がする」

「ずいぶん前？　それは、じゃあ、三百年くらい前のことかしら？」

わたしは、本気で聞いていました。ずいぶん前。そんな軽い言葉でもって、わたしの悲しみを過去に追いやらせるつもりは毛頭ありませんでしたから。そしてまた、三百年前は、わたしにとっては、さほど遠い過去のことではありませんし。

ナーちゃんは、何も答えませんでした。わたしが下手な冗談を言っているとでも思っていたのでしょうか。

「ほんとうに、終わったの？」

「終わったよ」

「今は、わたしのことが、好き？」

「梨子のことは、いつだって、大好きだよ」

「ナーちゃんのわたしに対する気持ちは、恋なの？」

「恋、ねえ。いや、ぼくは今まで、恋なんてものをしたことは、一度もないよ」

ナーちゃんのその答えは、わたしにとって、少しばかり意外なものでした。梨子との間にあるのは、愛。そして、彼女との間にあったのは、恋。そんなふうにナーちゃんが答えるのではないかと、予想していたからです。たぶんその時のわたしは、ナーちゃんのことを、少しばかり甘くみていたのでしょう。結婚している者どうしの間にあるのは、愛。婚外恋愛をしている者どうしの間にあるのは、恋。そんな、言い古されたような言葉を予想していたのですから。

「恋なんて、そんなもの、どうでもいい」

ナーちゃんは、小さいけれど、はっきりとした声で、言うのでした。

わたしはいったい、どのくらい長い間、ナーちゃんの話を聞いていたのでしょうか。午後の遅い時間に宿に着き、最初にわたしが口火をきってからというもの、部屋についている露天風呂に入っている間も、六時に始まった夕食をとっている間も、宿のひとが布団を敷きにきた時も、ずっとナーちゃんは彼の言葉を語りつづけたのです。わたしに対して思ってきたこと、今までかかわりのあった女たちに対して思ってきたこと、そしていちばんわたしが苦しんだ相手である彼女に思ってきた、さまざまについてを。彼女が兄たちにひき戻された時のくわしいいきさつを聞いたのも、この時のことでした。

ナーちゃん自身の心のうつりかわり、そのときどきのわたしへの心もち、そんなことごとを、時間を追って話してゆくうちに、今まで言葉にできなかった感情がさらにわき出《い》で、語れば語るほど、ますます話すべきことはあふれてくる、といったふうに、ナーちゃんの語りはつづきました。

――恋とか、愛とか、そんな言葉の字づらどおりのものが、この世にほんとうに存在するものなのかな。

――好き、という気持ちは、いつでもある。女たちに対しても、男たちに対しても、雪や月や花に対しても、いつもいつも。

——ぼくはいつだって梨子が好きだったし、今でも好きだ。梨子への気持ちは、こんなにすっきりと、好き、というふうにあらわせる。そのことがぼくにとって、どれだけ心安らかなことなのか、きっと梨子にはわからないだろう。

——彼女との間にあったものがなんだったかは、今でもぼくにはわからない。あれはたとえば、大きな雷が鳴って岩山に落ち、そこからいろんな神さまが生まれでてきたような、奇妙でおそろしいものだった……。

不本意でしたが、ナーちゃんが語る言葉は、わたしの体にしみいりました。結婚して初めて、ナーちゃんという男の体の中につまっていた言葉が、むすぼれを解《と》いて少しずつこぼれてきたような。わたしという器に向かって注ぎこまれているような。そんなふうに、わたしには感じられたのです。

不思議なことに、ナーちゃんの話を聞いているわたしは、梨子であり、また同時に、春月でもありました。今まで、わたし——この梨子が、夢の中で春月の心や体によりそって春月と共に時を過ごすことはあっても、春月の方がわたしの今いるここにやってきて、わたしによりそうことなど、一度もありませんでした。ところが今、ナーちゃんの話を聞いているのは、梨子であり春月でもある存在なのです。その二人のたましいが混じりあった、今までわたしの知らなかった新しい人格なのでした。

もしかすると、その女のひとのことを語るナーちゃんの言葉を正面から受けるのが、わたしにとってはあまりにつらいことだったからかもしれません。あるいは、このような男の心情吐露をいなすことについては、春月という手練《てだ》れの女の心が混じっていた方が有利だと無意識に判断していたのかもしれません。

春月がすぐそばにいるためか、わたしは思ったよりも痛手を受けませんでした。いいえ、ほんとうは、ひどく心も体も痛んでいるくせに、この時もただ知らぬふりをし、春月の心の中に逃げこんで、目をつぶっていただけかもしれません。

どちらでも、それはいいことです。なぜなら、結局最後には、ナーちゃんは泣きむせびながら、わたしへの愛着を必死に示してくれたからです。

――おまえのその言葉は、口先だけのもの？

春月は、冷静に疑っていました。

――口先だけだったとしても、この必死になりようは、なんて可愛いのかしら。

梨子は、思っていました。

――言葉なぞ、何もあてにならないのに。あてになるのは、体の熱さと摑む力の強さだけさ。

――いいえ、わたしはナーちゃんを信じたい。

ナーちゃんの体は、たしかに熱く、その力は今までにないほど強かったのです。もうしばらくは、これでいい、これでいい。わたし――梨子は、久しぶりにナーちゃんに抱かれながら、何回も、心の中でつぶやいていたのでした。

旅から帰ったわたしは、数日の間、庭仕事に精を出しました。

今年、わたしの花壇には、いつも植えている多年草が芽をだしたころに一緒に生えはじめた雑草が、さかんに繁っています。これまで雑草はたんねんに抜いていたのに、吉原での日々が始まってからは、花壇にまじりもののように知らぬ草が生えでてくるのが、むしろ楽しみになっていたのです。へびいちご。かたばみ。なずな。おおばこ。夏にはみずひきの葉が、ほかの草よりも高くのび、秋には名前のとおり水引の紐を思わせる花序《かじょ》が、ほそい鞭《むち》のように、ひゅっ、ひゅっ、といくつもたちあがるのです。

江戸の吉原も、今の東京も、どこかでほそく長くつながっているよう。みずひきの、うす赤い花序を眺めながら、わたしは思うのでした。

身を売る女たちのいる場所は、ほのぐらい。それは、江戸時代も現代も、たぶん同じです。

吉原のほのぐらさは、灯りが現代にひきくらべて圧倒的に低い照度しかなかったことだけによるものではありません。現代の風俗産業の女たちの姿を、仕事の場所を、描写した文章や写真をみる時、わたしはいつもそこに吉原のあのほのぐらい見世の空気を感じます。

風俗産業だから、女が性を仕事としてさしだす場所だから、という先入観で、それらの文章や写真があるからだけでは、ないような気がします。

男と女のあいだがらは、みそかごとなのです。秘められたものなのです。それはもしかすると、何かの遊技に似たものなのかもしれません。おぐらい中でおこなわれる、ひそやかな遊技。

ナーちゃんを好きになったわたしの気持ちの中には、おぐらいものは何もありませんでした。ただただ輝きわたるように、ナーちゃんのことを好きになったのです。

けれど、吉原で暮らす日々の中に身を置いてみれば、男と女の仲には、どこかしら昏《くら》いものがあるということが、わかってきます。

ナーちゃんという男には、もしかすると、もともとこの昏さが希薄だったのではないかしら。

そんなふうにも、わたしは思うのです。それなのに、ナーちゃんは、あのひとに恋してしまった。恋してはならないひとに。恋したとしても、まっとうできないひとに。

はじめて男と女の間の昏さに向き合った時、ナーちゃんはいったいどんな心もちだったのでしょう。あの温泉宿で聞いた、ナーちゃんの幾多の言葉の中には、その昏さに向き合わざるをえなかった時の困惑があふれていました。ゆきどころのない気持ちがあふれていました。

わたしとナーちゃんのいるところは、明るい場所。そして、ナーちゃんとあのひとのいた場所は、昏い場所。

ああ、人はなぜ、昏い場所へと惹かれてゆくのでしょう。

春月の高田への気持ちは、ますます深くなってゆきます。高田とどうにかして逢うために、春月は危ういことをしばしばおこなうようになりました。

手《て》下《か》の禿や金をやって懐柔した若い衆の助けを借りて、こっそりと郭の一階の行灯部屋で、高田と肌をあわせたり。おこないのあとでぐっすりと眠っている客を寝床に残し、大引け（午前二時）の刻《とき》を過ぎてひっそりとした吉原の、おはぐろどぶにほど近い闇の中へ、高田に逢いにいったり。一度などは、禿を高田のもとへとやろうと指図しているところを、あやうく遣り手のおしなさんに見つかりそうになってしまいました。

春月は、駄賃としてこっそりと禿に台のものの残りをやろうとしていたのです。

「おや、何のつもりだい」

おしなさんは、魚のしんじょうを盛った鉢を胸にかきいだくようにしている禿の首筋を、むずと摑みました。

「やめてよう」

禿は、叫びます。

「なぜおまえはその鉢をお持ちなのかい」

「持ってません」

禿は、あせって鉢を春月に突き返しました。おしなさんは、ゆっくりと春月の方に顔を向け、脇息《きょうそく》にしなだれかかっているその姿を、なめるように上から下まで眺めます。

「で、何のたくらみなんだい」

「たくらみ？　まさか」

春月は、軽く首をかしげました。男たちに使う得意のそぶりでもって。

「ただのなぐさみさ」

そう、春月は続けます。おしなさんは、何かを言いかけました。けれど、言葉をつぐのはよしにして、ただ春月をねめつけつづけるだけにとどめました。

「ここの決まりは、よく知っておいでだろうから」

最後にそれだけ言い、おしなさんは春月の部屋から出ていったのでした。


高田の生まれは、最初に高田を郭に連れてきた塩問屋の山下が伝えていたよりも、ずっと高貴なものなのでした。そのことを、春月は少しずつ知ることとなります。

血筋を遠くたどってゆけば、ご公方《くぼう》さまにまでたどりつくはず。高田の語る言葉から、春月はおしはかるのでした。けれど高田本人はといえば、横丁のしるこ売りから買ったみやげのしるこをのんびりと提《さ》げてきたり、浅草寺は雷門の前でむしろを広げて売っていたという、小さなばねじかけのおいらん人形をふところから取りだして春月を笑わせたり、とてもそのような高い位のお侍につながる縁をもった男とはみえないのです。

「ご公方さまだって、ずっとさかのぼれば、そのへんの地侍に毛の生えたようなものだったのさ」

高田は、涼しい顔で言います。

「でも、お武家さまの生まれというだけで、あちきはうらやましゅうござりんす」

春月が返すと、高田は、うふふ、と笑い、

「そうだね、土地を耕すのは難儀だものね」

と答えるのでした。

土地持ちのお百姓ならば、まだいいのです。百姓にもいろいろあり、春月の生まれたような小作の家の者は、一生うだつがあがらず、ただその日をようよう暮らすしかないのです。それだからこそ娘である自分は吉原へと売られてきたのだ、ということを、春月は、久方ぶりに思いだします。ととさんや、かかさんや、あんにゃさたちの顔を、春月は思い浮かべます。けれど、それもただ刹那のことでした。今は、目の前の高田が恋しく、ただ慕わしく、抱き抱かれ、思い思われ、ひとつに溶けあっていたい。それだけが、春月の願いなのでした。

「そんなにわたしが恋しいか」

高田は、春月の目の中をのぞきこみながら、聞きます。

「恋しい」

春月は、ためらいなく返しました。

「かわいそうに」

高田は言い、春月を抱き寄せます。かわいそうに。おまえはわたしに恋していて、わたしもおまえを恋している。なんとかわいそうなわたしたちなのだ。そんなふうに、高田は小声でつぶやくのでした。

恋人たちのあいだがらを、かわいそう、とあらわすとは、おかしなひと。梨子であるわたしは、思いました。でも、このとぼけたような、相手から距離をおいたようなもの言いは、やはり高丘さんを思わせます。

「逃げだしたい」

春月は、言いました。高田の耳もとで、はっきりと。ついにその言葉を言ってしまうのね。わたしは、存外落ち着きはらった心もちで、静かに春月の言葉を聞いています。逃げだしたい。その気持ちは、わたしにもわかるからです。

わたしだって、逃げだしたかったのです。ナーちゃんとの関係から。

いいえ、もっと正確に言うならば、あの女のひとをまだ心の中にあいまいに住まわせている、ナーちゃんとの今の時間から。ただひたすらにナーちゃんを好きだと思えていた、過去の時間へと。

逃げだしたい、という言葉を口にしてしまってからの春月は、次第次第に常軌を逸してゆくようになりました。

高田さま。

いつあちきをさらっておくれかい。

高田と逢うたびに、春月は訊ねるようになりました。

そんなにもおまえは、わたしのことが恋しいのか。

昂《たか》ぶる春月の気をさますように、高田は静かに問い返すのですが、春月はいっこうにさめる気配などなく、さらっておくれ、と繰り返すばかりでした。

いったい春月は、高田のどこがそんなにも恋しいのだろうかと、わたしはしばしば思いめぐらせます。たしかに高田は、見目の悪くないお侍です。話も、面白い。金払いはきれい。財産持ちではないけれど、春月をいつくしむことにかけては、ほかのお客よりもずっと秀でている。

それにしても、と、わたしは思うのです。

もしまんいち吉原を逃げだすことができたとしたって、待っているのは貧しい暮らしであり、いつ追っ手にみつかるか常に不安をかかえるという毎日なのです。そのうえ、春月の残す借金は、故郷のととさんかかさんに重くのしかかることでしょう。

逃げおおせず、つかまってしまったなら、ますます大変なことになります。いつぞやの、雪柳が逃げた後のむごいてんまつを思いおこせば、それはすぐにわかることです。ここ、吉原から逃げようなどということは、たわけものの願いごとなのではないのでしょうか。

わたしは、春月の心の中にわけいるようにして、その奥底をさぐってゆきます。そこにあるのは、いくつかの、ごく単純な感情でした。

怖れ。

興奮。

嬉しさ。

かなしみ。

そして、なにより、もう後戻りすまいと決意した時の、ふるいたつような達成感。

なんということでしょう。吉原から逃げる、ということの恐ろしさをうわまわって、春月の心の中には、自分が何ごとかをなし得るのではないかという、たいへんな満足の心もちがあったのです。

ただ一心に、決めたことへと突き進んでゆく、その熱情。春月の体の中で、その心の中で、わたしは彼女の熱情の大きさに、たじろぎます。

いったいこの熱量は、どこからくるのでしょう。春月は、死を怖れていませんでした。高田と二人、よしどこかの荒野で朽ち果ててしまうとしても、そのことを悔いることなど、つゆあらじ。そんなふうに感じているのです。

いっぽうの高田は、どうなのでしょう。

これほどまでに昂ぶっている春月と、危険な道行きをおこなうはめになるかもしれないという現状。そして、最後には心中に追いこまれるかもしれないという今のこの二人の関係を、高田はほんとうのところどう思っているのでしょう。

「高田さま」

春月の口を借りて、わたしは聞いてみます。

「おまえさまには、親やきょうだいは、あらせんのですか」

高田は、しばらく考えていました。やがて、高田はゆっくりと答えました。

「いない。今は」

「今は」

「昔は、いたよ。でも、みな行ってしまった」

「行ってしまった」

「そう、遠いどこかへ」

係累など一人もいないふうな身軽な様子で、自転車の旅をしている高丘さんの姿を、わたしは思いだしてみます。高田の中には、やはり高丘さんがいるにちがいないと、ふたたびわたしは感じてしまいます。

「わたしにひっぱられて、なりゆきで逃げても、大丈夫なの？」

わたしは聞きました。春月としてではなく、梨子として。

「いいんだよ」

高田は答えました。いつもの高田の口調ではなく、高丘さんの口調で。

「でも、死んでしまうかもしれない」

「死ぬことは怖くないよ、ぼくは。それよりも、忘れてしまうことの方が、怖い」

「でも、死んでしまったら、おしまいなんじゃないの？」

「そうだね。死ぬことで、おしまいにできたら、それはそれで、楽だろうね」

高田は、いいえ、高丘さんは、不思議なことを言いました。死んで、おしまいになることは、楽なことだなどと。

わたしはぼんやりと、高田の手の甲を見ていました。筋ばった、美しい甲でした。春月は、思い詰めたように、高田の手の甲に自分のてのひらを重ねます。その瞬間、春月の熱情は、頂点に達したのでした。

ついにその夜は来ました。

春月が吉原から逃げだすことになる夜です。

綿密な計画をたてたわけではありませんでした。たとえ計画をしっかりつくりあげ、手はずを整えたとしても、雪柳のように偶然に見つかってしまい、結局は連れ戻されないともかぎらないのならば、いっそのことただ熱情にまかせて手に手をとり、二人きりでの道行きへとつき進むほうが、よほどいいのではないか。そんなふうに、春月は思い決めていたのでした。

高田の方はといえば、こちらもすっかり覚悟を決めたふうで、いつその時が来ても受けてたとうではないかという心もちがにじみでているのか、いつもの飄々《ひょうひょう》とした態度はなりをひそめ、少しばかり高田には似合わぬ重々しい身ごなしで登楼するものですから、ふだんは高田など軽んじていた遣り手のおしなさんまでが、知らず知らずのうちに高田に一目置くようになっていたのでした。

月に二度ほどの頻度で登楼している高田でしたが、その月はいつもより多く、月ずえに三度目の登楼をおこなったのです。

「これはまた、ようおいでなさりました」

おしなさんは、丁重に高田を迎えました。

すぐさま高田は春月の元へと通され、そのまましっぽりと二人の時間を過ごし始めます。

月が、高いところにかかっていました。まだ吉原はにぎやかで、表からは太鼓や笛の音が聞こえてきます。

「お祭みたいでありんすなあ」

春月は言いました。

「おまえの昔いた村には、祭があったのかい」

春月の膝に頭をあずけたまま、高田が聞きます。

「神送りの祭がありんした」

「それは、どんな祭なんだい」

神送りの祭は、稲の収穫が終わろうという時期に、山の神様への感謝のしるしとしておこなわれる祭でした。山の神様は、春に里へおりてきて、収穫が終わるまで里にとどまってくださるのです。何かの理由で、稲の実りの前に神様が去って行かれてしまったなら、その年はイナゴが増え、稲は病気にやられ、収穫はほとんど見こめなくなり、夜ともなれば鬼が家々のまわりを歩きまわり、外をうかうかうろついている者を、獲《と》って喰らってしまうと言われていました。

祭は、神様をもてなすためのものです。里にとどまって実りを約束してくださったお礼に、里神楽《さとかぐら》が舞われ、子どもたちは色とりどりの装束を身につけて練り歩き、牛や馬にも派手な布をかけて行列のしんがりを歩かせ、村じゅうの者が踊って謡《うた》って神様に喜んでいただくのです。

「おまえも、祭では踊ったのかい」

高田は聞きました。

「あちきは踊りなど踊りゃせんわいな」

春月は笑いました。けれど、春月の兄たちは、踊りも歌もたいそう得手だったのです。庄屋さんから借りだした橙《だいだい》色や黄色の装束に身をかため、上のあんにゃさはよく通る声で謡い、下のあんにゃさたちがはなやかに舞ったものでした。

「あれ、雷が」

春月は、首をかしげて耳をすませました。吉原のおはぐろどぶの周囲に広がるものさびしい芦原の上に、稲妻が見えます。稲光が見えてから遠雷が鳴るまでの間は長く、雨の気配はありましたが、まだ降ってきてはいませんでした。

激しい雨となったのは、春月と高田が褥《しとね》を共にしたのちでした。九ツ時——午前零時——の引け四ツの拍子木が鳴り始めるよりもずいぶん前から、雨あしはいよいよ激しくなり、宵のうちまではにぎやかだった通りには、猫の子一匹いなくなっていました。

「七ツまでには、止むかしら」

春月は、いいえ、梨子であるわたしは、つぶやきました。七ツとは、大客が大門まで送られてゆく午前四時のことです。春月がこの雨と夜陰に乗じて、高田と吉原を後にしようと決意していることが、わたしにははっきりとわかっていました。はやる春月の心をそらそうと、わたしは雨あしの激しさを口にしてみたのです。けれど、それはかえって逆効果だったようでした。

「高田さま」

床に横座りになり、春月は高田の目をのぞきこみます。そして、小さな声で、けれどその意味をあやまつことなきよう、はっきりと言うのでした。

「一緒に、逃げておくれ」

高田は、ゆっくりとうなずきました。ひときわ輝きわたる稲妻が、空にかかります。ほとんど同時に、まるで耳もとで鳴っているかのような雷鳴が響きました。

「二人きりで、ありんす」

春月は、うっとりとつぶやくのでした。

江戸の町は、なんと暗いのだろうと、わたしは驚いていました。

吉原を囲む塀を乗り越え、水につかっておはぐろどぶを越え、春月と高田は、文字通り手に手をとって、逃げてゆくところです。

吉原で懶惰《らんだ》な暮らしをしていたにもかかわらず、春月の体はすこやかでした。長の小作暮らしで鍛えられていたのでしょうか。それとも、生まれつき体にめぐまれていたのでしょうか。

いくら走っても、春月の息がきれるということはありませんでした。いつの間に手に入れていたのでしょう、見世の男衆の着る粗末な股引《ももひき》と着物と高崎足袋《たび》をすばやく身につけた春月は、すっかり男のなりとなって、みずから高田をみちびきながら、吉原の囲いをいともたやすく破り去っていったのです。

春月がこれほどためらいなく吉原から抜け出す道をみずから示したについては、わたしの知識が役にたっていたのかもしれません。吉原について書かれたいくつもの本から、わたしが自分のものとした、吉原全体の見取り図。その周囲の様子。吉原から離れた橋の位置。

そうです。そこからさらに東へと向かうみちすじ。春月は、まさに高田をみちびいていたのです。芦原の中を身軽に駆けてゆく春月の姿の、なんと生き生きとしていたことか。

しばらく行くと、雨は次第に小止みになってきました。道なき道をゆき、春月と高田はますます足を速めます。ときおり名残の稲妻が遠くで光りました。もう雷鳴は聞こえません。月は細く、あかりはといえば、大きな橋のたもとや夜番《よばん》のいる屋敷くらいにしか灯っていませんでしたから、あたりはほぼ暗闇に包まれているのです。

稲妻が光った瞬間だけ、周囲の景色がほのうかびあがります。それからすぐに光は消え、漆黒の闇が戻ってきます。ときおり草に足をとられながらも、春月と高田はいそいそと進んでゆきました。暗闇は難儀なものでしたが、明けがたの光がさす前に、少しでも遠くへと逃れなければなりません。

「千葉の方へ行きましょう」

千葉、という地名は、このころまだなかったはずですから、この言葉をつぶやいたのは、春月ではなくわたしだったのだと思います。この非常時に、わたしは少しばかり動転しており、春月と自分の心の境は、しごく曖昧《あいまい》模糊《もこ》としたものになっていました。わたしは春月であり、春月はわたしであり、高田への春月の思慕の深さが、今までになく、せつせつとわたしの身にしみていました。

高田への春月の思慕は、おそろしいまでに純粋なものでした。わたしがナーちゃんを最初に好きになった時の気持ちを、わたしはこの世界のどこにもないくらい純粋でうつくしいものだと、今までは思っていました。けれどそれは、春月の高田への心にくらべれば、何ほどのものではなかったのではないか。そんなふうに感じてしまうくらいでした。

死んでもいい。

という言葉を、試すように心にうかべたことは、今まで何回かありました。だけど、それはわたしにとって、結局は真実の言葉ではなかった。

いっぽう、今このとき春月の心にあるのは、まさに本気の、真剣な、まじりけのない、死んでもいい、という思いなのでした。

嵐のようなその激情に引きずられ、わたしは下総《しもうさ》の国の暗闇へと向かいます。千葉、という言葉を、高田は聞きとがめませんでした。やっぱり高丘さんが、高田の中には、いる。わたしは確信を深めます。

荒川の橋を渡るあたりまでは高田をみちびいていた春月でしたが、そののちは、反対に高田が春月をみちびきはじめました。高田は、星をたよりに、方向を決めているようでした。

「高田さまは、星を読むことができるのでありんすね」

春月は、心から感心したように言いました。高田の、一挙手一投足が、春月の尊敬の的となるのです。その哀れなほどの高田への傾倒を思い、わたしは少しだけ、泣きそうになってしまいます。すると、春月も同時に泣きそうになり、感情が昂ぶったことによって、ますます高田への思慕は深まるのでした。

高田は、答えるかわりに春月の手を強く握りました。春月が、ふるえます。みぶるいするほどの喜びが、今春月の体と心を満たしているのです。褥を共にしていた時よりも、それはよほど大きな喜びなのでした。

夜明けまで、二人は風のように走りつづけました。下総の国はすぐ目の前です。夜が、明けようとしていました。

「あれは、なあに」

春月は聞きます。いいえ、この口調は、わたしのものかもしれません。吉原のおいらん言葉ではない、ただの一人の女の口調なのですから。

吉原のおいらんの言葉は、敬語など使ったことのない、貧しい出の女たちが、訛《なま》りやもの知らずを隠すためにできたものだといわれています。その不可思議な響きは、異界にあそぶ心もちを男たちに起こさせ、吉原をますます特別な場所にしたてあげることに役だっていたことでしょう。

けれど今、春月はただ一人の、素の女となっていました。わたしの口調は、すなわち今の春月の口調であり、わたしの心も、今の春月の心と溶けあってまじりあっているのでした。

「まるで、白玉のよう」

わたしたちはそう続けました。白玉。それは、真珠のことにほかなりません。草の上には露がいちめんにおりていました。露は、朝の淡い光を受けて、まるで真珠が連なっているように見えたのです。

高田は、答えませんでした。そのかわりに、もの思いにふけっています。春月は、もの問いたげな表情で、高田をただ眺めあげます。二人は、長い道のりのすえ、ようやくここで休みをとっていたのでした。

「こんなことが、前にもあったような」

高田は、言いました。

「ええ、これはまるで、濃紫のおねえさんの読んでいた綴本の中のことのよう。でも、前にも、って？」

春月、あるいはわたしは、高田につづけて問いかけます。

「前にも、誰かと逃げたことがあったの？」と。

高田は、首を横にふりました。

「いいや。なぜならあのひとは、とうにはかなくなってしまったひとなのだから」

あのひと。春月、そしてわたしは、目をみひらきます。高田には、以前に思いびとがいたのでしょうか。けれど、よし思いびとがあったのだとしても、そのひとに妬心《としん》をいだいたり、高田を恨んだりする心もちは、わいてきませんでした。なぜなら、今ここに共にいるのは、高田と自分の二人きりだからです。こんな幸福な時に、いったい誰を妬《や》く必要があるというのでしょう。

「あのひととは、だあれ？」

だから、春月とわたしがこう聞いたのは、むろん高田を責めてのことではありません。わたしたちはただひたすら、高田のことを知りたいと思っていただけだったのです。

「あのひと。それは、むかしむかしの、薬子《くすこ》さまのことなのだよ」

わたしたちの心が通じたのか、高田はためらうことなく、そのひとのことを語りはじめました。

それは、こんな話でした。

むかしむかし、あるところに高岳《たかおか》親王という若い皇子《おうじ》がおりました。皇子は幼いころから歌にすぐれており、また、もろこしの文にも造詣が深く、五経にも能《よ》く通じていたのです。

その皇子の父はやがて天皇《すめらぎ》の位につき、薬子という女を宮中に迎えいれます。薬子はすでに婿をむかえていたのですが、表むきはもろこし渡りの本草学をきわめた薬師として、天皇のふところにためらわず深く入りこんでゆくのでした。

若い皇子は、父の思いびとである薬子のことを、たいそう慕っていました。薬子の居所にたちこめる、なんともいえないかぐわしい香りや、吸いこむと不思議にうっとりした心もちになる薄霧に心をうばわれ、同時に薬子そのひとの、婀娜《あだ》っぽくも清らかでもある姿かたちに、すっかり気持ちをつかまれていたのです。

とはいえ、薬子は父の思いびとです。この時代からさらに下った時代に書かれたかの物語の中の光る君のように、父の思いびとと情を交わそうというようなふたごころは、若い皇子には毛ほどもありませんでした。かれはただ素朴に、薬子が好きで好きでしかたがなかったのです。

薬子のほうも、皇子のこの邪心のない崇拝を、こころよく感じているようでした。さすがに父である天皇の後宮へ薬子を訪ねることはできませんでしたが、薬子の別邸への出入りは、こころよく許されていたのです。

皇子がしばしば薬子の別邸に出入りしたのは、九歳の時まででした。なぜなら、皇子が十一歳の時に、父は譲位をおこなって、天皇の位をしりぞき、それにともないさまざまなことが変化してしまったからです。

このころから、皇子の身の回りにはきな臭い匂いがたちこめるようになりました。宮廷の中はそれまで以上にたくらみと秘密に満ちた場所となり、薬子はといえば、譲位して上皇となった父をあやつるあやかしの類と目されるようになっていったのです。

いったん上皇にしりぞいた皇子の父でしたが、薬子の手引きで、ふたたび天皇へと返り咲こうとしている。そんな噂が、宮廷じゅうをかけめぐっていました。

「それはたいへんなことでしたね。でも、ほんとうに、その、薬子さまとおっしゃる女性は、謀反を起こそうとしていらしたのでしょうか」

春月、そしてわたしは、あどけない調子で、高田に聞きます。

「今となっては、何が真実だったのかは、誰にもわからないのだよ」

高田はおだやかにそう答えるのでした。

結局、陰謀と陰謀とがぶつかりあったすえ、最後には薬子がみずから毒をあおり、皇子は位を廃され、出家することとなります。

「このお話は、高田さまと、どんなふうに結びついているのでしょう？」

春月とわたしは聞きました。

「若い皇子、それがわたしなのだよ」

静かに、高田は答えました。

え、という表情で、わたしたちは高田を見返します。だって、これはむかしむかしのお話なのではないですか？　光る君の物語を、宮廷の女房たちが先をあらそって読みふけっていた時よりも、もっとむかしの。という顔で。

「そうだね。これはたしかに、むかしむかしの話だ。けれど、わたしはたしかにあのむかしむかしの話の中にいたことがあったのだ。それはたとえば、今わたしがこうしておまえと手に手をとって逃げているような、とてもほんとうとは思えないことをしているのと、同じことだとは思わないかい？」

高田は、わたしたちに問いかけます。

とてもほんとうとは思えないこと。わたしは春月の意識と共に、ぼんやりと高田の言葉を反芻しました。

なるほど。吉原の囲いの外に出るのは、数えてみれば、ちょうど十年ぶりです。まだ幼いころ、蔵六という口入れ屋に売られ、江戸まで旅をしたあの日が、春月の記憶の奥底から浮かびあがってきます。初めて吉原の大門を見た時の驚き。それからの吉原での囲いこまれた日々。そして今、こうして、絶対に出られないと思っていた吉原から、放たれて野にたたずんでいるということ。

たしかに、ほんとうとは思えないことばかりでした。

「はい。今こうして、高田さまと一緒に逃げていることだけでなく、自分がここに生きている、そのことがもう、とてもふしぎなことなのだと思います」

わたしは、静かに言いました。吉原を逃げだせたことも、いまだにほんとうとは思えませんでしたが、それにもまして、ここにこうしてただ在《あ》る、ということ自体が、この瞬間、わたしにとっても春月にとっても、たいそう奇態なことだったからです。いったいなぜわたしたちは、たまたまこの世に生まれでてきたのでしょう。

けれど、それもまた、うたかたの思い。今はこうして高田と共にいることだけが、大事なことなのではないでしょうか？

「あれは、なあに」

ふたたび、わたしたちは聞きました。草の上の露を指さして。

止んでいた雨がふたたび降りはじめたので、春月と高田はまた急ぎ足で道をたどりはじめました。雨が降れば足跡が消え、追っ手がかかったとしても二人のゆくえを知るのは難しくなります。ですから、二人は少しばかり心がゆるんでいたのかもしれません。

逃げだした興奮で速く進んでいた足も、そろそろ疲れてくる頃でした。

「雷もまたひどくなってきたし、一刻か二刻ほど、休もうか」

高田が言います。おりしもすぐ目の前に、荒れはてた蔵が見えてきたところでした。

「それならば、一緒にあの蔵に入りましょう」

春月は言いました。高田は、しばらくは外で見張っていると言います。

「雨がひどくなったら、どうぞ中にいらしておくんなましね」

そう高田に言った時の、春月の心ぼそそうな表情を、高田はきっと一生忘れることはないでしょう。なぜなら、それは高田が最後に見た春月の顔となるからです。

雷は、たしかにひどくなっていました。まだ吉原を出る前の真夜《まよ》よりもよほど音も高く稲妻も激しいのは、この土地が雷をよく生む場所だったからかもしれません。武蔵野には、

そのような場所がいくつかあるのです。

蔵を背にし、高田は足をふんばって立っています。激しい雨と雷の音の向こうに、二人を追いかけてくる誰かの足音が聞こえはすまいかと、耳を澄ませます。けれど、何の音も聞こえません。

雨の激しさと、雷の音の高さが、高田をひるませています。腹の中に、何か奇怪なものが棲みつこうとしているかのような不穏な予感を、高田はおぼえずにはいられませんでした。春月の心ぼそさが、高田にも移ったのでしょうか。背筋はぞくりぞくりとし、暑くもないのに汗がこめかみにうかんでくるのです。

稲妻とひときわ激しい雷の音が重なり、その瞬間、すぐそばに生えている楠《くすのき》の大木に、雷が落ちました。

思わず見あげた高田は、ひどく驚きました。楠が光っていたからです。まるで、竹取の翁《おきな》が見つけたなよ竹の姫の眠る竹のように。中から、今にも何かがあらわれ出てくるのではないか。高田は身がまえました。

けれど楠の中からは、何も出てきませんでした。しばらく楠を見あげていた高田でしたが、やがてうしろを振り返り、蔵をじっと見つめます。

春月は、無事に中にいるだろうか。

突然高田は、不安にかられました。

蔵の中は暗く、動く気配はありません。高田は、さきほど閉めた扉を、いそいで引いてみました。

外からの光が、蔵にさしこみます。

やはり、動くものはありませんでした。それどころか、春月の姿も、ありません。まるで空にかき消えたかのように。

「おまえ、どこにいる」

高田は叫びました。

答える声はありませんでした。ただ雨が降りしきり、いつの間にやら遠ざかっている雷の、こもった音がきれぎれに聞こえるばかりです。

「どこなのだ」

もう一度、高田の悲痛な声が蔵に響きわたります。

やはり答えはありません。蔵はからっぽで、春月がそこにいたことを示すものは、何も残っていませんでした。きれいさっぱり、かのひとの姿は消え去っており、気配すら残っていないのです。

「おまえ」

高田はみたび、呼びかけました。けれど、高田の声は、人っ子一人いない荒れはてた蔵の中に、むなしく響くばかりなのでした。

また季節が変わります。

冬の庭は、さみしいと昔は思っていました。でも、冬の庭は存外にぎやかなのです。

土の下には、芽吹きを待っている球根や種がうっとりと眠り、土は固く鎮もっているように見えますが、表面から少し下には、育ちつつある幼虫や太いみみず、さまざまな菌類や微生物が、生き生きと放熱したり分解をおこなったり有機物を生みだしたりしているのです。

今のわたしは、まるで冬の庭のよう。ときおり、そんなふうに感じます。高田はあのあとどうしたのか。夢をみなくなって、もう数ヶ月が過ぎようとしていました。高田はあのあとどうしたのか。そして、高田の語ってくれた若い皇子と「薬子さま」は、高田自身とほんとうのところどんなふうにかかわっていたのか。

そのことを話したくて、わたしは秋の終わりに、いつもの川端のベンチまで歩いてみました。

川端のベンチには、薄い日がさしていましたが、じっと座っていると、寒さがそくそくと足もとからのぼってくるようでした。高丘さんとは、もうずいぶんと長い間会っていません。

「くるかしら」

わたしはつぶやきました。足音が背後から聞こえたのは、その時でした。

「きたよ」

まるで昨日まで毎日顔をあわせていたかのような口調でした。

「ひさしぶり」

「うん。でも、ほんとうはそんなにひさしぶりじゃないよね」

わたしはベンチに座ったまま、高丘さんを見上げました。高丘さんも、じっとわたしを見返します。

「少し、歩く？」

「そうね」

わたしたちは肩を並べ、ゆっくりと歩きはじめたのでした。

「高丘さんは、高田だったのよね？」

前置きなしにわたしは、聞きました。

高丘さんは少し黙っていました。それから、ためらいがちに、

「うん、全部じゃないけれどね」

と答えました。

「あのあと、高田はどうなったの」

「高田のことより、春月のことでしょう、この場合」

「うん、それもそうよね」

風が、わたしのくびすじと襟の間に吹きこみます。

「さむい」

身を縮めたら、高丘さんは腕をのばし、わたしの肩をそっと抱いてくれました。

「恋人みたい」

「あそこでは、恋人だったろう」

「でも、ここでは、ちがう」

「恋人じゃなくても、寒いひとがいたら、あたためあうのが人情なんじゃない？」

高丘さんはそう言って、少し笑いました。

そのまま少し歩いたところで、小さな商店街があらわれたので、わたしたちは古びた喫茶店に入りました。喫茶店の名前は、「白玉」です。

「白玉、ですって」

わたしが少し笑うと、高丘さんも少し笑いました。

「笑うところ？」

高丘さんの脇腹をつつくと、高丘さんは、今度は真面目な顔になって言いました。

「あのひとたちの深刻さ、やっぱりちょっと、ふしぎだったよ」

「うん、あんなに深刻になれるのは、いっそのこと、うらやましかったけれど」

喫茶店の扉にはカウベルがつり下げてあり、開けるとからんころんという音が響きました。

「吉原は豪奢にみえて、なんだかさむざむしい場所だったねえ」

　喫茶店の手書きのメニューを眺めながら、高丘さんはつぶやきます。わたしも、吉原での日々を、思い返します。さんざめく宵の口の吉原。男たちとのかけひき。おいらんたちの道中のはなやかさ。

「ええ、さむざむしくて、湿っていて、でも妙な浮遊感のある場所だった」

　おぼつかない足どりで注文を聞きにきた老店主に、高丘さんは紅茶、わたしはココアを頼みました。窓に、小さな雨粒が降りかかっています。冷たい雨ね。わたしが言うと、高丘さんは小さくうなずきました。


　結局のところ、春月と高田は、追っ手に足どりを知られていたのです。

吉原から二人が逃げだしたことを見世に告げたのは、おみのちゃん、すなわちおいらんの和泉でした。以前に、逃げだそうとする雪柳を見つけてしまった禿とは違い、和泉はためらいなく春月の逃亡を報告しました。けれどそれは、許せない、だの、うらやましい、だのという気持ちからではありません。和泉にはただ、吉原という場所の気風が、根っからしみこんでいただけのことなのです。

　遣り手のおしなさんが産んだ子どもで、生まれた時から吉原で過ごしていた和泉が、そのしくみやなりたちを疑うことがなかったのは、当然だったのかもしれません。

逃げる春月と高田を追っていったのは、見世の若い衆たちでした。

「稲妻が、きれいだった」

わたしがつぶやくと、高丘さんはじっとわたしの顔を見つめます。

「そんな余裕があったんだ、きみは」

少し、非難するように。

「余裕なんて、もちろんなかった。だからこそ、稲妻があんなにきれいに感じられたのだと思う」

高丘さんは、わたしのその言葉には、答えませんでした。ココアと紅茶が運ばれてきます。店主は、ふるえる手で、わたしたちの前に飲み物を置き、ゆっくりとカウンターの方へと戻ってゆきました。

「そういえば、見世に、少し年のいった男衆がいたわね」

「うん、ぼくが登楼すると、いつもきみのところに案内してくれた色悪《いろあく》な感じの男だね」

「そう。あの男、おしなさんとできていたのよ」

ふうん、と高丘さんは言いました。それから、宙に何かを見ているような視線になり、最後に、

「できてたのか」

と、びっくりしたように言いました。

和泉が、おしなさんにわたしたちの出奔を言いつけ、屈強の男衆がすぐにわたしたちを追ってきたことを、もう今は高丘さんも知っているのです。

「わたしが連れ戻されたことには、いつ気がついたの？」

そう聞くと、高丘さんは苦い顔になりました。

「蔵に、きみの姿がなかった時には、ばかだね、まだよくわかっていなかった」

「では、いつ？」

「夜が明けて、蔵のそばに、見世の男衆のたすきが落ちているのを見つけたとき」

そんなものを、あの時わたしを引っ捕らえた男の一人が落としていたとは。そのことを、あの世界で、しまいまで春月は知りませんでした。春月はずっと、自分がいなくなってしまったことに気がついた後の高田の驚きを思っては、心を痛めていたのです。

「高田は、そのあと、どうしたの？」

「春月が見世に連れ戻されたことを信じたくなくて、鬼が春月をひとくちに喰ってしまったのだと思いこもうとしたよ」

「鬼？」

「うん、あの夜、逃げだす直前に、春月は自分の村の祭の話をしただろう」

たしかに、そうでした。春月は、高田に問われるままに、昔育った村の祭の話をしたのでした。村に実りを約束してくださる神様。けれど、神様が何かの理由で去ってしまった時には、夜ごと鬼が徘徊し、村人を喰らってしまう。そんな話を。

駈け落ちに失敗したことを認めたくなかった高田の哀れを思い、わたしはしんとした心もちになってしまいました。

「でもね、ずっとそこにとどまっているわけにもいかなくて、結局高田は自分の勤める屋敷に帰ったよ。見世からは何も言ってこなかった。いちおう高田は武士だったしね。支払いを滞らせたことはなかったし。だけど、そのあとはみじめなものさ。泣き暮らしていたよ、一年くらいは」

高丘さんは、下を向いたまま答えました。それから、紅茶をすすり、おいしいなこれ、と言いました。

「春月は、どうなったの？」

「実はね」

本当のことを言おうかどうしようか、一瞬だけ迷ったのち、わたしは春月のその後を高丘さんに説明しはじめます。

高田と駈け落ちをしたあのころ、春月には身請けの話があったのです。江戸で一、二を争う大店《おおだな》の米問屋が春月を見初め、三人めの妾《めかけ》にするため落籍《ひか》そうと、人を介して見世に言ってきたのが、ちょうど駈け落ちのひと月ほど前のことでした。

でも、春月は、その男とはどうにも肌があわなかったのです。男を肌でもてなす商売なのですから、あうあわないなどということは、二の次三の次と、春月だとて承知していました。けれど、高田といういとしい男ができ、共寝するときの嬉しさ愉しさを知った後では、米問屋のなぐさみ者として一生を終えることが、どうにもおぞけをふるうものとしか感じられなくなってしまったのです。

　米問屋は、四十過ぎの恰幅《かっぷく》のいい、なかなかの男前でした。色ごとにも長《た》けており、大枚を積んで落籍してくれるというそのことに、おいらんふぜいが難癖をつけるすじあいなど一つもない、文句の言いようのない条件の旦那なのです。

「でも、春月は、どうしても耐えられなかったの。耐えられない、と思いついてしまうと、ますます耐えられなくなってしまったみたい」

「高田の方だって、春月に応える気まんまんだったよ。それまで、あまり順風満帆な人生じゃなかったからね。生まれはいいのに、なかなか日の目をみなくて。女になぐさめを見いだすのは、自然のなりゆきだったんだろうね」

　まるで赤の他人のスキャンダルについて話しあうように、わたしと高丘さんは、あっけらかんと春月と高田の恋のみちすじを辿っています。けれど、様子ではあっけらかんとしてみせても、わたしの心の中には、さみしい気持ちが満ちあふれていました。

かわいそうな、春月。恋など知らなければよかったのに。人を好きになるという気持ちなど、持たなければよかったのに。

春月は見世に連れ戻され、しばらくは小さな部屋におしこめられ、いつぞやの雪柳と同様、食事もろくに与えられませんでしたが、やがて米問屋の妾となるために、きれいに着飾り婀娜めいたしぐさを取り戻させられ、見世を出てゆくこととなります。

春月が逃げだしたことはいっさい秘密にされ、見世じゅうの者が口をつぐんで、高田との道行きを隠し通したのでした。

「夢をみなくなったのは、いつごろ？」

高丘さんが、聞きます。

「春月が死んでから」

「いつ、死んだの？」

「労咳《ろうがい》でね。落籍されてから、二年も生きなかった」

高丘さんはわたしのその答えを聞き、また紅茶のカップをゆっくりと傾けました。冷めちゃったな。もう、おいしくないよ。そう言いながら、カップを受け皿に戻します。

「高田は、六十過ぎまで生きたよ。最後は、海を渡って大陸へ行き、そこで死んだ」

大陸、というのが意外で、わたしは少しの間、ぼんやりとしてしまいました。春月のはかなかった人生を思えば、六十過ぎまで生きて、大陸にまで行った高田は、なんと活発で大胆な人生を送ったことでしょう。

「大陸へは、どうして行ったの？」

「ぼくと高田の心が重なった時に高田の心の中に流れこんだ、ぼく自身のむかしむかしの記憶を、辿ろうとしていたんだと思うよ」

「それはもしかして、出奔の夜に高田が春月に語った、若い皇子と薬子さまの話に関係があるの？」

　わたしは聞き返します。

「うん、そうだね」

「その話を、いつか高丘さんはもっとくわしくわたしに語ってくれる？」

「むかしむかしの話を？」

「ええ、むかしむかしの話を」

「さあ、どうしようね」

　ひっそりと、高丘さんはほほえみました。

　むかしむかし。その、やさしい繰り返しを口にしたとたんに、春月が高田を恋うていた、せつなくも激しい心もちが、一時に思いだされてきます。どうしてなのでしょう、もう終わった恋の話をしているというのに、もうとうに死んでしまった者たちの話をしているというのに、突然の嗚咽《おえつ》がこみあげてきてしまうのです。

この気持ちの奔流は、いったい、なに？

わたしは自分の心の奥底に問いかけます。

しばらく、わたしは思いめぐらせていました。

そう。きっと、そうなのです。

春月は、まだ死んでいないのです。その体はほろび、そもそも夢の中の女なのだから、最初から存在さえしなかったかもしれず、けれど、あの女のせつなくも激しい恋心は、いまだにわたしの中にしぶとく残りつづけていたのです。

わたしは、梨子は、今もナーちゃんに恋をしています。遠いこだまのような、昔の記憶のような、今となればいちばん最初のころとはずいぶん違う心もちではありますが、やはりわたしはナーちゃんが好きなのです。恋は、まだ終わっていないのです。

けれど、春月が高田を恋したその気持ちも、閉じてしまった箱をふたたび壊して開け放つがごとく解放してやれば、ありありとまたわたしの心の中によみがえってくるのです。

夢をみなくなってからというもの、春月のことはあえて思いださないようにしてきました。だから、すぐ真横で覗き見しただけの、あの春月の恋心は、とうにわたしからは離れていってしまった。そう思っていたのです。

けれど、そうではありませんでした。

わたしは今もまだ、高田が恋しいのです。

高田と、添い遂げたかった。逃げきりたかった。いっそのこと、あの時一緒に死んでしまいたかった。

そうです。遂げられなかった恋は、熾火《おきび》のように、今もまだ暗くほそく燃えつづけているのです。

球根が芽吹き、地面の上に薄緑の葉を何枚か開かせています。あと少し待てば、つぼみがつき、花が開くことでしょう。

水仙も、クロッカスも、スノーフレークも、どの花もわたしは好きなのです。もうすぐかれらがその清潔な花の姿をみせてくれるかと思うと、心がおどります。

花を好きだと思う心は、人を好きだと思う心にくらべ、なんと静かであかるいのでしょう。

水をやったり、草をひいたりしながら、わたしは自分の心の中をゆっくりとさぐってゆきます。

先週の日曜日に、ナーちゃんとショッピングモールに行きました。春もののセールをひやかし、フードコートでパスタを食べ、夕飯のための買いものをしたあと、わたしたちは一階の中央にある広場のテーブルでコーヒーを飲みました。

プラスティックの容器に入れられたコーヒーを、ナーちゃんは真面目な顔で飲んでいました。

「おいしい？」

聞いてみました。

「ふつう」

ナーちゃんは、晴れやかに答えました。

このごろのナーちゃんは、晴れやかなのです。晴れやかで、少しだけやつれていて、少しだけさみしそう。

あのひととの別れが、今のナーちゃんの表情をつくっていることが、わたしには今ではよくわかるのです。なぜなら、わたしも、同じような表情をしているからです。

晴れやかで、少しさみしそう。

この前、わたしは喫茶店「白玉」で、高丘さんにそう言われました。川端のベンチで話をしてもいいようなものでしたが、飲食を理由にもせずに話を続けられるだけのおおらかさが、その時のわたしたちにはなかったのかもしれません。

高丘さんに恋している、というわけではないのです。でも、高丘さんのことは、たしかに慕わしい。

たぶん、高丘さんも、同じです。梨子であるこのわたしには、恋していない。でも、わたしの中に今もいる春月に、どうしようもなくいまだに惹かれつづけている。

高丘さんとの会話は、以前のようには弾みませんでした。屈託が、わたしたちの間にしのびこんでいたのです。そして、その屈託を、わたしたちはいつくしんでいたのでした。

「子どもがたくさんいるね」

ナーちゃんが言いました。

広場には遊具がいくつも置いてあり、よちよち歩きの子どもたちの歓声が、吹き抜けの空間に時おり響きわたります。

「梨子は、子ども、ほしくない？」

わたしの顔をそっと見ながら、ナーちゃんが聞きました。

「授かると、きっと嬉しいでしょうね」

晴れやかに、わたしは答えました。

「うん、授かると、きっととっても嬉しい」

ナーちゃんもごく晴れやかに、賛同。

ラナンキュラスの葉に、小さな虫がついています。軍手をはめた指で虫をつまみ、ショッピングモールの食品売り場でもらったポリ袋に入れます。そう。わたしはちゃんと、ナーちゃんのことが、好き。今も、好き。「好き」のかけらは、いつもわたしの心の中にある。かけらだけれど、たしかにある。

ショッピングモールの空気は、乾いていました。なんと用心深く、わたしとナーちゃんは会話をかわしていたことか。わたしに対する「好き」のかけらを、ナーちゃんも自分の心の中に探していたのでしょうか。

虫は、何匹もいました。ていねいに全部、わたしは指でつまみ、ポリ袋に入れていったのでした。

昔昔の章

むかしむかし。

分娩台の上で、なぜだかわたしは高田の言っていたその言葉を、突然思いだしていました。

そう、むかしむかし、という言葉で、駈け落ちの夜、高田は春月に薬子さまのことを語ってくれたのでした。

あの時が、はじめて薬子さまの話を聞いた時だったのだと、わたしはずっと思いこんでいました。けれど、そうではなかったことを、わたしは今、思いだしてしまったのです。分娩台の上で、子どもを産みおとそうとしているこの瞬間に。

人の記憶とは、なんと妙なものなのでしょう。ここにある自分の記憶から、いつ何が意識の表面にうかびあがってくるのかを、自分で決めることができないとは。よりによって、まさに子どもを産みおとさんとしているこの時に、高田があの時より前に語った薬子さまへの思慕を思いだしてしまうなどということを、わたしは予想もしていませんでした。

春月が吉原から逃げるということを、まだみじんも思っていなかったころ——そう、あれはまだ高田が春月のもとに通いはじめてすぐのころだったでしょうか——高田はたしかに「むかしむかし」のことを、春月に語ったことがあったのです。

むかしむかし、高田がはじめてひとを恋うたときの話。そのひとは、恋うてはならないひと、父の思いびとだったこと。だから、高田は自分の恋心をおさえ、ただひたすらにそのひとをあくがれ見るだけにとどめていたこと。

そんなことを、薬子さま、という名は出すことなく、高田は寝物語に話してくれたのでした。

その時の高田の、夢みるような優しい口ぶりを、わたしは今、分娩台の上で、まるでさっき聞いた声のように、思いおこしているのです。

なんとうらやましいことか。

あの時、春月は感じていました。

こんな優しい口ぶりで思いだしてもらえるならば、この身が朽ち果ててもいい。そんなふうに春月は感じていたのです。

もしかすると、その時はじめて春月は、高田のことを好きになったのかもしれません。女を、そんなにもうっとりとあがめることのできる男。そんな男に、ひとたびでいいから、自分もあがめてもらいたい。そして、自分もまた、その男をあがめたい。春月はそのようにあこがれ、また、そのように美しいあがめあがめられという関係を、自分が誰ぞとつくることはこの先きっとないだろうことの絶望に、うちひしがれたのです。

高田が春月と会いはじめたばかりのころ、むかしむかしに恋したひとのことをすでに口にしていたことを、今の今まで忘れていたのは、たぶんそのためなのです。できないことならば、忘れてしまおう。ひとは、そんなふうに自分の記憶を閉じこめることのできる生きものでもあります。

でもなぜ、この瞬間に、わたしは高田の薬子さまへの気持ちを思いだしてしまったのでしょう。

あ、くる。大きな波が、くる。産みたい、産みおとしてしまいたい。助産師さんたちに囲まれながら、わたしの体は、くるおしいお産の波を迎えようとしています。

このくるおしさが、春月の記憶をよみがえらせてしまったがゆえのくるおしさなのか、それとも、子どもを迎えようとする時の女の体に天然自然に与えられるくるおしさなのか、どちらともわからぬまま、わたしは額に汗して分娩台の上に横たわっているのでした。

まだいきまないでねー。

助産師さんがわたしを止めます。けれどわたしの下腹は、いきみたくてしかたがありません。早く子どもを産みたいと、まるでわたしの体全体が叫んでいるよう。

生まれてくる子どもは、男の子だとわかっています。ナーちゃんに似ているでしょうか。それとも、わたしに似た子どもでしょうか。

はい、いきんでいいよー。目はつぶらないで。ちゃんと息をすって。はくだけじゃだめ、すわないと。ちゃんと、体ぜんたいでいきむんだからねー。

ほら、もう出てきたー、もう一回、いきんでみよう。赤ちゃんもがんばってるよー。

なぜ助産師さんたちの喋りかたは、昔からつきあいのある親しい友だちのようなのだろうかと、わたしはいぶかしみます。昨日の夜、わたしに陣痛がつきはじめたあと、はじめて会ったばかりだというのに。一緒にランチをしたこともなければ、机を並べて学んだり仕事をしたりしたこともないのに。

生まれました！

晴れやかに、助産師さんが告げます。元気な男の子ですよ。おめでとうございます。急に、口ぶりが、友だちの近さから、職業的な遠さに変わりました。ふしぎな場所だな、ここは、と、わたしは思います。後産《あとざん》もじきに終わり、赤ちゃんがわたしの胸もとにつれてこられました。白い布に包まれた赤ちゃんは、赤ではなく紫色をしています。

みどりご、といういいかたもあったな。わたしはぼんやりと思っています。そうでした。むかしむかし。わたしは、これからややさんを産もうという姫さんの横で、ややさんはいったいいつになったら生まれてくるのか、胸を痛めながら見守っていたことがあったのではなかったでしょうか？

これはいったい、何の記憶なのでしょう。

江戸時代のおいらんである春月の記憶でもなく、今赤ちゃんを産んだばかりのこのわたし、梨子の記憶でもない、遠い遠い、この未知の記憶は。

安産でしたね。おかあさん、よくがんばりました。おとうさんにも、来てもらいましょうね。助産師さんが言っています。ナーちゃんの声がしました。駆けよってくる足音も。よくがんばったね、梨子。ありがとう。ありがとう。横たわっているわたしの顔の上に、ナーちゃんの影がさします。冷たいわたしの指さきを握る、ナーちゃんのあたたかなてのひら。

子どもが授かると、きっと嬉しいでしょうね。わたしとナーちゃんがそう言いあった春が過ぎ、夏がゆき、秋になったころ、わたしはこの体に、新しい命を宿したのです。年があけ、ふたたび春が闌け、梅雨入りしました。そして人生で三十数度めにならんとする夏をむかえた今、わたしは男の子をこうして産んだのです。

ナーちゃんもわたしも、この子をずっと待っていました。花壇の花を育てながら、家の中を整えながら、わたしはこの子が来る準備をしてきたのです。

何かを待つ日々は、落ち着かない日々です。ときおりわたしはたまらなく高丘さんに会いたくなりました。そんな時には、川端に近い喫茶店で、紅茶を一杯飲む間だけ、高丘さんとお喋りをするのです。

妊娠したわたしを、高丘さんはよく気づかってくれました。

「薬子さまには、子どもはいたの？」

一度だけ、わたしは聞いたことがあります。前置きもなしに。高丘さんは、ためらうことなく、答えてくれました。

「いたよ」

「そう。もしかして高丘さんは、薬子さまの息子のようだったの？」

「違うよ、母子でもなく、恋人でもなく、友だちでもなく、ただ大切におもいあっている二人だった」

ふうん、と、わたしは肩をすくめました。薬子さまのことを語るときの高丘さんは、実のところ少しばかりセンチメンタルです。

「子どもができると、女のひとは、強くなる？」

今度は高丘さんが、わたしに聞きました。

「まさか。子どもって、そんなふうに人を鍛えるための道具みたいなものとは、ちがうでしょ」

幾分かひややかに、わたしは言い返しました。高丘さんは、笑いました。わたしも、一緒に笑いました。でも、なんだか、つまらなかった。高丘さんが、わたしを「子どもを産む女」という枠にはめようとしているように感じられて。けれど、そのつまらなさは、長くは続きませんでした。高丘さんはすぐに真面目な顔になり、

「考えなしなこと言って、ごめん」

と言ったからです。

ナーちゃんとのそれとはちがい、高丘さんとの会話は、わたしの気持ちをささくれさせ続けることが決してありません。

「予定日、いつだっけ」

「暑くなりはじめるころ、かな」

高丘さんは、わたしのお腹をじっと眺めました。マタニティウェアを通しても、お腹のふくらみはもうしっかりとわかるようになっています。ぶじに、生まれてくるんだぞ。高丘さんはそう言って、優しくほほえんだのでした。

生まれた子どもは、棟児《とうじ》と名づけました。棟児はよく泣く子で、わたしは朝から晩まで、棟児にほんろうされることとなります。

子どもを育てるのが、こんな重労働だとは、想像もしませんでした。ナーちゃんは山に柴刈りに行っているのですから、わたしは家の近くの川で洗濯をしたり家の中で炊事をしたりする、という役回りにあります。柴刈りに行けば、帰りには背中いっぱいに柴を背負って帰らねばならず、つまりナーちゃんはわたしたちの子どもである棟児を背負ってあやすことも、なかなかできないのでありましょう。

ありていに言えば、ナーちゃんは育児にかんして、あまり協力的ではないのです。わたしが専業とする仕事は、主婦業なのであり、家事全般と子育てを担当する、ということにかんして、大きな異議はありません。けれど、これほどまでに育児が大変だということを、はっきりいって、わたしはわかっていませんでした。

母乳が足りないと泣き、ミルクを足せばさらに飲みたいと泣き、眠れないと泣き、おむつをとりかえろと泣き、抱いてほしいと泣き、淋しいと泣き、楽しい時間が終わってしまったと泣き、何の意味もなく泣き、ともかく一日の大半の時間、棟児は泣いているのでした。

泣けば、応えなければならない。なかなか出ない乳をふくませ、哺乳瓶を煮沸し、ミルクを適温につくり、おむつを替え、抱きあげてゆすり、背中にくくりつけて洗いものをし、カゴに入れて足でゆすりながら掃除をし、眠ったすきに食事をつくり、スーパーに行く時にはベビーカーを広げ常に危険物を避けつつ、買い物を完遂する。

よしや阿修羅のように手が六つあり頭が三つあっても、育児をおこなうにはじゅうぶんではない。と、わたしは断言したい！

いつもわたしは疲れ果てていました。

棟児くん、お願いだから、いい子で三時間以上眠っていて。

毎日わたしは祈るのですが、棟児は元気いっぱいに泣き叫び、決してわたしを眠らせません。昼も夜も、棟児は二時間以上続けて眠ることがないのです。

生後三ヶ月もすれば、もっと長く眠るようになりますよ。

一ヶ月健診では、そう言われました。

とんでもありませんでした。三ヶ月たっても、続けて眠れるのは、三時間ほど。四ヶ月になっても、五ヶ月になっても、棟児は、三時間半おきに目をぱっちりとあけ、よく響く生き生きとした泣き声でもって、わたしを呼びつけるのです。

棟児が泣き叫ぶあいまに、わずかな間でも、とにかくうとうととして、なけなしの睡眠をとる。

その手腕に、わたしがどんどんと長けていったのは、仕方のないことなのでした。

棟児の横で、ようやくうつらうつらできたおりに、ほんのわずかな時間だけとる眠り。

それは、決して深い眠りではありませんでした。

誰にも邪魔されずに、はれやかに寝入ることのできる堅固な眠りではなく、自分が眠っているのだか起きているのだかわからない、そんな定まらない眠りだったのです。

けれど、そのような不安定な眠りの中で、わたしはふたたび、夢をみるようになっていたのでした――。

今、この短く浅い眠りの中で、いったい何が起こっているのかをお話しいたしましょう。

わたしは、女房なのです。

女房、といっても、妻、という意味ではありません。貴族の姫さんに仕える女官《じょかん》である、ということなのでした。

なぜに、女房⁉

というのが、夢をみるようになった当座の、わたしの心もちでした。

おいらんや吉原と同じく、わたしにとって「女房」は、まったくなじみのない言葉であり仕事でありました。そのうえ、「女房」は、今わたしが生きている時代よりもずっと昔、江戸時代よりもさらにむかしむかしの職業ではありませんか。

もちろん、現代も皇居には「女官」という職業につく女性たちがいることは、なんとなく知っています。けれど、わたしが夢の中で生きている「女房」は、どうやら平安時代あたりの女房のようなのです。

夢の中の光景は、はじめ、ひどくうすぼんやりとしていました。

吉原でおいらんとして生きていた時には、最初から景色に色がついていましたし、自分の体だってはっきりと輪郭をもっていました。覚めてみれば、夢は茫々《ぼうぼう》たる記憶の中にまじりこんでしまいましたが、少なくとも夢の中にいる時には、その夢は「ほんものの、そこにある世界」として、しかとこの身で感じられていたのです。

ところが、棟児の横でうつらうつらとみる夢の中の景色は、どうにもつかみどころのないものなのでした。ですから、わたしは自分がいったい何者なのか、そしていつの時代に生きているのかを、はじめは把握することすらできなかったのです。

それでも、夢の時間が重なってゆくうちに、その中の世界は次第に姿をあらわしてゆきます。

わたしが女房として仕えるようになったのは、天皇にお仕えしている殿さんの、大子《おおいこ》さん――今の言葉で言えば、「長女」でしょうか――である姫さんでした。お仕えするようになったのは、わたしが十歳の時です。

姫さんは、わたしとおないどしでした。

十歳で、すでに誰かに仕える仕事をはじめるとは、なんと早熟なことかと、現代の感覚では奇妙に感じられるかもしれません。けれど、夢の中のむかしむかしの時代では、人の命はごく短く、また女も男も、一人前と認められる年齢は、ずいぶんと若かったのです。とはいえ、十歳というのは、その当時でもまだ成人として認められる年ではありませんでした。

ごく才気のある子どもだけが、やんごとない姫さんに仕えることを許されるのであり、いまだ才の足りない者は、親の庇護のもとに生家で過ごしている年まわりです。

そう、わたしは、姫さんに仕えるという大切な仕事に、重用《ちょうよう》されていたのです。そしてそれは、わたし自身にとっても、そして、さして位の高くないわたしの家にとっても、誇り高いことなのでした。

姫さんは、おとなしやかな中にも、おちゃめなところのあるおかたでした。

お屋敷にあがった最初の日、わたしは姫さんの前で、一瞬も顔をあげられず、ただただかしこまっているばかりでした。次の日もその次の日も、わたしはでくのぼうのように、姫さんのそばにひかえていることしかできなかったのです。

お仕えして三日めのことでした。姫さんが、わたしにお声をかけてくださったのです。

「於菟《おと》は、好き?」と。

於菟、というのは、猫のことです。夢の中の、平安時代の家並のそこここには、猫が何匹もいました。春、月の出ている夜などに、猫らが一晩じゅう、泣きさわぐ赤子のようなうるさい声をあげているのを、生家の兄や弟たちが興がっていたことを、わたしはすぐに思いだしました。外で騒ぐ猫だけでなく、家の中にも猫がいました。母が、猫をいとしんで飼っていたのです。

「はい」

わたしは、びくびくしながら答えました。

すると、姫さんはくすくす笑いながら、こうおっしゃるではありませんか。

「あんたはえらい、猛々《たけだけ》しいなぁ」

なぜ猫が好きだと答えただけで、猛々しい、すなわちいやに勇敢だ、などと言われるのだろうと、わたしはぽかんとしてしまいました。

「猛々しい」

わたしは、ばかみたいに、姫さんの言葉を繰り返しました。

「せや。於菟は、からくにの、けおそろしいけだものやしな」

え、と、わたしは驚きました。猫って、中国の、恐ろしい動物なの？　と。

驚くわたしに、姫さんはそれ以上何も答えてはくださいませんでした。お仕えしたばかりのわたしが、姫さんにそれ以上わけを聞きつのることも、できません。

猫が恐ろしい獣だということを、姫さんがもっとくわしく説明してくださったのは、それからもう少したってからのことです。

ある日姫さんは、古びた巻物をわたしに広げてみせてくださったのです。そこには、見慣れぬ服を身につけた人々や、知らぬ木々や動物が描かれていました。

「これが、からくにの於菟や」

姫さんは、隅に描いてある動物を示しました。

あっ、これは、虎だ。

平安のまだ十歳のわたしの中にある梨子の意識は、すぐにそう気づきました。加えて、巻物に描かれているのが、おそらく中国の風物なのだということにも。そのころの日本の習俗とはことなる文化の、人々や景色が、古さびた筆づかいで、なんとこまやかに描かれていることでしょう。

「父ぎみが、くだされたんえ」

姫さんはそうおっしゃりながら、大切そうに紙を巻きなおしてゆかれます。

わたしは、大いに感心していました。まず、描かれた風物の、こまやかさに。そしてまた、姫さんのかわいらしい機知に。

この時代に猫のことをさしていた於菟という言葉が、同時に昔の中国では虎をさす言葉だと知っていなさった、そのことを、最初の時に姫さんがわざとわたしにお教えにならなかった機知に、わたしは感じ入っていたのです。

もしもあの時、「於菟」が猫だけではなく、もっと恐ろしげな獣をさす言葉なのだと、かんたんに教えてくださっていたなら、その事実は、あっさりとわたしの知るところとなり、それゆえあっさりとわたしの記憶の奥に放りだされてしまったことでしょう。けれど、こうしてしばらくの時を経たのちに、はじめて事のからくりを、実際に描かれた虎の絵としてこの目に見せてくださったがゆえに、わたしは驚きをあらたにしたのですし、のちのちまでもこの時のことを忘れることがないにちがいないのです。

姫さんは、このように気ばたらきのきくおかたでした。お仕えしている間、幾度も姫さんの聡《さと》さをみせられ、わたしはますます姫さんをうやまうようになってゆきます。ただ、姫さんの、この小手まわしをおこなうことのできる気性は、のちに姫さんの婿さんとなる殿さんにとって、心やすいものだったのかといえば、それは難しいところなのでした。殿ぎみは、必ずしも小才《こさい》のきく女がお好きとはかぎりませんから。

いえ、話が飛んでしまいましたね。姫さんが婿さんをむかえられるのは、もう少し時間が過ぎてからのことです。今はまだ、十歳のわたしと、十歳の姫さんが、少しずつ、心親しんでゆきはじめたばかりのころのお話を続けることとしましょう。

姫さんの父ぎみは、たいそうお優しいかたでした。父ぎみが、姫さんの母ぎみを大事になさるさまは、心あたたまるものでした。

当時、貴族どうしの結婚では、妻の家に夫が入るしきたりとなっていました。ただし、夫の方にも家はあり、夫はいつでも自分の家に帰ることができるのです。ですから、夫が妻の家に何年もずっととどまるとは限らなかったのです。

妻に飽き、ほかの女を求めようと思ったなら、男たちは妻の家から去って自身の家に戻り、そこからよその女の家を訪《おとな》うこととなります。つまり、いったん婿となっておきながら、そののち妻の家によりつかない男も、少なからずいたのです。

そんな中で、姫さんの父ぎみは、ずっと姫さんの母ぎみの屋敷にとどまっていらっしゃいました。

それというのも、姫さんの母ぎみに、父ぎみはいっしんに惚れこんでいらしたからです。

姫さんの母ぎみというおかたは、先の天皇に近くお仕えした殿ぎみの娘ごです。姫さんの父ぎみよりも、母ぎみの家のほうが、位は高くていらしたのです。けれど、姫さんの父ぎみが母ぎみに惚れこまれたのと同様、母ぎみのほうも、父ぎみにそれは夢中になられたといいます。

男と女の心の結びつきが、必ずしもそのまま結婚に結びつくわけではなかったこの時代です。いいえ、もっと言うならば、貴族の婿とりについては、政治を背景にした事情がいちばんに優先されていたと言ってしまってもいいでしょう。その中で、互いに最初から恋心をいだきあって結婚した男女は、多くはありません。

姫さんの父ぎみと母ぎみは、その珍しい例でした。父ぎみの位は、貴族社会の中では、さほど高いものではありません。それでも母ぎみは父ぎみをあおぎみ、父ぎみのために美しい着物を用意し、みやびやかな香を焚きしめ、こまごまと身のまわりのお世話をなさるのです。いっぽうの父ぎみも、母ぎみに優しい言葉をかけ、常に感謝をあらわし、決してほかの女性《にょしょう》になど目をお向けになろうとはしません。

そんな父母に、心から慈しまれながらお育ちになった姫さんは、文字どおり、玉のような姫さんとして、お心不足など何一つなく日々をお過ごしになっていらしたのです。

平安のお姫様に仕える夢の合間にも、わたしは日々育児に身を捧げています。ほんとうは、育児に身を捧げる合間に、たまに少しだけ夢の世界を逍遥《しょうよう》する、とゆきたいところですが、あまりに育児が身にこたえるので、みずから進んでわたしは夢の世界に逃げてゆくのでした。

実際、棟児の育児に、ナーちゃんがもっと協力してくれてもいいのにと、わたしはいらいらしてしまいます。ナーちゃんときたら、休日に棟児をお風呂にいれることと、わたしの父母がわたしたちの住居部分に遊びにきた時にいつもより棟児の世話をやいてみせることと、ごくたまに棟児を抱いたりあやしたりしてくれること以外は、ほとんど自分からは棟児の面倒をみてくれようとしないのです。

「男のひとに、家のことをしてもらうのは、ほんとうに骨よね。わたくしは、早々にあきらめてしまったけれど、今のひとたちは、それじゃあ済まないわよね」

と、通子先生は笑っていましたが。

少しはナーちゃんにも棟児を見てもらうため、ときおりの日曜日に、わたしはお琴のお稽古に行くという名目で、通子先生のところに逃げこむのです。

お琴のお稽古、などという理由をつけなければ、たまの育児もナーちゃんに頼めないわたしの性格も、いけないといえば、いけないのかもしれません。世の女のひとたちは、もっと巧みに、また気楽に、また当然の権利として、夫に育児や家事を分担してもらっていると聞くのに、どうにもわたしはそのあたりのことをうまく差配できないのでした。

「梨子さんは、すこうし、古い考えのご両親に育てられたのかもしれないわね」

お茶をおいしそうに飲みながら、通子先生は言います。

「生矢《なるや》さんは、小さい子どもは、好きなの？」

つづけて、通子先生はそう聞きました。

「好きみたいですけど、遠くから眺めてかわいいと思うのが、好きみたい」

わたしが答えると、通子先生は、また笑いました。わたしが持参したようかんを口に運び、通子先生は言います。

「男の子は、そのうちに母親を守ってくれるようになるわよ」

通子先生の三男のことを、わたしは久しぶりに思いだしました。まだ中学生だったナーちゃんと通子先生が知りあったとき、三人いる息子さんたちの中で、唯一先生のナーちゃんへの気持ちを慮った息子さん。そして、後年先生とナーちゃんが二人きりで会うようになってからは、わたしという妻のことをも慮り、通子先生を諭してくれたひと。

「そういうものでしょうか」

わたしは首をかしげます。もしも棟児がナーちゃんと同じ気質の男だったとしたなら、きっと彼はわたしを守ってくれようとはするでしょうが、よその女のひとたちのことも、大いに守ろうとするに違いありません。そんなふうに気の散った男など、わたしは願い下げです。

「梨子さんは、男のひとに対して、少しきびしいのね」

通子先生は言いました。

「ナーちゃんと暮らしていたら、いやでもそうなります」

「でも、生矢さんを好きになったのは、梨子さん自身でしょう？」

可笑しそうに、通子先生は言います。たしかに、ナーちゃんに惚れきっていた若い頃の自分のことは、覚えています。けれど、その後のナーちゃん自身のおこなったあれこれが、わたしのその新鮮な恋心を冷ましたのではなかったでしょうか？

「ねえ、梨子さんは、もう生矢さんのことが、好きじゃないの？」

通子先生は、聞きました。しごく天真爛漫な様子で。

「なんだか、好きとか嫌いとか、そういう単純なことじゃなくなっているような気がします」

「そう？」

「ええ、そうです」

「せっかく一緒になれたのにね」

うらやむように、先生はつぶやきます。そう、先生はきっと今でもナーちゃんを慕わしく思っているのです。それなら、通子先生に、のしをつけてナーちゃんをあげてしまいましょうか。そんなふうにも、瞬間思ってしまったわたしなのでした。


姫さんのもとへとあがってから、一年が過ぎ、二年が過ぎ、姫さんの母ぎみは、姫さんが添う殿ぎみについて思いめぐらされるようになりました。

もちろん姫さんご自身は、ご自分が誰とめあわせられるかなどということを詮索なさったりはしません。けれど、わたしたち女房は、姫さんのご存知ない、こまごまとした噂ばなしを小耳にはさむ機会が、いくらでもあるのです。

姫さんは、天皇の血筋の殿ぎみとご縁がおありになるかもしれない。

そんな噂が屋敷のそちこちでささやかれるようになったのは、わたしが屋敷にあがってから三年ほどたったころでした。

やがて、姫さんの裳着《もぎ》の礼の時期が、正式に決まることとなりました。冬の終わりでした。うぐいすがまだ、笹鳴きをしている時分です。ほーほけきょ、という堂々とした鳴きごえではない、ちち、ちち、という、幼い鳴きごえを、姫さんがたいそういとしんでいらしたので、よく覚えているのです。

「つたのうて、かわいらしなあ」

姫さんは、おっしゃるのです。

「春告げどりのくせに、あれでは春がきいひんのとちがいますか」

わたしが笑うと、姫さんは真面目なお顔で首をふりました。

「まったきことが、ええこととは、限らへんえ」

やはり姫さんはかしこいお方だと、わたしは心の中でうなずきます。

ものごとの完全なことが、必ずしもいいことではない。まだたった十三年ほどしか生きていないというのに、その三倍近く生きているわたし、梨子が、ようやく少しだけ思い到ったそんな境地に、姫さんはすでに達しているのです。

この時代の女たちの成熟が早いのか、それともわたしのお仕えしている姫さんがことにかしこいお方なのか、それはわたしにはわかりません。なにしろ、わたしは姫さん以外の女性《にょしょう》にはお仕えしたことがないのですから。

それにしても、このように不完全なものの中に美をみいだす気質の姫さんと結婚する相手があの殿ぎみだったことは、果たして姫さんにとって幸福だったのか、そうでなかったのか。

姫さんが結婚なさったあと、おりにふれて、わたしはそのことについて、考えをめぐらさざるをえなかったのです。

ようやく棟児は、夜中に続けて眠ってくれるようになりました。四時間だった眠りが、五時間、六時間とのびてゆき、生後八ヶ月ほどたった頃には、夜中に一度も目覚めずにあけがたまで連続で睡眠をとってくれることも珍しくなくなっていました。

現金なもので、そうなると、わたしもみるみる元気を取り戻してゆき、やれ育児の手助けをナーちゃんがしないのが腹立たしくてたまらないだの、やれ日本の男はいまだに旧態依然とした家父長制度にからめとられているだのという主張を、切羽詰まったおももちで繰り返すことはなくなりつつありました。

そのかわり、わたしは棟児を連れて、高丘さんに会うようになっていたのです。喫茶店で静かにお茶を飲むのは無理でしたが、日がよくさす午後、ベビーカーに棟児をつみこみ、いつもの川端まで歩いてゆくのです。するとそこには高丘さんがいて、棟児をベビーカーから抱きあげ、もの慣れたふうにあやしてくれるという寸法なのでした。

持参の敷物を草の上に広げ、棟児をそこにころがすと、棟児は嬉しそうに寝返りを繰り返します。興がのると、棟児は腕と体ぜんたいを使って、ずり這《ば》いをこころみようとします。

「器用だなあ」

笑いながら、高丘さんは奮闘する棟児を眺めています。

「それに、力強い」

ずり這いをこころみた翌月には、棟児はしっかりとずり這いができるようになっており、そのさらに翌々週には、高這いができるようになりました。

「上達が早いな」

高丘さんは、感心します。

「うらやましいよ」

そう言いながら、敷物からはずれて草の上までどんどん喜ばしげに這いだしてゆく棟児を高丘さんは抱きあげ、敷物の上に戻します。さして間をおかずに棟児はふたたびはいはいをして敷物から遠ざかり、それを高丘さんが戻し……、そんなことを繰り返すと、棟児は疲れて眠くなり、むずかりはじめるのです。

待っていましたとばかり、わたしは用意してきた粉ミルクを魔法瓶のお湯で溶いて棟児に飲ませます。するとあらあら、眠りの粉をふりかけたかのように、棟児は簡単に寝入ってしまうではありませんか。

「ずいぶん楽になったわ」

眠ってしまった棟児にバスタオルをかけながら、わたしはつぶやき、続けて言います。

「じゃあ、夢の続きの話、聞いてね」

高丘さんは、わたしが話しだすのをうながすよう、軽くほほえみます。それを合図に、わたしは夢の話を、縷々《るる》高丘さんに語りはじめるのでした。

そうです。姫さんは、じきに裳着の礼をおむかえになろうとしているところなのです。

裳着の礼、というのは、貴族の姫さんたちの、いわば成人式にあたる儀式です。

それまでは簡素に表着《うわぎ》を身につけるだけだった若い姫さんたちは、裳着の礼をおこなったのちには、腰から下を覆う、裳とよばれる、現代のプリーツスカートに似たかたちの衣服を身につけるようになるのです。

この時代に女性が成人するということは、すなわち結婚をする心構えを強く持つ時期をむかえる、ということでした。実際、裳着の礼をおこなうのは、結婚の相手のめぼしがついた時であり、めぼしがついたということは、やがて姫さんは殿ぎみと新手枕《にいたまくら》を交わす——姫さんと殿ぎみとの最初の共寝《ともね》をする——ということでもあります。

「なんだか、わかりやすいねえ」

高丘さんは、のんびりと言いました。

「裳裾《もすそ》をひいて大人の女らしく装うのが、男と寝るためっていうのは、無駄がないような、一本道でさみしいような」

そう続けます。

たしかにその通りです。姫さんを柔らかな布で囲うようにして大切に育てるのは、とどのつまり、有用な男にさしだすため。平安の貴族社会のしくみは、そのようになっているのです。

「考えてみれば、わたしたちは幸福なのね。いろんな道を選べるのだから」

わたしが答えると、けれど、高丘さんは、首をかしげました。

「自由、というのも、けっこうやっかいなものだけれどね」

そんなふうに言うのです。

自由は、やっかい。

たしかに、そうです。わたしは自由をもってナーちゃんに恋し、結婚しました。たとえ父や母がナーちゃんとの結婚に反対したとしても、あるいはよその男と結婚しろと強要したとしても、わたしはわたしの自由を行使してかれらに逆らい、どのようにしてでもナーちゃんと結婚したことでしょう。

その結果、今のわたしは幸福でしょうか。

わかりません。幸福、などというまったき感情は、今のわたしにとっては単調な概念にしか感じられません。うぐいすの笹鳴きを、完全な鳴きごえよりもむしろよしとした姫さんの真似をしているわけではないのですが。

ナーちゃんとの日々は、幸福と不幸と喜びと哀しみと怒りと森閑《しんかん》とした心もちとその他無慮百万の感情が入りまじった日々であり、幸福、あるいは、不幸、などという一つの単語だけであらわすことなど不可能なものです。

「そうね、やっかいね、たしかに」

小さな声で、わたしはそう答えたのでした。

姫さんが裳をつけるようになったのと同時に、姫さんにお仕えするわたしも、裳をつけるようになりました。いわゆる「女房装束」です。

今まで女房という言葉を使ってはいましたが、実際には成人する前の姫さんにお仕えしていたわたしは、いわば姫さんの遊び相手であり、身の回りのささいなことをお手伝いする、侍女見習いのようなものだったのです。

本式の女房たちには、もう少したくさんの役目があります。姫さんの教養を深めるための、歌や手紙の書きようを導く女房もいれば、位の高い姫さんが位の高い殿ぎみの妻となったときに、その姫さんをもり立てるために働くことのできる才をもった、たとえば後の時代の紫式部や清少納言のような女房もいれば、わたしのように姫さんの身の回りのお世話から打ち明けばなし、気持ちの揺れを聞いては心をくだき、何かと塩梅《あんばい》をする役まわりの女房も、いるのです。

母ぎみから結婚相手について姫さんがお聞きになったのは、裳着の礼から少したった時分でした。

「とうとうやわ」

母ぎみからのお話のあと、姫さんは、そう、ひとことだけ、わたしに向かっておっしゃったのです。

とうとう、の先の言葉は、ありませんでした。けれどそれが、「とうとう結婚相手が決まった」という意味であることは、わたしにはよくわかっていました。そして、その相手が誰なのかということも、わたしは知っていました。

もしかすると、お屋敷の中で姫さんの結婚相手が誰であるかを最後に知ったのは、姫さんご自身だったのかもしれません。このところお屋敷では、しもじもの者たちから姫さんの母ぎみ父ぎみに直接お仕えしている者にいたるまで、そのお相手が誰かという話でもちきりだったのですから。

お相手の殿ぎみは、みやこでも名高いお方でした。ですから、お屋敷にお仕えする者たちがお二人の結婚について口さがなく噂をしたのも、無理からぬことだったのです。

姫さんが結婚なさろうという殿ぎみは、その名を業平《なりひら》さまといいました。前の年に従六位でいらしたのが、蔵人《くろうど》になられ、順調にゆけばそのままずんずんとご出世なされようという殿ぎみでした。

業平さまは、お生まれも高貴でいらっしゃるのです。父ぎみは、今の世の天皇から三代さかのぼった時に天皇だったお方の第一皇子で、いっぽうの母ぎみは、さらにその上の代の天皇だったお方の御御様《おごうさま》、すなわち娘御《むすめご》だと聞きました。

尊《たっと》いのはそのお血筋だけではありません。業平さまご自身の、そのお顔だちやお姿も、たいそう尊くまたうるわしくていらっしゃる、という評判が、みやこではずいぶんと以前から高いのです。そのため、幾多の女性《にょしょう》たちが業平さまに心うばわれ、その訪れを待ちこがれているのだそうです。

こんな素晴らしいご縁が姫さんのもとに舞いこんだのは、意外なことに、姫さんの父ぎみである紀有常《きのありつね》さまと業平さまのつながりによるものなのでした。

姫さんの父ぎみの位が、さして高くないと、以前にもわたしは言いましたでしょうか。そうなのです。有常さまは、位も、お持ちの財産も、さしてめざましくはない、みやこの貴族の中ではどちらかといえばしがない身分のお方だと言っても、言いすぎではないように思われる殿ぎみなのです。けれどそのかわりに、有常さまは、たいそう徳の高いお方であったのです。

物質的にはさしてめぐまれていないけれど、心の中は豊か。そう言いかえてもいいでしょう。

業平さまは、紀有常さまよりもお年は下でいらっしゃいましたが、年の差を超えた友がきどうしでいらしたのです。

業平さまがお小さいころは、有常さまが業平さまをお慈しみになり、業平さまが長じてからは、逆に業平さまが有常さまをなにかとお気にかけていらしたといいます。

業平さまにはすでに、何軒か通う先がありました。この時代、男は女の家に通うのがならいでしたから。けれど、業平さまには、まだ正式のご妻女はいらっしゃらなかったのです。

いよいよ姫さんが業平さまとご結婚なさると決まった時、みやこの女性がたの間に、どよめきがはしったと聞きます。それがたんなる大仰で面白可笑しいだけの噂なのか、それとも嘆き悲しむ女性が実際に大勢いらしたのかは、もちろんわたしにも姫さんにも知るよしはありません。

ともあれ、結婚の準備は、着々と進んでいったのでありました。

「業平って、やっぱり、あの業平？」

と、高丘さんは聞きました。

「そう、あの業平」

「吉原に、伊勢物語を好きなおいらんがいたねえ」

なつかしそうに、高丘さんは言いました。濃紫のことです。いつも綴本を部屋の棚に置き、お客が来る前のひととき、ゆっくりと読みふけっていました。まだ禿だったわたしは、濃紫のめくってゆく紙に描かれた、水もしたたるような業平の姿に、うっとりと見入ったものでした。

春月と高田が吉原から逃げたあの道行きが擬せられる、伊勢物語の芥川の段のことは、わたしも高丘さんも、あえて口にはしません。

「で、きみにとって、実際の業平の印象はどうだったの？」

何かをふりはらうように、高丘さんは聞きます。

高丘さんの言葉に、姫さんが結婚なさった「実際の業平」について、わたしはしばし思いめぐらせました。いいえ、それはただの夢の中の業平なのですから、「実際の業平」という形容もおかしなものなのですが。

せっかくの機会ですから、「業平」について、また少しばかり語ってみましょうか。

そもそも梨子としての現代のわたしがそれまで知っていた「業平」は、伊勢物語の主人公といわれる「業平」のことです。

若きから老いまでさまざまな女と浮き名を流した業平という男。のちに皇后となる女、そして伊勢の斎宮とまで、情けをかけあった男。幾多の女房たち、幾多の貴族の女たちと文をよみあい、褥を共にした男。仕えた天皇が退位したあとも、かわらず忠誠をつくしつづけた男。男の友も多く、かれらと趣向をこらした宴をひらき、謡い、詠み、語りあった男。

華やかに生きた中にも情が深く、男女にかかわらずその情をそそいだ男、というのが、伊勢物語の中の業平の与える印象です。

そんな「業平」は、わたしのみる夢の中では、いったいどんな男として登場したのか。

ひとことで言うならば、業平さまを最初に見た時に感じたのは、大きな衝撃でした。

なぜなら、業平さまは、どこかナーちゃんを思わせたからです。

むろん、平安時代のこととて、業平さまの身長はナーちゃんよりも低かったですし、貴族は文官でもあり武官でもあるのですから、ふだんから鍛えているその筋肉のつきかただって、ナーちゃんとはずいぶんと異なっていました。顔の造作も多少似ているところもあるというくらいでしたし、次第に知ることとなるその性格だとて、ナーちゃんとはかなりちがいます。

それなのに、業平さまが目の前で動いたり声を出したりしているさまを見ると、ある一瞬、また違う一瞬と、ナーちゃんの姿が業平さまに重なって見えてしまうことがあったのです。

はじめて業平さまをお見かけした時、夢の中のわたしは、まだ年端もゆかない少女であり、わたしがナーちゃんに恋しはじめたのとそう変わらないぐらいの年ごろでした。

そんな年まわりの女として、ナーちゃんを思わせる業平さまのおそばに仕えるのは、とても複雑な気持ちでした。

業平さまは、わたしと結婚した時のナーちゃんよりも、年は若くていらっしゃいました。姫さんと結婚なさったのは、おそらく業平さまが二十六歳ほどの時。その年ごろだったナーちゃんのうつくしさ、慕わしさを、わたしは久しぶりにありありと思いだしてしまうのでした。

姫さんが、うらやましい。

とまでは、思いませんでした。なぜなら、わたしは姫さんとおないどしの若い女房でありながら、三十をすぎてすでに子をなした女でもありましたから。

けれど、やはりわたしの心の内は、複雑だったのです。若い女性として、こんなに魅力的な殿ぎみと添える姫さんに対する、少しばかりのそねみ。けれどこれから先、姫さんがナーちゃんによく似た業平さまと添うとしたら、わたしとナーちゃんの間にあるような不穏さが姫さんの身の上にもふりかかるかもしれないと予想したうえでの、少しばかりの同情。そして、業平さまという魅力的な殿ぎみのそばに自分もずっといなければならないとすれば、いったい自分の気持ちはどうなってゆくのだろうかという、少しばかりの不安。

さまざまな気持ちが、わたしの中にはうずまいていたのです。

ただ、姫さんに成り代わって業平さまと添いたいとだけは、思いませんでした。ふたたびまたナーちゃんとのあれこれと同じようなことを繰り返すなんて、それはもう、まっぴらごめんだったからです。

姫さんと業平さまとが最初の夜を過ごされた翌日のことは、忘れられません。

業平さまがご自分の屋敷にいったん帰られたあとも、姫さんは寝床からお出にはなりませんでした。業平さまからのお文が届いてからも、しばらくご返事をしたためようとはなさりません。

年上の女房たちは、気を揉んでいました。

「せっかくあないな光るような殿さんがおいでくださったのに、まだご返事を出さはらへん」

そんなふうに言っては、姫さんの御寝所の前を行ったり来たりするのです。

女が男の妻となるためには、まず男が三日間女のもとへと通いつづけなければなりません。姫さんと業平さまとの結婚は、すでに決まっているようなものではありましたが、最後の最後のところで、もしも姫さんが業平さまを拒否なさったなら、この結婚はうまく運ばなくなるかもしれないのです。

業平さまは、きちんと縁起のいい日と方角を占ってもらい、その占いに従って姫さんのもとへといらしたのです。ですから、姫さんも、決まりにのっとって、きちんとお文の返事をしたためるべきなのです。そうすれば、翌日も、またその翌日も、業平さまはこの屋敷へといらっしゃり、三日めの夜になれば、いよいよ結婚が確かなものとなり、婚礼の餅《もちい》がふるまわれるはずなのです。

「姫さん」

わたしは、小さな声で呼びかけました。

それまで誰が声をかけても応じなかった姫さんが、ようやくわたしの呼びかけに応えて御簾《みす》の向こうで起き上がった影が、みえました。

「どうなさりました」

というわたしの言葉に、姫さんは何もお答えにならず、かわりに御簾をほんの少しお上げになりました。

わたしは、息をのみました。

垣間見た姫さんのお肌は、なんとすきとおるようだったことでしょう。瞳が、なんとうるんでいらしたことでしょう。豊かなおぐしが、なんとしどけなく乱れていらしたことでしょう。

業平さまが去ってからしばらく時がたっていましたのに、姫さんの上には、前夜の名残がありありときざまれていたのです。

女が男にうっとりとし、魂をもってゆかれてしまった様子、というものを、わたしははじめてこの目で見たような心もちでした。

姫さんは、業平さまに、恋をしてしまったのです。たったの一夜にして。

「文を書くさかいに」

姫さんは、小さな声でおっしゃいました。

「紙と筆を」

わたしはお部屋の隅にある文机《ふづくえ》の上から、いつも姫さんがお使いになる紙と文道具をいそいで持ってきました。すると姫さんは御簾をお上げになり、ひといきに歌をおしためになるではありませんか。

業平さまからのお文が届いてから、姫さんはおそらく、ひたすらご返事のお歌を詠じていらしたにちがいありません。

「縹《はなだ》の紙をそえて、花薄《はなすすき》の襲《かさね》にしといてな」

たおやかな筆づかいで書かれたお文を受けとったわたしに、姫さんはまた小さなお声でおっしゃいました。

ちょうど頃は秋。白と縹色に色を重ねた「花薄」の組み合わせは、秋をあらわすと言われています。着物の色重ねとしての組み合わせを文にも使うことは、たいそうみやびなこととされており、ことに業平さまは女性《にょしょう》に文をお出しになるとき、季節季節をあらわした色の紙を当意即妙にお重ねになって、まるで衣服の襲のように風雅をあらわすことがお得意なのだと評判なのです。

姫さんは、きっとそのことをご存知だったのです。何も知らずに殿ぎみとめあわせられた、とわたしは思っていたのですが、姫さんがこのようにご自身の結婚相手のことを知っていらっしゃるとは。

いったい姫さんは、どのようにして業平さまのそのようなやりようをお知りになったのでしょうか。誰かに頼んで調べてもらったのか。あるいはひそかに女房たちの噂ばなしにお耳をすませていらしたのか。

驚くべきことに、業平さまへのお文にと姫さんが望まれたのは、色重ねのことだけではありませんでした。

「そうしてな、侍従《じじゅう》の香を」

つづけて、姫さんはおっしゃったのです。

侍従の香、といえば、香の中でも、秋の季節のもののあわれをあらわすといわれるもの。色重ねばかりではなく、香りでも季節をあらわそうという姫さんの気のお配りように、わたしはたいそう心をうたれました。同時に、そんな姫さんの気ばたらきに、少しばかりの危惧を覚えたのも確かです。

はじめて殿ぎみとかわされる文が、このように才のはしりすぎたものであることは、いいことなのだろうか。

老婆心だったかもしれませんが、わたしはそう感じてしまったのです。

幾多の恋を経た女性が、殿ぎみにたいそう気の利いた文をお返しになることは、ゆかしいことでありましょう。けれど、はじめて殿ぎみをお部屋にむかえ入れたばかりの、子どもにまだ近いような女ぎみが、練り上げられた様子の文を殿ぎみにお返しになったなら、いったい殿ぎみはどんなふうにお感じになるでしょう。

こんな考えかたは、現代日本の、成熟していない女を尊ぶ気風のある男たちを念頭に置いている、平安の実情からは離れたものなのかもしれません。

そうあれかし、と、わたしは胸の中で願ってやみませんでした。平安の世では、どのような年若い女性だったとしても、たいそう気が利いて目から鼻へ抜けるような、ねびまさった女性がよしとされていますように、と。

こんなにも心だましいのすぐれているお方だというのに、そのような姫さんのことを、わたしは案じていたのです。いいえ、むしろ、その心ばえがすぐれているからこそ、案じていたのかもしれません。

そうです。姫さんがすぐれている、というそのこと自体のかなしみを、わたしは感じていたのです。姫さんの心根の高さそれ自体が、まるでかぐわしい花の中にひとすじ混じる、不穏な香りであるかのように、わたしには思われてならなかったのでした。

棟児が、つたい歩きをするようになりました。喃語《なんご》もたくさん出るようになり、世の中ではこのような状態の赤んぼうのことを「可愛いさかり」というわけですが、意外だったのは、わたしや父母だけでなく、ナーちゃんも棟児に夢中になりはじめたことでした。もっと手のかかる、原始的な命に近いようなふにゃふにゃの新生児やそれに続く何ヶ月かの間は、おっかなびっくり遠くからわたしと棟児を眺めていただけのナーちゃんが、ここにきて、俄然父親らしくなってきたのです。

夫が父親らしくなってゆくのは、本来ありがたくも嬉しいことのはずです。日曜日ごとに棟児を連れて公園に行ってくれるナーちゃんに、感謝こそすれ非難をするいわれは、ひとつぶの塵《ちり》ほどもないのです。

ところが、わたしはなんだかすっきりとしない気分なのでした。

しばらくは、その理由がわかりませんでした。けれどある日、わたしは気がついてしまったのです。

わたしは、少しばかりひがんでいたのです。

それは、なんだか奇妙なひがみでした。私は決して、ナーちゃんに愛されている棟児自身に対してひがみを覚えたのではありません。そうではなく、ナーちゃんが「夢中になる人間」が目の前に存在する、ということ自体に、ひがんでいたのです。

思えば、ナーちゃんはたくさんの女のひとたちに心を注いできました。わたしが知っている相手の時も、おそらく知らなかった相手の時も、そしてわたし自身にも、ナーちゃんは惜しみなく優しさを与えてきました。

それが、ナーちゃんという男のよろしさであり、同時に欠点でもあるのです。

多情。

ナーちゃんをひとことであらわすとすれば、この言葉がいちばんぴったりくることでしょう。

けれど、ナーちゃんの情は、水面にたゆたう水鳥のようなもので、一つのものをひたすら求めて水中深くどこまでも鋭くもぐってゆく、ということは、なかなかなかったのです。たまに水の中にもぐってしばらく見えなくなることはあっても、しまいには水面に戻ってきて、ふたたびあちらのさざなみ、こちらのさざなみに、身を任せはじめるのです。

誰にでも心をかけるけれど、深まりきることはない。

それが、ナーちゃんの、女のひとたちに対する心のかけかただったといえましょう。

ところが、棟児に対するナーちゃんは、いったいどういうことなのでしょう、まるで初恋に溺れている少年のように、夢中になりきっているではありませんか。

こんなナーちゃんは、はじめて。

ひがみながらも、わたしは少しばかり面白がっていました。思えば弱冠二歳のころから、ずっとナーちゃんを見続けてきたわたしは、ナーちゃんのことならば、裏も表も何もかも知っていると思いこんでいました。

でも、違ったのです。

ナーちゃんが、こんなふうに、まっすぐに人間に夢中になっている！

もしかすると、いつぞやの、副社長の許嫁だった女のひととの恋においては、棟児に夢中になっているのと同様、ナーちゃんだとて恋に溺れこんでいたのかもしれません。

けれど、と、わたしはおしはかりもするのです。

そのひとを愛すれば愛するほど、きっとナーちゃんは、さまざまに心をくだき慮り気を配り続けたにちがいないのです。

それこそが恋の醍醐味かもしれませんが、いっぽうで、愛するひとに心をくだき続けるということは、人を疲弊させる行為でもあります。

ナーちゃんは、ひそかに体の芯に疲れを感じていたのではないか。

けれど、棟児を愛するにあたっては、ナーちゃんは何も慮らなくていいのです。なぜなら、棟児は、ナーちゃんがどんな人間だったとしても、無条件にナーちゃんを愛し返すからです。

子どもとは、なんと不思議な生きものなのでしょう。相手が自分を育てている親だというそのことだけで、何も考えずに、ただただ慕って愛して信じてくれるのです。逆に言うならば、その親がどんな無体でも、非道でも、理不尽でも、子どもはその親を愛することしかできないのです。

手放しの愛、というものを、もしかするとナーちゃんは、棟児によってはじめて知ったのかもしれないと、わたしは思うのでした。

わたしの不安をよそに、姫さんと業平さまは、婚礼へのみちすじを、とどこおりなくたどってゆかれました。

一夜めにつづき、二夜めも業平さまは姫さんのもとへとお通いになり、いよいよ三日めの夜となりました。この夜を無事にお二人でお過ごしになれば、姫さんは正式に業平さまの妻となるのです。

夜が明けるまで、わたしはまんじりともしませんでした。姫さんの幸福をよろこぶ気持ちと、どうかこのままつつがなく事が進みますようにと祈る気持ちで、すっかり目が冴えてしまったのです。

姫さんと業平さまのおやすみになっていらっしゃるご寝所は、二間のお部屋からなっています。ご寝所、といっても、いまのわたしたちが思うような「寝室」とは、様子はかなり異なります。当時の「部屋」というものは、用途を特定されてはいなかったのです。昼間は文を書いたり食事をしたりお喋りをしたり本を読んだりするために屏風や几帳を片寄せていたのが、夜になれば褥を敷くために畳を中央に置き、寝室ふうに屏風や几帳をしつらえてしっとりした場所へと変化させ、さらにまた朝ともなれば、業平さまを宮中に送りだすための、お召しものの準備をする場所にもなる、というふうな、変幻自在な空間なのです。

畳、と言いましたが、その畳だって、今のような敷きつめのものではなかったのです。どこにでもかんたんに運べるような、そして必要ない時には積み上げたりしまったりしておけるような、可動式のものなのでした。

ご寝所のまわりは、廂《ひさし》、とよばれる廊下となっています。「廂」と聞くと、現代のわたしたちは、屋根の飛び出た部分をすぐに連想しますが、平安時代の「廂」は、廊下そのもののことなのです。

つねひごろから、姫さんのおやすみになっていらっしゃる二部屋の周囲をぐるりととりまく幅の広い「廂」に、わたしは床をとってやすむ決まりとなっていました。お部屋の四方を囲む廂の中でも、姫さんのお声をすぐに聞きとることのできる、寝床にいちばん近い場所に、たいがいわたしはやすむことにしていました。夜中ふと目がさめてしまわれた時などには、姫さんはこっそりと御簾をお上げになって、小さな声でわたしをお起こしになったりしたものでした。

業平さまが姫さんとはじめての共寝をされることになった夜、わたしはいつもの自分の場所を、わたしよりもずっと年上の女房に譲らざるをえませんでした。なんといっても、こういう時には、お床のことをよく承知している、経験豊かな女房が、姫さんの後見になる必要があったからです。

いつもとは違う、廂の中でも姫さんのお床から離れた場所で、姫さんと業平さまの共寝の気配を感じるのは、不思議な感覚でした。少しばかり遠い、衣ずれの音。ため息。おしころしたようなお声。そして、音にならない、濃密な何か。

たしかに今この瞬間、お二人は共寝をされているのだということが、まだ殿ぎみとの間に何も経験のなかった平安の女房であるわたしにも、はっきりとわかりました。

まるで姫さんが遠くに行ってしまわれたよう。十代の年若い、経験の少ない女房であるわたしは、その夜、そこはかとないさみしさを感じていました。

二夜めの晩も、わたしは息をころして姫さんと業平さまのお二人の気配を感じとろうとしていました。心なしか、前の晩よりもくつろいだ雰囲気が、ご寝所からはただよってくるようでした。時おりまじる姫さんのささやき声や、それにお答えになる業平さまの低いお声も、最初の晩よりはゆったりとしていたのです。

殿ぎみと褥をともにするということの実情を、梨子の意識をも重ね持つわたしは、むろん知っているはずなのに、お二人の間にあるなまめいた雰囲気は、梨子がかつて経験したことのないものなのでした。

ひめやかでありながら、野太い何かが、お二人のご寝所からはただよい出てくるのです。

それが、業平さまという殿ぎみにそなわった何かから来るものなのか、それともまた、姫さんと業平さまとの間に、まだ共寝をして二夜めだというのにすでに生じたことさらな何かなのかは、わたしには、しかとはわかりませんでした。

ただ、殿ぎみと女ぎみとのお床のことが、江戸のおいらんたちの床とはまた違う、これほどまでに艶冶《えんや》なものであることは、わたしにとっては、新しい発見なのでした。もしかすると、自分は今までナーちゃんとの体のやりとりを、軽んじていたのかもしれない。女房の体の中にある梨子であるわたしの意識は、そんなふうにまで、感じていたのです。

そうは言っても、姫さんと業平さまの夜のことごとの気配に影響を受けて、わたしがすぐにナーちゃんとの夜に勇み向かっていった、というわけではありません。

ただわたしは、少しばかり、考えこんでしまったのです。

わたしは、体というものを、あまりかえりみてこなかったのではなかったか、と。

そういえば、幼いころから、わたしは自分の体というものを、深く意識したことがありませんでした。違う言いかたをするなら、自分の体を愉しむ、ということを、ほとんどしてこなかったのではなかったでしょうか。

家にこもって本を読んだり、遠出をせずに庭の手入れをしたり。そのようなことばかりにわたしはかまけ、友とまじわることもなく、青空のもとのびのびと走り回って汗することもほとんどありませんでした。

ナーちゃんに抱かれる時、わたしがどんな喜びを感じているのか。思いだそうとしてみるのですが、姫さんと業平さまのおやすみになっていらっしゃるご寝所の周囲の廂にいるわたしには、それがまるで遠い昔のできごとであるかのようにしか感じられなくなっているのでした。

業平さまと添うてからの姫さんのことを、わたしはますますいとおしく感じるようになるばかりでした。

業平さまのことを想って、ぼんやりとしていらっしゃる姫さん。業平さまが御所に上がられる時に、どんなお召しものを用意したらいいかと一心に考えていらっしゃる姫さん。そのお召しものに香を焚きしめていらっしゃる時の、楽しそうな表情の姫さん。

姫さんは、なんと純粋に夫である業平さまを慕っていらっしゃることでしょう。ただただ、姫さんは業平さまをあがめていらっしゃるのです。そこには、他意も底意もありません。

ひるがえって、梨子として生きている現代の結婚のことを思ってみれば、それらはなんとまた、複雑怪奇な現象と成り果てていることかと、思わず引きくらべてしまうのです。姫さんの結婚は、貴族どうしのしがらみなしには成立しえない、一種の政略結婚です。この時代の貴族たちは、みなそのようにして、政治をとりこみつつ家の格を守ってゆくのです。家の格からは離れて気ままに愛人をもったことがあったとしても、いざ殿ぎみと添ってしまえば、姫ぎみは自分が添った殿ぎみだけを見つめ、毎日を過ごしてゆくこととなります。女としていつまでも生きる、というような発想は、平安の姫ぎみたちにはありません。一度結婚したからには、離縁や出家でもしないかぎりは、妻として夫だけを見て生きるのです。

それがわたしには、いっそのことすがすがしく感じられてならないのです。

殿ぎみが出世するために、宮中の人間関係の中で尊敬を受けるために、殿ぎみの身の回りに気を配り粗相のないよう心をくだく。

女ぎみたちは、そのような仕事をしている、ともいえます。

そうなのです。姫さんが業平さまを一心にあがめ、お世話なさるさまは、たとえば会社で上司が仕事をしやすいように、一心に協力する社員、とでもいうような印象のふるまいなのです。

平安の女性たちは、結婚という専門職につき、その職務を熱心に遂行する。そんな、一種単純明快な様子が、わたしにはたいそう新鮮に感じられたのです。いっぽうの、現代における結婚とは、いったいどのようなものなのでしょう。育った環境によって、また成長後に新たに得たそれぞれの考えかたによって、同じ「結婚」というものが、なんとさまざまに異なるものとしてあることか。

それはもちろん、自由で開放的なことです。つい最近まで、型にはめられた、男尊女卑の色の濃い結婚が主流だったことを思えば、現代のわたしたちは何と好き勝手におのれの「結婚」の内実を決めてゆけることでしょうか。

けれど、そこにはある種の困難が存在することも事実です。

自由だからこそ、自身で裁量しなければならないことが無数にあるからです。親戚づきあいのやりかたは。ご近所さんとのつきあいは。子どもの育てかたは。家事の分担は。家計のわりふりは。どちらが多く外で働いてお金を得るのか。

このような実務的なこと以外にも、感情の問題があります。互いの恋愛感情は、どのように保つべきか。あるいは、保たざるべきか。家庭の外での恋愛感情における不文律は。あるいは、言語化された決まりは。セックスの内実は。

これら、結婚生活において考えるべきこと、おりおりに話しあったり無言のうちに了解しあったりして確認するべきことを、わたしたちはいちいち個人的な規範において決めてゆかなければならないのです。

平安時代の貴族たちの結婚には、ほとんど一通りのやりかたしかなかった。

けれど、現代の結婚は、百組の夫婦がいれば、百通りのやりかたがあるのです。

自由は、たしかに、いいものです。

けれど、自由は、煩雑なものでもあります。その煩雑さに耐える力のある者しか、自由を行使できない、ともいえるでしょう。

さて、わたし梨子は、ナーちゃんとの結婚において、果たしてちゃんと自由を行使できているのでしょうか。と、平安の、姫さんと業平さまとの結婚を見ている女房たるわたしは、思わず自分に問いかけてしまうのです。

不思議なことに、姫さんは、殿ぎみに従属する女性として、ひどく制限された生活をしているにもかかわらず、ご自身の感情においては、たいそう自由に見えます。

不自由だからこその、自由。そんなふうなものが、たしかに姫さんには感じられるのです。

いっぽうのわたしは、どうなのでしょう。ナーちゃんに対して、姫さんのようにのびのびと自分の「好き」をさしだしてきたことが、今までにあったでしょうか。

姫さんと過ごす日々の中で、わたしは少なからず、考えこんでしまうのでした。

「おまけがきいひんのや」

姫さんがそうおっしゃったのは、霜月《しもつき》、十一月のはじめごろでした。

おまけ、とは、女性の生理のことです。殿ぎみと結婚し、夜のことをおこなうようになった姫さんは、年かさの女房から妊娠についてもお聞きになっているはずでした。ですから、生理がないということの意味も、ご存知のはずです。

「えずかれることは、あらはりますか」

わたしは、聞いてみました。吐き気を感じることはありますか、と。

「あらしまへんえ」

少しばかりきょとんとした表情で、姫さんはおっしゃいます。黒髪が、姫さんのお顔のまわりにきれいに流れていて、巻物の絵の中の姫ぎみのようでした。まだ十五歳なのに、妊娠してややさんをお産みになるかもしれない、という哀れと、慕っていらっしゃる業平さまのややさんをこんなに早くお産みになることができるのだ、という言祝《ことほ》ぎの心もちが、わたしの表情を複雑なものにしていたのかもしれません。姫さんは、わたしの顔をのぞきこむようにして、こうおっしゃいました。

「心細いことはあらしまへん」

心配することはない、と、姫さんはわたしをなぐさめてくださるのです。はじめてややさんをやどされたかもしれない姫さんご自身こそ、さぞかし不安でいらっしゃるだろうに、ただの女房であるわたしの方に気を配ってくださっている。

業平さまと添うてからのこの一年ほどの間に、どうやら姫さんはぐんと成長なさったようです。以前はわたしの方が女房として姫さんをかばったり気配りしたりしていたのに、なにやら姫さんに先を越されてゆくような気分になり、けれどそれはわたしにとって、至福感をもたらす心もちなのでした。

どうか姫さんが、妊娠していらっしゃいますように、そして、ご無事に臨月でご出産できますようにと、この時代の出産のあれこれを現代の医学と引きくらべながら、わたしは祈ったのでした。

平安の出産に、専門の助産師は存在しません。それではいったい誰が出産を請け負うかといえば、それは女房たちなのでした。

経験のある女房が数人。祈禱をおこなう女たちが数人。誰もが真っ白な装束を身につけ、姫さんのお部屋も、屏風や几帳や敷物や褥や何もかもが白に統一され、そこが産屋《うぶや》となるのです。

白は、穢《けが》れを祓《はら》う色です。医師もつきそわない出産で命を落とす女性《にょしょう》はたくさんいましたし、生まれてくる赤ちゃんだとて、無事ですまないことは多かったのです。ですから、白い調度をしつらえ、加持《かじ》祈禱を手あつくおこなうのは、今のわたしたちからすれば気休めにすぎないかもしれませんが、この時代においては大切なことなのでした。

姫さんが産気づかれたのは、午後でした。

「来はったみたいや」

小さく、姫さんはつぶやかれました。こういう切羽つまった時におみせになる、姫さんのどこか飄々としたたたずまいが、わたしは大好きなのです。姫さんならば、現代社会で、優秀な会社員として働くこともできるに違いありません。その人柄と気ばたらきで、同僚には好かれるでしょうし、上司のおぼえもめでたいことでしょう。わたしが会社に勤めたりするよりもずっと、姫さんならば出世するのではないでしょうか。

お産は、遅々として進みませんでした。日が暮れても陣痛はまだまだ間遠《まどお》で、陣痛の合間に姫さんは小さなお団子をつまんだりなさいます。

「おいしいしぃ」

のんびりと姫さんはおっしゃるのですが、その直後に、

「ひえ」

とお声をあげられ、ようやく陣痛と陣痛の間がせばまってきたのでした。

二人の女房が、それぞれ姫さんの左肩と右肩をささえています。座ったかたちで、姫さんはややさんをお産みになるのです。

陣痛の間がせばまりはじめてからは、お産はするすると進みました。自分の出産のことを、わたしは思いだしていました。分娩台の上で、助産師さんたちにはげまされたこと。いきむのを止められたこと。けれど最後には、もっといきみなさいとうながされたこと。

女房たちは、現代の助産師さんとほとんど変わりがありませんでした。言葉づかいこそみやびではありましたが、結局は「まだいきまないで」「ほら、今いきむ」「もっとお腹の底からいきんで」といった意味のことを、要所要所で姫さんに告げるのです。

女たちは、大昔からこうやって子を産んできたのだなあ。

そんな感慨を、わたしはいだきます。直立歩行をはじめてからの女たちは、長きにわたって座ったり這ったりした姿勢で、うんうんと力をこめて、子をなしてきたのです。

後産も無事にすみ、女房たちはかねて用意してあった素焼きの壺に、胎盤と子を包んでいた膜、すなわち「胞衣《えな》」を入れました。祈禱師が壺をかかえ、埋めにゆきます。その間に、ややさんは産湯をおつかいになり、白い布にくるまれました。

「若さんであらっしゃいます」

姫さんの右肩をささえていた女房が言いました。

「それは何よりやわ」

姫さんはおっしゃり、目をお閉じになりました。実際には、男が生まれても女が生まれても、貴族にとってはありがたいことなのです。男ならば仕官して出世をめざしますし、女であるならば少しでも地位の高い殿ぎみの婿とりをする。どちらにしても、一族の地位をあげてゆくという役割を、若ぎみ姫ぎみ双方が担うことになるのです。

若さんが姫さんのもとにいたのは、ほんのつかの間でした。すぐに乳母《めのと》となる女房が若さんに乳をふくませ、襁褓《むつき》の世話をはじめます。

放心した様子の姫さんは、乳母がこまこまと動きまわるさまを、横たわったまま眺めていらっしゃいました。やがて乳母が若さんを抱いて去ってしまうと、姫さんはふたたび目をお閉じになりました。

「お疲れになりましたでしょう」

わたしが言いますと、姫さんは目を閉じたまま軽くうなずかれました。それからまたぱっちりと目をお開けになり、

「あいらしなぁ」

とつぶやかれました。

お声が、かすれていらっしゃいましたが、お目の輝きは冴えわたるようでした。今ここに業平さまがいらしたら、どんなにか姫さんのことをいとおしく思われたことでしょう。

姫さんはそののちも、名残を惜しむように、若さんが抱かれて出ていかれた襖《ふすま》のあたりへと、いつまでも視線をさまよわせていらっしゃいました。

若さんがお生まれになったあと、姫さんは少しばかり鬱々としていらっしゃいました。お体の方はすぐにすこやかに回復なさったのに、なぜだかお顔の色がすぐれないのです。心配でたまらないわたしは、自分の出産後のことをつぶさに思い返してみました。

ともかく出産後は、忙しかった。そして、眠かった。

棟児はすぐに泣く子でした。おむつが汚れたことで泣いているのか、お腹がすいているから泣くのか、あるいはただなんとなく泣いているのか、さっぱりわからなかったものですから、わたしはいちいちお乳をふくませてみ、おむつを替えてみ、抱いてよしよしと声をかけてみ、しなければならず、ともかく行動に無駄が多かった、というのが、まず記憶にあります。

そのうえ、日中だけではなく、新生児は夜中数時間おきに、規則正しくちゃんちゃんと起きては泣くので、そのたびに、またおむつを替えてみ、乳をふくませてみ、抱いてよしよしと言ってみ、が繰り返されるということは、以前も言った気がしますが、何回訴えても満足できないくらい、あれは大変な労働でした。

合間にはふだんの家事もせねばならず、自分の体の回復も待たねばならず、育児日記などというものも記録しておかねばならず、ナーちゃんと会話もかわさねばならず、ご近所とのつきあいもせねばならず。

そうです。あのころわたしは、きっと顔の色が姫さんと同じく悪かったにちがいありません。多大なる疲労の蓄積のために。

けれど、姫さんの場合は、わたしとはずいぶんと違います。

若さんを育てるのは、乳母と女房たちです。機嫌のいい時に若さんが姫さんのところへ連れられてくることはあっても、姫さんご自身が若さんのお世話をなさったりお乳をおやりになったりは、決してなさらないのです。

姫さんは、若さんが連れられてきた時には、ご自分の胸の中に若さんを抱きしめられ、さもいとおしそうに頬ずりをなさいます。長く抱いていることはかなわず、すぐさま女房の誰彼が、若さんを姫さんの手から奪うように取り戻してしまうのを、いつも姫さんはさみしそうに眺めていらっしゃいました。

若さんがお生まれになって半年ほどが過ぎ、ようやく姫さんのご様子は元の姫さんらしい、無邪気ではつらつとしたものに戻っていったのですが、ほんのときたま、出産直後と同じように胸ふたがるお顔をなさることもあったのです。それがなぜなのか、わたしには見当がついていました。姫さんは、もっともっと若さんと一緒に時間をお過ごしになりたかったのではないでしょうか。

人間の欲望というものは、なかなかどうして本来的なものなのであると、わたしは感心してしまいます。出産直後のあの多忙な時期わたしは自分の家にも女房がいてくれたらどんなに楽だったろうと夢想したこともあったのですが、棟児がよちよち歩きをするようになった今では、正直のところ女房たちなどいなくてよかった、と思うばかりなのです。

棟児は、わたしのことがいちばん好きなのです。いくらナーちゃんが可愛がっても、わたしの両親がおもちゃを買って与えても、最後に頼ってくるのは、このわたしなのです。

これはもしかすると、一種の権力なのではないかと、わたしはひそかに思っています。

赤ちゃんの歓心をいちばんにかうことのできる、強大な権力。

棟児へのナーちゃんの手放しな愛のふりまきかたを見て、いつぞやわたしは、子どもというものが自分の保護者に対するまじりけのない信頼を寄せることに感心しつつ、その手放しの信頼に応えようとするナーちゃんの喜びをも同時におしはかっていたと言っていたでしょうか。

けれど、いくらナーちゃんが棟児に信頼されているといっても、最も信頼されているのは、直接に棟児の世話をする、もっとひらたく言ってしまえば、棟児といちばん長い時間を過ごしている、このわたしなのです。

子どもの世話は大変ですが、そのかわりに得られる、子どもからの愛。この愛を独占できる権力にまさる愉悦は、この世には存在しないとさえ、わたしは思うのです。

棟児にとって、わたしのかわりは誰一人としていません。たとえそれが、生後数年間だけの期間限定のものだとしても、この充足感は、こたえられないではありませんか。これはたとえば、独裁国家の君主が力をふるうのにも似た快楽なのかもしれません。棟児のことを、わたしは、支配しているのですから。

　危ないなあと、平安の女房である時のわたしは、現代のわたしをかえりみてひそかに危惧します。支配は、怖い。私心をなくし子どものためをひたすら思っている時以外の支配は、子どもだけでなくわたしをも、不幸にしてしまう可能性があるのですから。

　現代の育児にくらべ、平安のわたしの姫さんは、ご自分のお産みになった若さんからは、ずいぶんと遠く暮らしていらっしゃいます。乳をやるのは乳母ですし、共に育つのは乳母《めのと》子《ご》。若さんにとって、いちばん近しく感じられるのは乳母でしょうし、仲間だと感じられるのは、乳母の子どもであり、乳をわけあっている乳母子なのです。

　姫さんが若さんとお過ごしになれないことで鬱々としていらっしゃる時、女房のわたしは姫さんのことを案じはしましたが、これはこれでなかなか優れた子育てのしくみなのではないかとも、感じたのです。

　姫さんは、もしかすると、ご自分の若さんを支配なさりたかったのではないでしょうか。ご自分と若さんの、たった二人だけの、孤独だけれど濃密な支配被支配関係をうちたて、蜜のような世界をおつくりになりたい、と。

　人間の欲望、とわたしは言いましたでしょうか。そうです。お腹を痛めて産んだ若さんと遠く暮らすことを、貴族社会の風習なのだからと当然のこととして何の疑問もなく受けいれる女性たちが大半であろうこの時代の中にあっても、体の芯にある野放図ともいえるご自分の支配欲に姫さんが気がついて鬱々とされているとしたら、これはまた何と鋭いお方なのでしょう。けれど同時にわたしは、姫さんの気ばたらきをみた時に不安を感じた今までと同様、姫さんのゆくすえを深く案じてしまうのでした。

　子どものいる毎日は、なんと速く過ぎ去ってゆくのでしょう。

　この前つたい歩きをはじめたばかりだった棟児は、すでに「走る」という動作が楽々とできるようになっています。言葉というものの意味も、ずいぶんとわかってきているようです。みずから言葉をあやつることはまだできなくても、わたしやナーちゃんが話しかけていることを、かなり理解しているように感じられるのは、親の欲目というものでしょうか。

　撮りためた棟児の写真を、ナーちゃんはパソコンに保存しています。わたしが撮ったものも自分が撮ったものも、きちんと分類してきれいにファイルにおさめているその様子に、わたしはナーちゃんの会社での姿を想像します。

　このひとは、仕事ができるひとなのだろうな、と。

　パソコンを使えることが仕事のできることと結びつくとはさすがに思っていませんが、

わたしの撮った写真をパソコンにとりこもうとする時、わたしのスマートフォンをみだりにさぐろうとはしないさまや、とりこんだ写真の取捨選択を相談する時の話しやすさは、人間関係のもちかたの技術と大いに関係するのではないかと思うのです。

その点では、ナーちゃんはなかなかのものでした。

こまやかで気を配ってくれはするけれど、決断をすることにためらいはない。

そんなナーちゃんの気質を、棟児の写真整理というささいな行動を通じて、はじめて自身の中ではっきりと認識し得たことに、わたしは少しばかり皮肉なものを感じてしまいます。

燃えるようにナーちゃんに恋していた時よりも、ただの写真整理の時に、ナーちゃんの美質をより鮮明に見いだすとは。

これだから女にもてるのだろうなと、納得さえしてしまって。

ナーちゃんと業平さまを、このごろわたしはしきりにひきくらべてしまうのです。

二人は似ていると言いましたでしょうか。

たしかに二人は顔だちふるまいが似てはいます。

でも、業平さまと姫さんが添ってから二年ほどたつ間、ずっとおそばで業平さまを見続けてきたこの目であらためてナーちゃんを眺めてみると、二人は最初に感じたほどは似ていないのです。

業平さまは、ナーちゃんよりもずっと素朴なお方です。関心のある女がいれば、歌をおくり、家を訪い、寝所でねんごろになる。関心がなくとも乞われれば歌をおくり、家を訪い、ねんごろになる。

女だけではなく、御所でのお仕事に関しても、ごく勤勉にまっすぐに陰ひなたなくお尽くしになっているという評判です。

天皇のお血筋であるにもかかわらず、業平さまはさして出世は早くなかったのです。むしろ、天皇の血筋だからこそ、政治的陰影が濃くて出世がはかばかしくないのかもしれません。

それでも業平さまはお気持ちをくさらせる、というご様子がまったくなかったのです。おんなこどもになど、そのようなふうは見せはしないのだ、という男の気位からかもしれませんが、平安の男たちは、存外涙もろく感情も開けっぴろげです。もしもご自分の政治的境遇に不満があったとしたならば、業平さまだって、それこそ素朴に不満をおもらしになるはずなのです。

業平さまは、いつも淡々としていらっしゃる。皮肉を言うこともなく怒ることもなく自分を憐れむでもなく、風になびく草のように、今ある境遇にごく天然自然に身を任せていらっしゃる。

「業平って、欲望がないように見えるのよね」

わたしは高丘さんに言います。

棟児はすっかり高丘さんになついています。もしかするとナーちゃんよりも高丘さんの方に、よりなついているかもしれません。この川沿いのベンチで、簡単なお弁当を高丘さんと一緒にとる時間が、棟児はとても好きなのです。このごろわたしは、ナーちゃんといるよりも高丘さんといる時の方が、ずっとくつろぐことができます。棟児の機嫌がいいのは、そのためかもしれません。

「でも、業平は大の女好きでしょう。欲望がないわけないんじゃないの？」

高丘さんは笑いながら聞き返しました。

「それはそうだけど、なんだかいやにあっさりしてるのよね」

ふうん、と、高丘さんは首をかしげます。

「何も不足していないから、あっさりしていられるだけじゃないの？」

「なんだか、業平に対して、厳しいのね、高丘さんは」

そうかなあと、高丘さんは肩をすくめました。

「まあ、そうかもしれないねえ。男にとって、もてる男は、目障りなものでしょう、ふつう」

高丘さんはそう言うけれど、と、わたしは内心で思います。業平は、実は高丘さんにこそ似ているのです。顔かたちや声はまったく違うのに、そのかもしだす恬淡とした雰囲気が、高丘さんと業平は共通するところ大なのです。ナーちゃんよりも、ずっと。

「欲望がないのなら、どうして女たちをあんなにも愛したの、業平は」

高丘さんは聞きました。

「女たちの方が、業平に欲望を感じたのよ」

「そりゃ、すごい」

「業平って、女たちの愛の憑坐《よりまし》みたいなものなんじゃないかと思うの」

憑坐。高丘さんはびっくりしたような声で繰り返しました。

「憑坐って、霊媒みたいなものだっけ」

「うん、女たちの愛がおりてくる、そういう存在」

「すごいな。でも、自分が憑坐だったら、難儀そうでいやだなあ」

高丘さんのその言葉に、わたしも賛成でした。業平は、女たちからたいへんに好かれる男です。けれど、そのことが業平にとってことさらな快楽であるようには、あまり感じられないのです。難儀そう。という高丘さんの言葉どおりです。華やかで堂々としている業平の奥底に、何かおぐらいものがあるように感じられるのは、そのためなのでしょうか。

姫さんと業平さまとの間にお生まれになった若さんは、すくすくとお育ちになり、このお正月で六歳、今で言うなら満五歳になられました。

姫さんと業平さまは、ずっとつがなくお過ごしになっていらしたのですが、このところ業平さまは姫さんをお訪ねになることが少なくなっているのです。ええ、つい先ごろまでは、業平さまは姫さんのところでほとんど毎日をお過ごしになっていました。ところが、ひと月ほど前から、いったいこれはどのようなことなのでしょう、ご自分の蘆屋《あしや》のお屋敷に、しげくお帰りになるようになってしまったのです。

平安時代は、妻問い婚ですから、殿ぎみはご自分のお屋敷にお住まいになりながら、妻あるいは愛人を訪ねる、というかたちが普通です。正妻がいるのに、あまり頻繁には妻の屋敷を訪ねない、ということだって、しばしばあります。けれど業平さまは、姫さんと添うてからは、ほとんど蘆屋のお屋敷にはお帰りになっていなかったのです。

ごくまれに、訪ねる先が物忌みで方違《かたたが》えをしなければならなかったり、お屋敷の者たちが業平さまのご不在を心細がったりした時にだけ、業平さまは蘆屋に足をお向けになっていました。

ところがこのひと月、業平さまのご様子は、妙なのです。浮き足だっていらっしゃる、と言いましょうか。あるいは、心ここにあらず、と言いましょうか。

「ここ何年もほとんどこのお屋敷に居続けていらしたんやから、しかたないことですよ」

と、年かさの女房は言いますが、姫さんのお顔の色はすぐれません。ため息の数も増えています。

「若さんをお連れしましょか」

姫さんに、提案してみます。少しだけ、姫さんのお顔は明るくなります。いつだって、姫さんはご自分のお産みになった若さんが、いとおしくてならないのです。

なぜ業平さまが姫さんのお屋敷にいらっしゃらなくなったのか、わたしたちはじきに知ることとなります。

業平さまは、恋をしていらっしゃるのでした。

「五条のへんらしいで」

「臈長《ろうた》けた姫さんなんやろか」

「そら業平さまがお通いになるんやから」

姫さんのお耳には届かないように気をつけながら、けれどかなり口さがなく、女房たちは噂しあうのでした。

どうやら、その五条のお屋敷には、位の高い家柄の姫さんがお住まいのようなのです。

「もしかすると、藤原の姫さんかもしれへんなあ」

年かさの女房がさかしらに口にするのを聞きながら、わたしは気が気ではありませんでした。業平は、後世で名高い、あの恋を始めてしまったにちがいないと思いあたっていたからです。

それは、のちに入内して清和天皇との間にお子をもうけることとなる、藤原高子《ふじわらのたかいこ》との恋にちがいありませんでした。

そう、業平と高子の恋物語こそが、あの伊勢物語六段の「芥川」のエピソードにつながってゆくのです。高子の住まう屋敷の、塀の破《やぶ》れ目《め》からこっそりと屋敷に入り、高子のもとへと通う業平が五段で語られ、いよいよ六段では、高子を連れて逃げたけれど、高子の兄たちに追われ、彼女を取り戻されてしまい、さかのぼった四段では高子が入内した後の、高子がすでにいなくなってしまった屋敷を訪ね、業平は夜通し泣きふすのです。伊勢物語の中の業平は、なんと狂おしくこの恋に身をまかせていることでしょう。つね日ごろなら、気の利いた文を女とやりとりし、当意即妙な歌をつくり、女たちとの駆け引きをめいっぱい楽しんでいる業平が、この恋の時ばかりは、これといった歌もなく、ただただ女のもとへと通いつめ、思いつめするしかない姿をさらしているのです。

狂態、と言ってしまってもいいかもしれません。いつもは冷静で機知にとんだ業平が、身も世もなく恋に翻弄されているのですから。あるいは、この恋があったからこそ、その後の業平という男が造形されていった、と言ってもいいかもしれません。それほどまでに、業平にとって重い恋だったはずなのです。

姫さんが、業平さまの燃えるような今の恋心を知ってしまったなら、いったいどうなっておしまいになるのだろうかと、わたしは不安でたまらなくなります。姫さんは、この時代の女性たちとは、少しばかり違う質《たち》の女性のように思われてならないからです。

　何人もの愛人をもつことが承認されている平安貴族の社会においては、女性たちの殿ぎみにいだく思いは、現代の女たちが恋人や夫に寄せる思いとは、微妙に異なります。それは、好き、恋しい、愛している、などという、明治以降日本に伝えられた西欧的といわれる「恋愛」の感情よりも、もっと実利的で即物的な思いのように、わたしには感じられます。

　そうなのです。梨子として、平安の女房たちを眺め暮らしていると、驚くこともたくさんあるのです。

　女たちは、ずいぶんと奔放でした。複数の恋人をもつ女房。一夜の共寝を楽しむ女房。夫ではない男と恋の駆け引きの歌をかわす女房。そんな女房たちが、いくらもまわりにはいます。

　姫さんのお屋敷に元からずっといる女房たちは、比較的おとなしやかで身をつつしむ者がほとんどなのですが、季節季節に出入りする、渡りの女房たちの中には、自由気儘に大胆に殿ぎみたちとの恋を愉しんでいる者も多かったのです。

　渡りの女房とは、決まった屋敷に所属せず、人手を求める屋敷があれば、期間限定で仕える女房たちのことです。彼女たちによって、みやこの噂は広まり、どの殿ぎみが素敵なのか、どの殿ぎみが出世の道を歩んでいるのか、どの殿ぎみが落魄《らくはく》しつつあるのかが伝えられてゆくのです。業平さまが五条のお屋敷に通いつめているという噂も、渡りの女房の一人からもたらされたものなのでした。

平安の夢からさめて、現代に戻ってくるのは、いまやわたしにとってほっとすることとなっていました。以前は、棟児の育児についてあれこれ思いわずらうことから気をそらすために夢の世界に逃避していたのに、今は現世の生活の方が心のよりどころとなっているのです。

それというのも、わたしは姫さんが心配でならないからです。同時に、業平という男の底知れなさにも、翻弄されていて。

業平とナーちゃんは最初に感じていたよりもずいぶんと違う、というわたしの感慨は、時がたつにしたがって、ますます強くなってゆきます。

このごろわたしは、ナーちゃんが以前よりも好きになっているのです。

「梨子は、変わったね」

この前ナーちゃんに、言われました。

「変わった？」

「うん、なんだか、優しくなった」

「あら、前は優しくなかったの、わたし？」

「うーん、優しくない、というよりも、少し、こわかったよ」

「こわいって、何それ」

笑いながらわたしは言い返しました。こわいとは、いったいどういうことでしょう。

「ぼくのことを、じっと見つめていたでしょう、梨子は」

ナーちゃんは続けました。

「じっと見つめる」

「うん。ぼくのことを、ものすごく愛してくれていた」

「今だって、愛してるわよ」

軽く、わたしは言い返します。

「でも、今は棟児がいるじゃない。梨子はぼくよりも、棟児の方が大切でしょう」

「子どもと夫のどっちが大切かなんて、考えたこともないわ。そんなことを比べることに、何か意味があるの？」

「意味なんて何もないよね。それに、棟児はぼくにとっても、大切な存在だもの。梨子が棟児を大切に思っているのと同じくらいね」

「で、なぜわたしがこわかったの」

それはね、と、ナーちゃんは言うのでした。じっと見つめつづけられるのは、嬉しいしありがたいことだけれど、心休まらないことでもあるんだよ、と。

「結局ぼくは、器が小さいんだろうね」

そうナーちゃんは結びました。

そうだったの？　と、わたしは心の中でつぶやきます。でも、実際そうなのかもしれません。ナーちゃんはいつだって女たちに囲まれていたけれど、業平のような底知れなさは持っていませんでした。業平が海ならば、ナーちゃんは湖なのではないかしら。同じ水の集合体ではあるけれど、穏やかな時や荒れる時の、その規模がずいぶんと違う者たち。

「いつも、女のひとたちは、ぼくを少しだけこわがらせるんだ」

ナーちゃんは、わたしの心の中の声を聞きとめたかのように、言います。

「いちばんこわかったのは、だれ？」

わたしは聞きましたが、ナーちゃんは答えませんでした。ちょうど棟児がむずかりはじめたので、ナーちゃんは棟児を抱きあげ、部屋の中を歩きはじめたのです。

わたしが優しくなった、とナーちゃんは言いました。それならば、わたしはもうナーちゃんのことを、じっと見つめてはいないのでしょうか。恋心というものは、消えてしまったのでしょうか。だからわたしは、かえって以前よりもナーちゃんに安んじているのでしょうか。

それならば、ナーちゃんに激しく恋していたころの、わたしのナーちゃんへの感情とは、いったいどんなものだったのでしょうか。愛や恋とはことなるベクトルの、たとえばむしろ、憎しみに近い感情だったのでしょうか。

　棟児をあやすナーちゃんをぼんやりと眺めながら、わたしは思いめぐらすのでした。

「もしかして、姫さんは業平さまにものうらみしていらっしゃるんやろかねえ」

　ある日、若さんの乳母が、わたしに言うのです。乳母は、若さんがお生まれになる少し前にこのお屋敷にやってきた、お仕えの女たちの中では、新参の者でした。以前は三条のあたりのお屋敷に女房として仕えていたそうですが、そこのお屋敷の男ぎみといい仲になり、子をなし、ところがその男ぎみがつれなくなってしまったので、このお屋敷の乳母として雇われるようになったのです。

「殿ぎみにつれなくされるんは、つらいもんですよ」

　乳母は言います。

「せやけど、それやったら次の男ぎみをみつけたらええんやないの？」

　若い女房が、はずんだ声で言いました。この女房はこのごろ、少し先の屋敷の男ぎみと頻繁に文をかわしているところなのです。姫さんにならって文に香を焚きしめ、少しばかり気の利いた歌をつくるというので、男ぎみはこの女房に夢中のようなのでした。

「お子までなした姫さんですよ。もう殿ぎみとねんごろになったりなさるもんやありません」

乳母は諭すように言います。

「せやろか、何人お子をなしても、盛んな女性はいつまでも盛んどす」

若い女房は、不敵に言い放ちました。乳母は、わたしの方を向いて、ため息をつきます。

「あなたは若いのに条理を解したはるように感じられるからこんなことを言うんですが、真心ある仲の男女が、だんだんに遠い仲になってしまういうんは、たいそうつらいことなのです。これは、男ぎみとただの泡のような恋仲になって喜んだはる女性にはわからへんことです。姫さんは、心の深いお方。業平さまの訪れが遠《とお》なってしもて、さぞお心落としのことやと思うんですわ」

乳母の言葉に、わたしは深くうなずきました。そうなのです。姫さんが業平さまを慕うさまは、まるで純朴な若者の初恋のようなのです。若さんがお生まれになってからも、姫さんのお心は変わることがありませんでした。いつまでも、少女のように業平さまをひたすらお慕いになっていらっしゃる。ところが、感情は少女のようなのに、ものごとを洞察するということにかけては、経験を積んで老成した女性のごとき姫さんです。ですから、業平さまがほかの女性のところへ通いはじめたことを、姫さんはすでに悟ってしまっていらっしゃるに違いないのです。

それが姫さんにとって、どんなにおつらいことかと、乳母にもわかっているようなのでした。

「高丘さんは、嫉妬をしたことはある？」

というわたしの質問に、高丘さんは飲みかけていた缶コーヒーにむせ、せきこみました。

「突然、なに？」

聞き返す高丘さんの膝へと、棟児がのぼってゆきます。一歳半になった棟児は、いたずらざかりでした。このごろは何かに「のぼる」ということに凝っていて、家の中でも、ソファ、大人用の椅子、食卓と、どこにでもよじのぼろうとするので、目が離せません。とりわけ人間をのぼるのが好きなようで、ナーちゃんがリビングの床に座ってのんびりしていようものなら、めざとく走りより、獣の子のように、腕といい背中といい脇腹といい、のぼることのできる部分を見のがすことなくがっしりとつかまってよじのぼってゆくのです。

「ぼくの膝までの道のりは、なかなか険しいぞ」

そう言いながら、高丘さんは川端のベンチに座っている足のつま先を突然ぴんと立たせました。うまくつかまっていられなくて、棟児はすべり落ちてしまいます。下は草原ですから、怪我はしません。棟児はけらけらと笑い、飽きずにまた高丘さんの足をのぼりはじめました。

「嫉妬は、もちろんしたよ」

「そうなの？」

自分で聞いておきながら、高丘さんが「嫉妬をした」と答えたことに、これほど驚くとは、いったいどういうことでしょう。高丘さんは俗世の品下《しなくだ》れる感情などとは縁がないと、思いこんでいたのでしょうか。

「誰にしたの？」

「おやおや、聞いてくるねえ」

いなすように、高丘さんは言いました。

「だって」

いったい高丘さんが、いつ、どこで、誰に嫉妬をしたのか、わたしは知りたくてしかたありませんでした。

「ぼくはずっと、かなわぬ恋をしていたから」

これまた、なんでもないことのように、高丘さんは言いました。

かなわぬ恋。

それはあの、高田が語った「むかしむかし」の、天皇の思いびとだった「薬子さま」と関係あることなのでしょうか。あるいは、今この世界に生きている生身の高丘さん自身の恋のことなのでしょうか。

「ぼくが恋していたのは」

と始まった高丘さんの話は、結局、今の高丘さんその人の、若いころの恋についてなのでした。

高丘さんが恋したのは、高丘さんのお父さんの恋人、のような、恋人ではない、ような、そんな女性だったのです。

お父さんというひとは艶福家であり、また当時は、小金のある男ならば愛人の一人や二人をもつのはさほど珍しいことでもなかったりで、妻がいるにもかかわらず家の外で会う女のひとがいても、おかしくはなかったのです。ですから、その女性がお父さんの恋人だという可能性もあったのですが、高丘さんの言葉をまた借りるなら、「それは最後までわからなかったんだ」ということなのでした。

少し、先ばしってお話ししているでしょうか。

まずは、高丘さんとその女性とが最初に出会った時のことから始めましょう。

それは高丘さんがまだ小学生のころでした。日曜日の午後、お父さんが高丘さんを銀座に連れてゆくと言いだしたのだそうです。

「銀座ならば、あたくしも行きたいわ」

と、お母さんは言いましたが、お父さんは首を横にふりました。

「今日はちょっと面倒な取引相手に会う予定なんだよ。その取引相手っていうのは子ども好きでね。ただ彼は家庭をもっていないから、あなたまで同行すると家族をみせびらかしているようになってしまうかもしれない」

お母さんは何か言いたそうな顔に一瞬なりましたが、一緒に行くとは、結局それ以上言いつのりませんでした。

銀座はにぎやかでした。高丘さんが銀座に行くのはその時が生まれてこのかた三回目でした。一回目は、日本橋の鞄屋でランドセルを買った帰りにデパートの特別食堂に寄り、うなぎを食べた時（食べきれなかったのでお父さんが半分食べてくれました）、二回目はお母さんとおばあちゃまと三人で歌舞伎を見た時（途中で居眠りしておばあちゃまに叱られました）でした。

取引相手って、いったいどんなひとなんだろう。恰幅のいい、ステッキをついた、山高帽の紳士なんだろうか。それとも、痩せぎすの、油断ならない顔つきの、やり手のひとなんだろうか。あるいは若くて眉の濃い、銀幕のスターのようなひとなんだろうかと、内心で期待していた高丘さんを喫茶店で待っていたのは、「取引相手の彼」ではなく、一人の女のひとでした。

「藤原さんだよ」

お父さんは、悪びれた様子もなく、高丘さんに彼女を紹介しました。

「くすこって呼んで」

女のひとは艶然とほほえみました。その瞬間、高丘さんは彼女に恋をしてしまったのです。彼女のほほえみは、あでやかでありながら楚々としていて、高丘さんの知らない世界を感じさせるものでした。

「お母さんには、内緒だよ」

お父さんは言いましたが、最初から高丘さんは母親に「くすこさん」のことを言いつけるつもりなど、毛頭ありませんでした。

くすこさんと高丘さんはバニラのアイスクリームを食べました。お父さんは、漆黒の熱いコーヒーを。夕方になる前に、くすこさんは帰ってゆきました。

「どうだった、銀座は」

帰りのタクシーの中で、お父さんは秘密めかして高丘さんに聞きました。

「銀座にはいろんな女のひとがいるのね」

高丘さんが答えると、お父さんは笑いました。

「いろんな女？」

お父さんは高丘さんに聞き返します。

「うん。前にうなぎを食べた食堂に来ていた女のひとたちと、歌舞伎座に来ていた女のひとたちと、それからくすこさんは、みんな違う」

「で、きみはどの女のひとがいちばん好きなの？」

お父さんのその問いに、高丘さんは答えませんでした。それから家に帰りつくまで、高丘さんはずっと黙っていました。いっぽうのお父さんは、窓の外をぼんやりと眺めていたのでした。

お父さんとくすこさんの関係は、もしかすると男とその愛人、というありきたりなものではないのかもしれないと、高丘さんはときおり感じていました。

最初に銀座で会って以来、くすこさんはしばしばお父さんに高丘さんをともなうよう、頼んでいたようだからです。もしも愛人ならば、子どもなど参加しない、二人きりでの逢瀬を望むはずではないでしょうか。

「くすこさんと、夜に会うことはあるの？」

高丘さんはある時、銀座からの帰りのタクシーの中でお父さんに聞いてみました。

「ないよ」

というのが、お父さんの答えでした。

「だって、くすこには夫がいるからね」

と続いた言葉に、高丘さんはあまり驚きませんでした。くすこさんは、お父さんよりも年うえです。女の歳なぞ訊ねるものじゃなくってよ、と、いつも言い言いしている高丘さんのお母さんとは違い、くすこさんはあけっぴろげにいろいろなことを教えてくれます。お父さんよりも年長であることをはじめ、数年間中国に住んでいたこと、その時に漢方薬の調合を学んだこと、夫とはあまりうまくいっていないこと、などなどを。

「くすこさんは、お父さんのことが好きなの？」

ある日高丘さんは、くすこさんに直接聞いてみました。

「好きよ」

「世界でいちばん好きなの？」

「いいえ、世界でいちばん好きなのは、自分」

きっぱりと、くすこさんが答えたので、高丘さんは安心しました。お父さんは、高丘さんにとって恋敵《こいがたき》でしたから。

「じゃあ、二番めに好きなのは？」

「二番めは、たくさんいるわ」

「たくさんって、どのくらい？」

「全部の指の数よりも多いわねえ」

くすこさんはまたあの印象的なほほえみと共に答えました。

くすこさんに会いに銀座に通ったのは、一年にも満たない期間でした。ある日をさかいに、お父さんはもう銀座には行かなくなってしまったのです。もしやお父さんはくすこさんと二人きりで会うようになったのではないかと、高丘さんは胸を痛めました。その感情が嫉妬であることに、まだ小学生でしたが、高丘さんはちゃんと気がついていました。お父さんとくすこさんが密会をしているのかどうか確かめる前に、お父さんは亡くなりました。銀座に行かなくなってから数年後のことでした。暮らしは急に貧しくなり、くすこさんの行方はわからないままでした。家計を助けるために新聞配達をしたり商店街の小店の手伝いをしたりする合間に、高丘さんはしばしばくすこさんのことを思い返しました。すでにお父さんは亡くなっているというのに、嫉妬の感情はしぶとく高丘さんの中に残りつづけていました。

嫉妬は、必ずしも亡くなった父だけに向けられるものではありませんでした。それよりも、もっと広く、森羅万象に対して向けられていた、とでも言えばいいでしょうか。

くすこさんが自分の知らない景色を見ている、そのこと自体が、高丘さんには耐えがたかったのです。なぜくすこさんは今、ぼくと一緒にいないのだろう。なぜぼくと同じ空気を吸っていないのだろう。なぜこの瞬間に感じていることを、ぼくに教えてくれないのだろう。

くすこさんは自分に属すべきひとなのだと、最初から高丘さんにはわかっていたのです。彼女はぼくのものであり、ぼくは彼女のものだと、まだたったの十数年しか生きていない高丘さんは、確信していたのです。

その後結局、高丘さんとくすこさんがあいまみえることはなかったそうです。その名を誰かの口から聞くこともなく、その消息を風の噂に聞くこともありませんでした。

「ネットで調べてみた？」

という、わたしの即物的な問いに、高丘さんは肩をすくめて薄く笑いました。

「そういう無粋なことはしないでおこうと、最初は思ってたんだけど、やっぱり調べちゃったよ」

「調べたんだ」

「うん。そのころは携帯電話も持っていなかったのに、あれはたしか、博多だったなあ、自転車の旅の途中で、ネットカフェに泊まりこんで、彼女の行方を捜した」

棟児が、くしゃみをしました。腕時計を見ると、もう午後も遅くなっています。風は少し前よりもずいぶんと冷たくなり、草がさわさわと揺れています。

「みつかったの？」

「わからなかった。でもたぶん、あのひとはもうこの世界にはいないと思う」

「亡くなったっていうこと？」

「そうかもしれないし、そうじゃないかもしれないけど、どちらにしろ、この世界には、いない」

「それ、どういうこと」

高丘さんは答えませんでした。もう帰った方がいいよ。そうつぶやき、棟児を抱きあげます。

高丘さんの話の中の「くすこさん」と、江戸時代の高田が語った「むかしむかし」の「薬子さま」との関係を、わたしはあえて訊ねませんでした。ひとくちに説明できるものではないことは、夢と現実を行き来しているわたしには、よくわかったからです。棟児は、目をつぶり、高丘さんの胸にくったりと頬をつけて、全体重をあずけていました。

業平さまがお通いになっているのが、やはり五条にあるお屋敷の、藤原の姫さんのもとだとはっきりわかったのは、業平さまの訪れが間遠になってから数ヶ月が過ぎたころでした。

業平さまは、おやつれになりました。頬はこけ、おぐしのつやは失せ、くちびるはいつも乾いていらっしゃいます。それなのに、目だけは炯々《けいけい》と輝いているのは、怖いようでした。

鍛えられたお体は、どんな装束を身につけても見栄えがしましたのに、今はいつもお顔をうつむけていらっしゃるせいか、あるいは放心したように体ぜんたいをゆるませていらっしゃるせいか、落魄してしまったひとのようにしかみえません。

姫さんは、平静でした。

そのことが、わたしはとても怖かったのです。

怖い、という理由のひとつに、姫さんが業平さまのお世話を、前と変わらずになさっていたということがあります。

業平さまは、なるほど、五条の姫さんのもとにお通いになってはいらっしゃいます。けれど、そちらでは身のまわりのこまごましたお世話を受けることはほとんどないようなのです。ですから、五条へと繁くお通いになりはじめたにもかかわらず、業平さまはわたしの姫さんのところへと、いまだに数日おきにはいらっしゃるのです。

あたりまえのことのように、姫さんにお召しものの色をあわせてもらい、そのお召しものに香を焚きしめてもらっている業平さまなのです。いっぽうの姫さんの方も、業平さまがほかの女性のもとへといらっしゃることを知りながら、不満顔もお見せにならず、以前と同じように業平さまをお見送りなさっているのです。

それどころか、五条できぬぎぬのわかれをすませた朝、そちらのお屋敷から直接御所へとお上がりになるだろう業平さまのために、御所づとめのおりのご装束のお荷物までつくり、おつきの者たちに託しさえするのです。

平静を保っていらっしゃいますが、姫さんのお心の奥までが平静ということは、ありえません。その証拠に、業平さまのお召しものに香を焚きしめるための薫炉《くんろ》の上に、竹で編んだ伏籠《ふせご》を置かなければならないはずなのに、伏籠を置き忘れてお召しものを直接薫炉にかざしてしまわれ、あやうくお召しものに薫炉の火がうつりそうになったり、ご自分の長くてつややかな髪をうっかりおひざのあたりで踏んで、すんでのところでつんのめりそうになってしまわれたりと、見ているだけでこちらも落ち着きがなくなるような、いつに似合わぬ動きをなさってしまうのです。

姫さんのお顔の色は、すぐれません。それなのに、姫さんは日に日に美しくなってゆかれます。目は輝き、頬は薄紅に染まり、くちもとはほんのわずかに開いて常にもの問いたげです。

姫さんのお心の中では、いったい何が起こっているというのでしょう。

若さんは、ずんずんとお育ちになっています。今では現実のわたしの世界の棟児よりも、若さんは年上です。棟児はまだ生まれてから二年になっていないのに、若さんはもうじき満六歳に届こうとしています。

業平さまのお気持ちが姫さんから離れてしまってからというもの、姫さんが若さんとお過ごしになる時間は、増えていました。

平安の一日は、朝早くに始まります。殿ぎみがたが御所にお上がりになるのは、夜が明けてからほどなくです。

始まりが早いので、そのかわりに帰りも早く、宿直の時以外は、午後一時ごろにはもう御所から下がってお屋敷に着いていることがほとんどです。

以前は、お屋敷に下がってからの時間を、業平さまは姫さんとお話をなさったり、書き物をなさったり、時には若さんと遊んだりして過ごされたものでした。ところが、五条に通うようになってからというもの、いったん御所からお下がりになってお屋敷に戻り、お召しものをかえるやいなや、とんぼ返りのようにお屋敷を出てゆき、五条へと向かわれるのです。

業平さまがお屋敷にいらっしゃるほんのわずかな時間に、姫さんは次の日のご装束のおしたくを整え、業平さまを送りだすわけですが、業平さまのお姿がそこにある時には、水を吸ったばかりの花のようにぴんと立っていらっしゃる姫さんが、業平さまのお姿がみえなくなったとたんに、しおたれてしまわれるのは、なんと無残だったことでしょう。

それまでは何の重さも感じていらっしゃらなかったご様子のお召しものが、突然多大なる重力をもって姫さんにのしかかったかのように、くずおれて床にうつぶせたり、おだやかにほほえまれていたお顔が、急に深い洞《うろ》のような表情に変わってしまわれたりするのです。

そんな姫さんをお慰めしようと、乳母やわたしは、若さんを姫さんのもとへとお連れします。

若さんは、とても利発なのです。

書いてある文字を読むことも、筆を手にして文字をしたためることも、もうすっかり上手におできになるのです。業平さまが当代でもことにすぐれた歌よみでいらっしゃるのですから、その血をひいている若さんが文字をあやつることに長けていらっしゃることは当然なのかもしれませんが、姫さんが若さんと長く時間をお過ごしになられ、その中で歌を口ずさんでおみせになったり、絵や文をご一緒に楽しんだりなさっていることが、若さんの早熟さに拍車をかけているのも事実でした。

もともと姫さんご自身も物語や歌をお好みになる、いわば書斎派の姫さんです。ただお喋りに興じたりおいしい唐菓子《とうがし》に舌鼓をうったりして時間を過ごすよりも、夢想にふけったり先人の書いた物語や歌を何度も読みかえしてうっとりするのがお好きだったからこそ、業平さまともお話がよくあい、親しみあうことができたのです。

ですから、業平さまとの会話が少なくなってしまった今、姫さんは悲しいお気持ちであるだけでなく、無聊《ぶりょう》をかこってもいらっしゃるというわけなのです。

若さんとの時間は、姫さんのお気持ちをまぎらわす、大切なひとときでした。若さんをお相手に、姫さんは、昼のほとんどの時間を、貝あわせや草あわせ、偏《へん》つぎなどに興じるようになりました。

さきほども言いましたが、平安の一日は、朝早くに始まり、日が暮れると終わりに近づきます。現代のように、日が暮れてから夕飯をとるということは、まずありません。なぜなら、電灯というものが存在しないからです。

そういえば、江戸の吉原にいた時も、夜はとても暗いものでした。けれど、あの時には行灯がいくつも灯され、遊郭という場所を、おぐらいながらも、しっとりと照らしていました。

平安の夜は、まさに闇そのものです。油に灯心をひたし、灯をともした灯台はそちこちに置かれていましたが、使われている油が、江戸の油とはことなる種類のものなのでしょうか、その明度は圧倒的に低いのです。

昼の日ざしを、平安びとたちは、たいそう大切にします。姫さんと若さんも、廂から差しこむ光の中で、遊びに興じられます。

中でも若さんがお好みになる遊びは、偏つぎでした。

漢字の、偏や旁《つくり》を書いたかるたをあわせ、一つの文字をつくりだすのが、偏つぎです。ばらばらに置いてある「氵」「扌」「辶」などの偏と、「丁」「束」「可」などの旁を、すばやく組みあわせ、いくつもの文字を見つけてゆくのです。

姫さんが優雅に小袿《こうちき》をひらめかせてゆったりと札をお取りになっている間に、若さんはその小さなお手で、姫さんの数倍もの速さをもって何文字もの漢字をつくりあげてしまいます。

「かなわんなあ」

と姫さんがおっしゃると、若さんはさも得意げに走りまわり、つくりあげた漢字を足や手で乱暴に散らします。

「あらあらお行儀が悪いですえ」

と乳母が注意しても、若さんは平気です。なぜなら、母親である姫さんがにこにこしながら見守っておられるからです。

若さんのしつけのためにはここで叱らなければならないところなのですが、以前は業平さまとお過ごしになっていた時に姫さんのお顔にあった平安な表情が、今では若さんとご一緒の時だけにしかあらわれなくなっているもので、乳母も女房たちも、若さんの狼藉《ろうぜき》に口をだすことは、ひかえてしまいます。暴れまわる若さんを、姫さんはさもいとおしそうに見つめていらっしゃいます。

「つぎは、貝あわせをしまひょか」

姫さんがおっしゃいました。若さんは、貝のはいった古い貝桶を取りに、すばやく駆けだします。

「そんなに駆けたらあきまへんえ」

乳母が言いながら、若さんを追いかけてゆきます。業平さまがいらっしゃらないこと以外は、しごく平和でなごやかな、お屋敷の昼間なのです。この平和が、うわっつらだけのものでなければどんなにいいことかと、わたしだけでなく、女房たちはみな、内心でため息をついているのでした。

「業平は、女を愛する時、どんなふうな感じなの」

と、高丘さんは聞きました。

「どんなふうって？」

ずいぶんと直截《ちょくせつ》な訊ねかただと驚きながら、わたしは聞き返します。

「いやあ、平安のセックスって、今とどのくらい同じなのか違うのかと」

たしかに、それはなかなか好奇心をそそることです。江戸のひとびとの性生活に関しては、小説や浮世絵などに描かれているので、たとえそれがデフォルメされていたとしても、なんとなく見当がつくというものですし、夢の中とはいえ、実際に江戸の遊郭でお客をとっていたわたしには、それはごくなじみのあるものなのでしたが、平安の、たとえば文学の中にあらわれる性描写は、どれもあいまいで遠回しな表現しかもちません。

「きみのお姫さまは、業平にすっかり満ち足りているの？」

高丘さんのその問いに、わたしは答えようがなくて、目を白黒させてしまいます。

「たぶん」

「旺盛なの、業平は？」

「ふつう、じゃないかな」

「じゃあ、今必死に通いつめている五条の姫さんとは、どんなふうなのかな」

「どんなふうなのかしらねえ」

業平が姫さんから五条の姫に心をうつしたことを、わたしは高丘さんに言いつけぐちしたのです。平安時代においては社会的に許されていることにもかかわらず、姫さんのあのしおれようを見るにつけ、よその女のところへ平気で通う業平に、わたしは何か言ってやりたくてならなくなってしまうのです。けれど、たかが一女房が、姫さんの夫に悪たれぐちなどきけるはずもありません。そしてまた、平安の世界にいる時のわたしは、現代の世界にいるわたしとは、ほんの少し精神構造も異なるようなのです。

姫さんひとすじの業平であってほしい。そう願うと同時に、ほかの女性ともさかんに通じることのできる艶福家であってほしい。という妙な感情を、平安のあの世界では、なぜだかわたしは持ってしまうのです。

「昔ふうのロックスターにあこがれるみたいな感じなのよね」

と、わたしは平安での自分を分析します。

「ロックスター」

「そう。じゃなきゃ、何十頭もの雌をしたがえる、ボスの雄をあがめる、というたとえでもいいかもしれない」

「業平は、ボス雄？」

「そういう存在があがめられるのは、生物的には正当なことなんじゃないのかなあ」

「平安は、そういう世界なのか」

「うーん、それだけじゃないけど。でも」

　そこまで言いさし、わたしは黙ってしまいます。平安での、自分の肉体が世界と溶けあっているような感覚を、どう説明していいのかわからなかったからです。

　そうなのです。平安の女房であるわたしは、あの闇の濃い世界で、素朴な食べものをつましくしか食べられない世界で、暑さ寒さがたいそう身にこたえる世界で、自分の肉体というものが、日々のことごとをおこなうためのただの乗りものというだけではなく、自分の精神とまっすぐにつながった自我と不可分なものなのだと、強く感じているのです。

　廂をあしのうらで踏みながら歩くとき、着物の平絹を指で撫でるとき、静まった夜に虫の音を耳に聞くとき、狩ってきた獣の匂いを厨《くりや》のある方角から感じるとき、夜明けの光を蔀戸《しとみど》越《ご》しにまぶたに感じるとき、なんとわたしは真にいきいきと生きているのだろうかと、いつも驚くのです。

　ナーちゃんと最初に愛しあった時のことを、そんなとき、わたしはしばしば思いだします。まだわたしは高校生でした。ナーちゃんにわずかにふれられただけで、わたしは自分が生きていることに、激しい喜びを感じたのです。強く抱かれれば、ますます喜びは強まり、優しくふれられれば、さらに強まりました。

けれどももしかすると、わたしが最初にナーちゃんとふれあったときの歓喜よりもずっと大きな喜びを、姫さんは業平さまとの最初の共寝の時感じたのではないかと、今ではわたしは思っています。

平安の闇は深い、と言いましたでしょうか。

そうなのです。平安では、闇が深いのと同様、喜びも深いし、悲しみも深いし、怒りも深いように、わたしには感じられてならないのです。

「高丘さんは、自分の体が、好き?」

わたしは聞いてみます。それから、しみじみと高丘さんの顔や腕や胴体を眺めます。

美しい顔、というものではありません。均整のとれた体格、というものでもありません。けれど、わたしは高丘さんの体ぜんたいが、ものなつかしく好ましいのです。ナーちゃんを好き、というのとは、ずいぶんと違う感情ではあるのですが。

「好きだよ」

高丘さんは、てらいなく答えました。

「いつから?」

「くすこさんに会ってから、かな」

棟児がぐずり始めました。心と体の喜びについて、もっと高丘さんと話したかったのですが、しかたありません。そしてまた、いざ話すとなると、何を言っていいのかわからなかったのも、事実なのです。

帰り道、棟児はベビーカーの中で首を直角に折り曲げて、ぐっすりと寝入っていました。起こさないよう、静かにわたしはベビーカーを押し、その間もずっと、業平と姫さんのことを考えていたのでした。


業平さまの匂いが変わりました。

お召しものに焚きしめてある香はいつもと同じなのに、御所からお帰りになった時に、あるいは、五条の姫さんの屋敷から夜明けがたにお戻りになった時に、業平さまのお体からたつ香が、今まで知らなかったものになっているのです。

たとえば、通っている五条の屋敷で、わたしの姫さんが焚きしめたものとは異なる香をくゆらせていらした、という可能性もありますが、それはおそらく違います。

姫さんは、いつも業平さまと同じ香を、ご自分のお召しものにもくゆらせていらっしゃいます。同じ香をまとうことによって、ますます業平さまのお近くにいることができる、という姫さんのお心を、わたしはいつも感じてきました。

そんなにも姫さんがいとしんでいらっしゃる香の上に、違う香が焚きしめられていたならば、すぐに姫さんも女房であるわたしたちも、気がつくことでしょう。

香は、同じなのです。

それなのに、違う匂いとなっているのです。

たとえば現代のわたしたちがつける香水だとて、つける体によって、微妙に異なる匂い立ちをします。おそらく、それと同じことなのでしょう。五条の姫さんのところへと通うようになった業平さまのお体は、以前とは変化してしまわれたようなのです。ですから、同じ香をまとっても、時間がたつにしたがって、その変化したお体自体の匂いとまじりあい、最初は姫さんとまったく同じ香だったものが、異なる匂いへとうつりかわっていってしまうのです。

新しい業平さまの匂いに、最初わたしは反発しか感じませんでした。

ところが、なぜなのでしょう、いつしかわたしは、嫌っていたその匂いに、ひそかに惹かれるようになっていったのです。

それは、まったくもって不可解な心もちでした。業平さまの今の匂いは、五条の姫さんと情をかわした後の業平さまのお心とお体のかわりように依る匂い。わたしの大切な姫さんからは、どんどん離れていってしまった結果の匂いなのです。

けれどその匂いに、わたしは強く惑わされてしまうのです。

姫さんとまったく同じ香をまとっていらした時には、わたしはこんなふうに業平さまに惹かれることなど、ありませんでした。

すてきな殿ぎみだとは、思っていました。野にきれいな花々が咲いていれば、その花々の美しさを愛でたくなるのと同様に。

ところが今、わたしはまるで誘蛾灯にひかれる羽虫のように、業平さまにぐいぐいと引きつけられてしまっているのです。

業平さまは、以前のようには、わかりやすくすてきではありません。面立ちはおやつれになり、落ち着きも以前よりなくなり、心ここにあらずの態《てい》でいらっしゃることも多いのです。

女がふつうに心惹かれる男とは、違うご様子であることに、まちがいはないのです。

それなのに、わたしはこんなにも業平さまに引き寄せられてしまっている。

いったいこれは、どういうことなのでしょう。

それは文月《ふみづき》――七月――のことでした。

いつもならば五条に通いつめていらっしゃる業平さまが、その半月ほどは、なぜだか姫さんのところにずっととどまっていらっしゃいました。

業平さまはまた少しお変わりになったようなのでした。落ち着きのなかった業平さまが、以前と同じようにゆったりとかまえるようになり、御所でのお仕事にも身が入り、姫さんとのお話もはずむ日々だったのです。

いよいよ五条の姫さんとの間に、秋風が吹きはじめたのだろうかと、女房たちは気も早く噂しました。まだ秋ではないのに秋風がたつとは、なんと不思議だこと、などという意味の歌を座興に詠んでみせる女房もいたくらいです。

けれどわたしは、安心していませんでした。なぜなら、業平さまの匂いは、まだ変わったままだったからです。五条へと足をお向けにならないのに、どこかけものじみた野性の匂いが、この時もまだ業平さまにまとわりついていたのです。

七夕には、乞巧奠《きっこうてん》を催そうではないかと、業平さまはおっしゃいました。乞巧奠というのは、七夕の夜の牽牛《けんぎゅう》と織女《しょくじょ》との出会いを祝って開かれる、詩歌管弦の宴のことです。屋敷の者たちは、色めきたちました。姫さんのお屋敷で業平さまみずからが宴を開くのは、たいそう珍しいことだったからです。

業平さまにはたくさんの殿ぎみのご友人がいらっしゃいます。平安の世では、それは決してあたりまえのことではありません。殿ぎみどうしは、御所にお仕えする同志でありはしますけれど、出世を競いあう敵でもあるからです。宮廷行事で時間を共に過ごすことは多いのですが、それはあくまで仕事の一環です。どんなにみやびで華やかな行事だったとしても、やはりそれは上司や同僚として「お勤めをしている」ということでしかないのです。

お勤めが終われば、それぞれの殿ぎみは、ご自分のお屋敷なり今お通いになっている姫ぎみのところへなりと、ばらばらに帰ってゆきます。寄り道をしたり、殿ぎみどうしで、意味のない、けれど楽しげな時間を過ごしたりは、めったにしません。私生活における殿ぎみどうしのつきあいは、ごく少ないということになります。

ところが、業平さまのまわりに集っていらっしゃる殿ぎみたちは、御所でのお勤めではない時間も、共にお過ごしになることが多いのです。

現代ならば、たとえばフットサルチームをつくって会社帰りに模擬試合に興じたり、将棋の会をつくって仲間どうしで何局か指したあと居酒屋で飲んだり、男だけで山登りに行きキャンプを楽しんだり、といった、男だけの遊びがたくさんあります。そこに女の姿はめったにまじりません。男たちは、男どうしでいることが、大好きだからです。

ところが、平安の世では、男たちだけで何かに興じるということは、ほとんどないのです。逆にいえば、男たちは女を遠ざけず、公私ともに女との時間を過ごしつづけていた、ということになりましょう。

実は、梨子であるわたしにとって、これは意外なことだったのです。平安の世では、ある意味で女は男と同等なのです。もちろん、公の官には男がつきますし、国を統《す》べるのも男がほとんどです。私生活においても、女がおこなってはいけないことは、いろいろあります。蹴鞠《けまり》をする女はいませんでしたし、馬から弓を射る女もいません。役割においては、男と女は、はっきりと異なっています。

けれど、実際に生活をしてみれば、その分担された役割に、貴賤はないのでした。力のいる仕事は男がおこない、こまかな手仕事は女がおこなう。でも、どちらの仕事も、たいへんに重要。そのような認識で、貴族たちの生活はおくられているのです。女たちは男たちにまじって堂々と立ち働き、御所の中でも地位を持ち、恋愛においても主導権をにぎることができました。

殿ぎみたちが、何人もの寵姫《ちょうき》をもつことが許されている世界なのに、男と女の上下が現代よりも厳しく感じられない、ということの理由を、わたしは時おり考えてみます。

「人間どうしの関係よりも自然との関係の方が厳しかったからかもしれない」

と、いつか高丘さんは言っていましたが。

「ま、そんな簡単に説明できることじゃないだろうけどさ」

と、続けもして。

話がそれましたね。そうなのです。平安の男たちは、私生活においては、男たちだけで群れるということがごく少なかった、けれど業平さまのまわりには、なぜだか男たちがいくたりも群れてきて、男たちだけで旅を楽しんだり共に悩みあったり、それを肴《さかな》に宴を開いたりしていたのでした。

姫さんは、はりきっていらっしゃいました。業平さまが姫さんのお屋敷で宴を開こうと計画なさることは、いったいどのくらいぶりだったでしょう。当日は、朝から大騒ぎでした。築地《ついじ》をめぐらせた南向きのお庭に祭壇をもうけ、瓜や桃、ささげやむしあわびを供え、五色の布を几帳にかけます。梶《かじ》の枝を何本も山から伐《き》ってきて、庭の一角にしつらえます。琵琶や琴を用意し、腕のたつ者が、夜明けからつま弾いたり調子があがれば曲を奏でたりします。

いよいよ日が高くなってきたころには、招待客たちが三々五々牛車《ぎっしゃ》をひいてあらわれ、屋敷の中はいつもの静けさから一転してざわめきにつつまれました。

この日のために業平さまがもっとも趣向をおこらしになったのは、氷室《ひむろ》から取り寄せた氷でした。白酒《しろき》には氷をうかべ、また、氷でつくった水飯《すいはん》を用意し、暑さを忘れさせる趣向となさったのです。

もちろん宴のごちそうは、お酒と水飯だけではありません。

ふつうの宴ならば、お客に供される御膳はただ一つで、そこに幾皿かの酒肴が並べられるのですが、このたびは高坏《たかつき》の上に折敷《おしき》を置いたものを二組用意して二つの御膳とし、その上に七種の酒肴と土器《かわらけ》の酒器、それに唐菓子を並べて供したのです。

屋敷の者は、おもてづらこそ落ち着いてみせていましたが、みな心の中は興奮しきっていました。用意すべきものはきちんと用意されているか。手順は正しくはこばれているか。お客をつつがなくご案内できているか。

いっぽうのお客たちは、おおかたが満面の笑みをうかべ、ある者は酒肴に舌鼓をうち、ある者は管弦にうっとりと聞き入り、ある者は手近にいる女房にこっそりと何ごとかをささやき、ある者は梶の葉に書きこむ歌をずっと詠んでみてはなおし、またなおしては詠んでみています。

若さんは、はしゃぎっぱなしでした。最初は業平さまのすぐ横にじっと座っていらっしゃいましたが、そのうちに立ち働く女房たちにちょっかいを出しはじめ、乳母に叱られていました。酒肴が供されてからは、白酒をひとなめして調子をあげ、琵琶の音にあわせて突然声をあげたりもなさいました。業平さまのすぐおそばにひかえていらっしゃる姫さんのところまでゆき、そのおひざもとに身を投げ出されたりもします。

「蛸《たこ》をお食べやす」

姫さんはおっしゃり、皿の一つに盛ってある干し蛸を、若さんの口に箸でおはこびになりました。

「蛸なんか、いやや」

若さんはそう言って笑い、顔をそむけます。姫さんは首をかしげ、若さんをむなもとにかき寄せるようにして抱きしめられました。

業平さまは、何か珍しいものでも見るように、姫さんと若さんを眺めていらっしゃいます。

宴はたけなわとなってゆきます。管弦の音はいよいよ高くなり、まだ元服していない子どもらによる童舞《わらわまい》がみずみずしく舞われました。若さんは、ぽうっとしたお顔で舞をごらんになっています。楽の音にあわせて、ご自分でもお体を揺らしたりお手を動かしたりなさっているのが、まことに愛らしくて、お客さまがたも、思わず頬をゆるめていらっしゃいます。

姫さんは、そんな若さんをずっといつくしみの目で見つめていらっしゃいました。いっぽうの業平さまは、最初は興味深そうに若さんをごらんになっていたのですが、しばらくすると、目をおそらしになり、舞を舞う童たちをじっとごらんになり始めました。といっても、ほんとうのところ、業平さまは舞に集中なさっているわけでもないようでした。屋敷の者たちが、宴がつつがなく進むよう心をくだいて必死になっている中で、お一人、しんとした空白の中にいらっしゃるようでもあったのです。

今、業平さまは、何を考えていらっしゃるのだろう。

お客さまがたに白酒をつぎながら、わたしはちらちらと業平さまをうかがい見ます。そのお顔には、何の表情もうかんでいません。うつくしい面立ちなので、このように無表情である時も、お顔そのものが何かの意味をもっているように感じられるのは、はたして業平さまにとって、しあわせなことなのか、そうでないことなのか。

日は天頂から少し傾き、庭にさす影は、さきほどよりも少しだけ長くなっていました。

平安の世では、ものごとは明るいうちになされます。日がさし始めれば起き、暮れれば寝床に入り、闇におおわれ月と星の光しかない夜ともなれば、恋人たちのため息や身じろぎがかすかに聞こえはしますが、それはひめごとの世界なのです。

現代でいえば、時刻は午後の三時過ぎほど。まだ日は決して低くはありません。けれど、宴は次第にしまいへと近づき、そこはかとない哀しみが、あたりに満ち始めていたのでした。

　ナーちゃんが少しだけ出世しました。

　少し前までは閑職に追いやられていたのが、今度は属している派閥が巻きかえし、役が上がったようなのです。

「課長とかになったの？」

　そう聞くと、ナーちゃんは笑い、

「うちの会社は、課長とか部長とかいう名前じゃないんだよ」

　と言います。マネージャーだのディレクターだのという、英語を使うのだそうです。

「だから、ほんとうは課じゃなくて、セクション」

「なんだかドラマみたい」

わたしが言うと、ナーちゃんは、

「梨子は昭和の子どもだなあ」

と、また笑いました。

そういえば、業平の地位は、現代ならば何にあたるのでしょう。政府の機関に勤めているのですから、官僚または政治家ということになりましょうか。その中でも、彼はかなりのエリートです。なにしろ業平のお祖父さんは、天皇だったのですから。

「ナーちゃんは、出世したい？」

聞いてみました。

「そりゃあ、えらくなるに越したことはないよ。だって、えらくなった方が、会社のためにできることが多いでしょう」

「会社のために、何かしたいんだ」

「うん、ぼくはけっこう、愛社精神があるんだよ」

ナーちゃんのその言葉に、わたしは少しばかり驚きます。閑職になってナーちゃんの元気がなくなったあの時、わたしはてっきりナーちゃんが出世というゲームに負けてがっかりしているのだと思っていたのです。けれど今の言葉を聞くかぎり、競争の勝ち負けではなく、大義のために力を落としていたということになります。

「そんなふうに見ないでよ」

ナーちゃんは言いました。いつの間にかわたしは、まじまじとナーちゃんを見つめていたようです。

「愛社精神とか言っちゃって、ちょっと照れるよね」

「ううん」

わたしは首をふります。「愛社精神」という青くさいような言葉を使うナーちゃんが、わたしは決して嫌いではありません。いいえ、むしろ、ナーちゃんのそのような生硬なところが、昔からわたしは好きだったのです。

女たちに囲まれがちで、いかにもものなれてみえるナーちゃんですが、芯にあるのは存外清潔な倫理観なのです。けれど、そのことと、女たちに慕われればつい応えてしまう、ということは、どうやら彼の中では矛盾しないことのようなのでもあります。

もちろん人間なんて、矛盾に満ちた生きものなのですから、いちがいにナーちゃんばかりを責めることはできません。わたしだって、今もしナーちゃんと高丘さんのどちらが好きなのかと問われれば、すぐさま答えることはできないような気がしますし。

ええ、そうなのです。わたしはこのごろ、ますます高丘さんが好きになっているのです。けれど、それは以前にも言ったとおり、高丘さんと体を重ねたい、というような意味での好きさではありません。

高丘さんとは、ただただ、ずっと一緒にいたいのです。

高丘さん、と、わたしは心の中で呼びかけます。高丘さんは、どこから来たの。そして、なぜわたしのそばにいるの。これから、どこに行くの。いったいいつから、高丘さんはわたしにとってこんなにも大切な人となってしまったのでしょう。

高丘さんのことが慕わしく感じられるようになってからというもの、わたしは高丘さんの語った言葉を、しばしば思い返すようになりました。

中でもいちばん気にかかるのは、「くすこさん」と「薬子さま」のことです。

以前、江戸時代の遊郭で春月として生きていたころには、伊勢物語のことや吉原のことを、わたしは熱心に調べたものでしたが、なぜだか平安時代と今とを行き来するようになってからは、本を読んで当時のことを知る、ということを、ほとんどしなくなっています。それには二つの理由があります。一つは、棟児を育てるために忙しくて、ゆっくりと本を読んでいる暇がないから。もう一つは、平安時代という場所が、思っていたよりもずっと自分にとって自然な場所なので、わたしが生まれ育ったのはほんとうのところ平安時代であり、現代に生きていることが夢なのだ、とさえ感じられてしまうから、なのです。

でも、もしかすると、今を夢のように感じるのは、わたしがナーちゃんとの生活に少しばかり倦《う》んでいるためなのかもしれません。人は、自分の希望にそうように、自分のみる世界を変化させることのできる生きものなのですから。

そう、「くすこさん」と「薬子さま」の話でしたね。

わたしは、やがて知ることとなります。「くすこさん」と「薬子さま」が誰につながるのかを。それも、書物からではなく、自身の耳目でもって。

けれど、それはもう少し後のこととなります。

「くすこさん」からつながる「薬子さま」の話は、業平さまの開かれた乞巧奠の宴にいらした招待客の一人からもたらされることとなります。その招待客とは、業平さまの叔父うえにあたる、真如《しんにょ》さまなのでした。

真如さまは、宴がすでに盛りを過ぎ、日もだいぶん傾いてきたころに、静かにいらっしゃいました。牛車ではなく、お一人で徒歩《かち》でいらしたのです。

ちょうどその時わたしは、おねむになってぐずぐずと機嫌が悪くなっていらした若さんをあやすために、廂に出て若さんと手あそびをしていたところでした。本来は乳母の務めである若さんのお世話でしたが、なにしろ宴のあれこれで、乳母も手いっぱいだったのです。

廂へと出てゆくわたしと若さんを、姫さんはなごり惜しげに眺めていらっしゃいました。午前中から続いている宴に、姫さんは少しお疲れのようでした。業平さまとお並びになって一対の美しい人形のようにみえるお二人でしたが、やはりこのところの業平さまのお心の離れようがあらわれてしまっているのか、お二人のお気持ちが深く通じているようには、感じられませんでした。そのことにも、姫さんはきっとお疲れになっていたのでしょう。後ろ髪を引かれる思いでしたが、お屋敷の主として姫さんが業平さまのおそばを離れることがあたわないのは仕方ないことなので、わたしは姫さんを置いて若さんとともに廂で涼んでいたのです。

日は傾きかけたとはいえ、蒸し蒸しと重苦しい暑さはまだ残っていました。

「もうし」

という声がしました。

どこかで聞いた声だ、と思いました。

僧が一人、みずから履き物を脱ぎ、ずんずんと廂を進んで来ます。迎える下働きの者も出払っているとみえ、僧はただ一人でこちらに向かってくるのです。

「どちらさんですか」

若さんを袂に隠すようにして、わたしは聞きました。

「真如と申します。業平どのの叔父にあたります」

僧は答えました。

業平さまの叔父うえ？

あ、と、わたしは思いだしました。そうです。おそらくこのお方は、業平さまの父ぎみの弟ぎみにちがいありません。僧、真如。そしてまた、僧籍に入る前のその名は、高岳親王。

高岳親王、という名前をはじめて聞いたのは、業平さまと姫さんが結婚なさってしばらくしてからのことでした。最初は、高田がかつてしてくれた「むかしむかし」の話の中の、若い皇子と同じ名前である偶然に、少し驚いただけでした。けれど、現代のわたし、梨子の心が高丘さんへと傾いてゆくにしたがって、高田の話の中の高岳親王と、真如という僧の俗名と、高丘さんの名前の一致に、わたしは何か運命的なものを感じるようになってゆきました。

もしかすると、真如すなわち高岳親王は、高丘さんと関係があるのではないか。高田の話の中の、むかしむかしの、恋してはならないひとに高岳親王が寄せたひそかな思いと、高丘さんがいつか語ってくれた「くすこさん」への思いは、つながっているのではないか。

そんなふうに、わたしは感じるようになっていったのです。

真如と名のった僧の声は、まさに高丘さんの声にそっくりではありませんか。

やはり、と、わたしはおののきました。それから、じっと、僧の顔を見ました。

僧も、わたしの顔を見返します。やがて僧は、にっこりとほほえみました。

「会えたね」

平安の京ことばではなく、たしかに現代の言葉で、僧は言ったのです。よく見れば、造作はさほど似ていませんが、そのほほえむ表情は高丘さんにそっくりではありませんか。

「ああ、ほんとうに、会えたのね」

　わたしは、答えました。


　真如さまは、わたしと言葉をかわしてからすぐに業平さまのところへと進んでゆかれました。真如さまと業平さまが会うのは、十年ぶりくらいだということを、宴が果てたあとの女房たちのお喋りの中で、わたしは知ることとなります。

　そのお喋りの中で、さらにわたしは真如さまのくわしい経歴を知ります。真如さまは、空海弘法大師のごく近いお弟子さんなのでした。空海さまが入滅された時には、そのご葬儀にも立ちあわれたといいます。

　その後はずっと高野山で僧として修行なさり、五年前の地震で東大寺の大仏さまのお顔が落ちてしまわれた時には、その修理をまかされた、それほどの高僧だと、女房たちはうやまう口調で教えあっていました。

　高僧、と聞いた時に、わたしはつい笑いだしそうになりました。だって、高丘さんが、高僧？

　けれどよく考えてみれば、高丘さん自身も昔高野山で修行をしたことがあったのですし、いつもの飄然《ひょうぜん》とした悠揚迫らざる様子は、たしかに高僧に通じるものなのかもしれません。

真如さまは、もうじき旅に出るのでご招待に応じられたのだそうです。修行に明け暮れておられるため、下界の宴に加わることなど絶えてなかったのですが、遠い国へ行ってしまう前に、なつかしい甥《おい》の顔を見にいらしたのでした。

お顔をあわせてしばらくしてから、真如さまは業平さまに、こうおっしゃいました。

「唐《とう》の国に、渡るんや」

「唐の国に。そらまた難儀なことですなあ」

業平さまはお答えになりました。

「難儀やなんて。私は旅を心待ちにしているのです」

そう答えた真如さまの声に、おりしも高くなった管弦の音がかぶさって、そのあとを聞きとることはできませんでした。いったいお二人が何をお話しになっているのか、わたしは気もそぞろでした。そんなわたしを見て、若さんはこうお聞きになります。

「どうしたん」

「え？」

「どこか、痛いん？」

若さんは重ねてお聞きになります。

「なぜそんなことをおっしゃるのですか」

「だって、痛そうなお顔してはる」

若さんは、わたしの手を握りました。そして、そっと撫でてくださいます。

もちろん、体のどこも、痛くはありませんでした。ただわたしは、心がしめつけられていたのです。

平安のこの世界で、高丘さんに会うことができるなんて。

その驚きと喜びは、なぜだかわたしの心を絞るようにしめつけるのです。嬉しいのに。わくわくしているのに。それなのに、わたしの心のどこかは、おののいているのです。不可思議なさみしさも感じているのです。

「おおきに、若さんはお優しいのですね」

わたしは言いました。

若さんは心配そうに、わたしの手をいつまでもさすっていらっしゃいました。

次に高丘さんに会ったのは、夏の終わりでした。平安の世界も、今の世界も、ひとしく夏果ての季節を迎えようとしているのです。

夢の中の平安の世界と、わたしと高丘さんとナーちゃんの住む現代の季節がちょうど重なるのは、珍しいことです。今が夢を追い、反対に夢が今を追う。互いに届きそうに思えて、決して届くことはない。そんなふうに、わたしの現実と夢の時間はばらばらに流れていましたから。

でも、今は共に夏の終わり。夕刻にはツクツクホウシが鳴き、暗くなれば秋の虫がすだきはじめる、そんな季節が、平安の世にも今の世にも訪れているのです。

さきほど、わたしははじめて高丘さんに電話をしました。平日の昼でした。今までは偶然だけをたよって会っていたのに、ずいぶん前に聞き、こっそりとメモしておいた高丘さんの連絡先を、ついにわたしは能動的に使うことにしたのです。

まるで夫の目を盗み逢い引きをする妻のように、わたしは高丘さんの番号を指先で押してゆきます。わたしたちの間には、体のつながりはみじんもありませんが、高丘さんと会っていることを、わたしがナーちゃんに告げたことは、今までだって決してありませんでした。

電話をしたのは、夢の中で真如さまに会ってから、ちょうど半月後のことでした。ほんとうはそれまで何回か、高丘さんに連絡をしようと思いました。けれど、連絡をして、平安で出会ったことを話すのが、わたしは怖かったのです。

もしかすると、「会えたね」という、あの時聞いた真如さまの言葉は、わたしの聞き違いだったのではないか。真如さまの中に高丘さんがいるのだという確信は、ただの思いこみなのではないか。そんな不安にわたしはさいなまれていたのです。

今江戸で遊女として過ごしていた頃にも、わたしは高丘さんと会っていたわけですが、今のような不安はありませんでした。二人でのちに江戸時代の自分たちのことをふりかえった時、高丘さんは、「高田の全部が全部、自分というわけではない」と言っていました。

その感覚は、わたしにもよくわかりました。わたしの心は、江戸時代の遊郭で、春月というおいらんの意識の中にまじっていはしましたが、春月自身の意識は、梨子というわたしの意識とは独立してそこにあったのです。梨子すなわち春月、ということではありませんでした。

おそらく高丘さんも、同じだったにちがいありません。高田という男は、高丘さんを強く思わせる男ではありましたが、そしてたしかに高田は、「その昔薬子さまに恋をした」という話もしてくれましたが、高田と高丘さんがぴったりと重なって感じられる、ということは、一度もなかったのです。

高田と春月が、あんなに熱情をもって互いを恋することができたことに、わたしも高丘さんも、ただ驚いていました。二人の恋が、現代に生きる生身の自分たちの恋そのものだとは、もちろん思えませんでした。あの恋は、高田と春月のものであり、高丘さんとわたしのものではなかったのです。

ところが、こんかい平安時代で姫さんの女房として生きているわたしは、現世に戻ってきてからも、女房としての自分の気持ちが薄れるということがないのです。業平さまにひそかに惹かれる心も、姫さんをお慕い申し上げる心も、若さんを可愛いと思う心も、真如さまに会ってふるえる心も、どれもわたし、この梨子自身の心に大きく重なってくるのです。

平安の女房である女の心を、はたからぼんやりと感じ、時にはその心の中に分け入って彼女の感情にふれはしても真にその気持ちを実感することはできない、という、盗み見のようなものでは、ないのです。

梨子と、姫さんにお仕えする女房の心は、今やまったく乖離《かいり》していません。たとえ姫さんにお仕えしている彼女のすべてをわたしが知ることはできないのだとしても——いくら夢でなりかわっているといっても、むろんすべての時間を体験することはできません——いつだって彼女はわたしであり、わたしは彼女なのです。

真如さまが姫さんのお屋敷にいらしてから、平安の世界でもやはり半月が過ぎようとしていました。そして、その半月の間、姫さんにお仕えしながら、女房としてのわたしの心も、常に騒ぎつづけているのです。真如さまのことを思うあまりに。

いったい、わたしはどうなってしまうのでしょう。このまま、平安の世の自分の心にひっぱられて高丘さんに惹かれつづけてしまうのでしょうか。

不安と恍惚が、わたしの心の中でまじりあい、渦をまいています。川端へと、わたしは雲をふむようなおぼつかない足どりで向かうのでした。

高丘さんは、いつものひょんとした顔つきで、すでにベンチに座っていました。棟児がベビーカーから身をのりだし、高丘さんに向かって声をあげます。

「なんですか、棟児くん」

高丘さんは笑いながら、棟児のほっぺたを指でつつきました。揺すり上げられた時のような興奮した笑い声を、棟児はたてます。

「ター」

棟児は、言いました。

「高丘さんって、言ってるんだね？」

「ター」

もう一度、棟児ははっきりと言いました。たしかに棟児は、高丘さんに呼びかけているのです。わたしに向かってもナーちゃんに向かっても、呼びかけたことなどないというのに。マンマ、ダー、マー、などという喃語も、ろくに口にしないのに。

「よっぽど高丘さんのことが好きなのね、この子は」

それまでの緊張のあまり、わたしは思わずつけつけとした調子で言ってしまいます。

「それは嬉しいね」

高丘さんは、落ち着きはらった様子で答えました。憎たらしい。わたしは思います。こんなにわたしがどぎまぎしているというのに。

憎たらしい、と思うのと同時に、不安が大きく広がります。やはり高丘さんが真如さまと関係がある、というのは、わたしの思いこみだったのでしょうか。

心揺れるわたしは、ですから、次に高丘さんが言った言葉を聞いて、ほんとうに安堵したのです。

「久しぶり、と今さっき言いそうになったけれど、ほんとうはこの前会ったばかりだったよね」

ああ、と、わたしは口を開けました。しばらくそのままの顔で、わたしはかたまっていたようです。棟児がわたしの口に、面白がってげんこつをつっこんできます。

「やめてったら、こら」

おかげで、わたしは体がかたまってしまった状態から目覚めることができました。

「会ったでしょう？　あなたの姫さまのお屋敷で」

高丘さんは続けました。

「うん、会った」

子どものように、わたしは素直にうなずきます。

「ぼくは、高岳親王として生きているんだよね。澁澤龍彦《しぶさわたつひこ》は大好きだから、嬉しいよ」

「澁澤龍彦」

子どもの調子のまま、わたしは高丘さんの言葉を繰り返します。

「だれ、それ」

「うーん、簡単に説明するなら、小説家、かなあ」

「知らない」

「あなたは若いからなあ」

「もう、そんなに若くない」

「うん、なにしろ平安からこっち、千年以上生きているわけだものね、なつかしいひとよ」

なつかしいひとよ、という呼びかけに、わたしはふたたび、言葉を失います。高丘さんに聞きたいことが、のどもとまであふれ出ていましたが、わたしは何も言えません。

高丘さんは、女房であるわたしとこの前出会う前も、ずっと平安の世界で生きていたの？

高丘さんは、女房であるわたしに、あの時どんな気持ちを抱いたの？

真如さまは、高丘さんそのひとなの、それとも江戸時代の高田と同じように、高丘さんは真如さまの一部でしかないの？

真如さまはまだ僧籍に入らない親王だったころ、高田の言っていたように、ほんとうに恋してはならないひとに恋したの？

そして、それは高丘さん自身の「くすこさん」に対する気持ちと、関係はあるの？

高丘さんは、わたしのことを、今どう思っているの？

「どうしたの」

高丘さんは、不思議そうにわたしの顔を眺めます。

「平安での顔と、違うねえ。今のあなたの顔の方が、ぼくは好きだな」

高丘さんのその言葉を聞いて、わたしは泣きそうになってしまいます。わたしの顔の方が好きだと言われた喜びと、女房としてのわたしを好んでくれない悲しみのために。

「高丘さんは、真如さまなの？」

ここで泣くのはなんだか違う、と自分の気持ちを引きしめながら、ようやくわたしは聞きます。

「そうみたいだね」

「いつからなの」

「それがねえ、修行僧でしょう、あのひとは」

他人のように、高丘さんは言います。

「あのひと」

「うん、高田よりも、真如はずっとぼく自身なんだけれど、高田にくらべて真如はぼくよりも立派だからなあ、申し訳なくて、自分があのひとだなんて、名のれないよ」

高丘さんも立派な人なのに、と、わたしは言い返そうとしますが、よく考えてみればわたしは高丘さんのことは、そんなに知らないのです。昔子どもだったころに出会い、この川端でもたくさん会話をかわしてきましたが、高丘さん自身のことをくわしく聞いたことは、そういえばありませんでした。

いつだって高丘さんはわたしの話を聞き、わたしの感情をなだめ、わたしの心を平穏にしてくれましたが、わたしが高丘さんに何かを与えたことは、果たしてあったでしょうか。

「あのひとが修行を始めてから、ぼくはあのひとの心の中に入っていけるようになったみたい。だけど、修行をしていると時間の流れかたが不思議なふうになるから、いつからぼくがあのひとと一緒になったのかは、よくわからないんだ」

高丘さんは、そう説明するのでした。

「高丘さんは、立派」

あえて、わたしは、言ってみました。

「いやあ、立派な人間は、ちょっと苦手なんだよ。ねえ、棟児くん」

棟児はすでに高丘さんの膝の上に乗り、居心地よさそうに体を小さく揺らし、川を眺めています。

「ねえ、真如がまだ高岳親王だったころに恋したひとって、だあれ？」

なんでもないことのように、わたしは聞いてみます。

「そりゃあ、高田の話のとおり、薬子さまだよ」

こちらも、なんでもないことのように高丘さんが答えます。

「薬子さまは、『くすこさん』と同じひとなの？」

「同じような、ちがうような」

そこまで言うと、高丘さんは口をつぐんでしまいました。

突然わたしは、小学校のころのことを思いだしました。よそよそしかった教室。ほとんど一日、クラスの誰とも喋らず過ごした、のろのろとしか過ぎさってゆかなかった時間。その中で、高丘さんのいた用務員室での、二人だけの会話。

そういえば、高丘さんが小学校の用務員を辞める日、わたしは高丘さんと二人で写真を撮ったのでした。今日帰ったら、久しぶりにあの写真を見てみましょう。昔の高丘さんが、そしてわたしが、どんなふうだったのかを、確かめるために。

宴の日、真如さまは早々にお屋敷を去ってゆかれましたが、そののちも何回かお屋敷を訪れ、業平さまと話しこんでゆかれるようになりました。

真如さまが唐の国を経て天竺《てんじく》をめざし旅立たれることは、じきに屋敷じゅうの者の知るところとなりました。

「てんじく」

と、若さんは目をみひらいてお訊ねになります。

「天竺」

姫さんも、若さんと同じ調子で、おっしゃいます。

「天竺いうんは、いったいどんなとこなんやろねえ」

うっとりと、姫さんはお続けになるのでした。

経を写したり、書物をひもといたりすることは、おもに男ぎみのなさることなのですが、わたしの姫さんは、女ぎみでいらっしゃるにもかかわらず、しばしば文机で写経をなさったり、父ぎみ所有の漢籍やかなで書かれた女文字の物語をお読みになったり、またご自分で日記をしたためていらっしゃったりするお姿も、たびたび目にします。

若さんと偏つぎをなさることができるのも、この時代の姫さんとしては珍しく、中国伝来の漢文を読みくだす力があるからなのです。もしかすると、のちに宮中の女房として活躍する紫式部や清少納言と同じくらいの教養を姫さんがもっていらっしゃるのではないかと、わたしはこれまでもしばしば感じてきました。

天竺は、仏教のおこった土地です。日本でも当時、空海さまと最澄さまが唐の国に渡られて向こうの仏教を学び、高野山と比叡山が開かれました。けれど、天竺まではるばる旅をした僧は、まだあらわれていませんでした。

姫さんは、下々の者たちの知らない仏教の伝来のおおまかなみちすじを、ちゃんと知っていらっしゃいます。仏教が決してこの日本ではじまったものではなく、唐の国から伝えられたものであること。その唐の国の仏教は、さらに遠い天竺から、いくつかの国を経て伝えられたこと。そのような知識があるからこそ、天竺という場所の名前を聞き、これほどまでにあこがれの気持ちをおもちになるのです。

「真如さまは、天竺にいらっしゃることができはるんやろか」

姫さんはそうおっしゃり、遥かかなたを夢みるようなお顔になりました。

「天竺いうたらほんまに遠いですね」

わたしが言いますと、姫さんはうなずかれました。

「てんじくて、遠いん？」

若さんがお聞きになります。

「せや、遠い遠い、誰も見たことあらへんとこなんよ」

姫さんは、晴れやかにおっしゃいます。

乞巧奠の宴が催されたのち、ふたたび業平さまは五条の姫さんのお屋敷へとしげく通うようになっていました。いきおい姫さんのお顔もくもりがちだったのですが、久しぶりの晴れたお顔つきに、わたしの心もあかるむようでした。

「今度、真如さまにお話をうかがってみたいものですね」

わたしが言いますと、姫さんはさらに晴れやかなお顔になり、両のてのひらをそっとおあわせになります。

「せやねえ、今度殿にお願いしてみましょう。そん時は、あんたもご一緒に真如さまのお話を聞かはったらええわ。あないに徳の高いお坊さまのお話を聞く機会は、めったにあらへんことなんやから」

姫さんのそのお言葉に、わたしの胸は動悸をうちます。真如さまのお声を聞くことができる。お顔を間近に拝見することができる。そう思っただけで、頬は赤らみ、手はふるえます。

姫さんと若さんに自分の心の乱れを悟られないよう、わたしはわざとむっつりした顔をつくり、

「はい」

とだけ、答えるのでした。

真如さまが、屋敷の者たちに話をしてくださることとなりました。

最初業平さまは、盛大な宴をまた開き、屋敷の者たちだけでなくお客も招くことを計画していらっしゃいました。けれど真如さまは、そのような晴れがましい場に出てゆくことはご自分にとっては気ぶっせいなことなのだとおっしゃったので、しぶしぶあきらめたのでした。

そのかわりに、と、業平さまは違う計画をおたてになりました。

表での宴は催さないけれど、姫さんや女房たち、そして業平さまだけが入ることのでき

る奥の間で、真如さまのお話を聞くことにするのです。

姫さんは、たいそう驚かれました。それも当然のことです。なぜなら、姫さんやそのまわりの女房たちが過ごしている場所には、姫さんの旦那さまである業平さま以外の男ぎみは入ることができないことになっているからです。

もちろん若さんや、まだ成人していない、たとえば若さんの乳兄弟である乳母の息子などは、ごくたまに出入りをすることが許されています。

けれど、成人した男、それも姫さんの方の血縁関係にあたらない男が、奥まで入ってくるとは。

「せやけど、真如さまは僧でいらっしゃるんやから、ふつうの男ぎみとはちゃうでしょう」

業平さまは、涼しいお顔でおっしゃるのでした。

「それはせやけど……」

姫さんは困惑の表情で小さくおっしゃいます。

わたしには、なんとなくわかってしまいました。業平さまは、めずらしく真如さまに少しばかり意地悪な気持ちになっていらっしゃるのです。

せっかく盛大な宴を開いて真如さまが皆の前で晴れがましく仏法を説く機会をもうけようとしたのに、真如さまはすげなくお断りになりました。それなのに、姫さんばかりでなく、屋敷の者たちはこぞって真如さまのお話を聞きたいと願い、気持ちを昂ぶらせているのです。

業平さまは、もともと男ぎみからも女ぎみからも好かれる質《たち》でいらっしゃいますから、ご自分よりも皆の注目を集める者がいる、ということに、慣れていらっしゃらないのです。もちろん宮中の政治の場では、業平さまより位も高く、帝の信もあつい藤原氏一族がこの時代には威勢を振るっていたのですから、そこでは業平さまとてご自分よりも光のあたる者たちがいることをよしとしなければなりません。けれど、仕官の場を離れてしまえば、なべての者たちは業平さまの魅力に惹きつけられ、炎のまわりを飛ぶ羽をもつ虫どものように、嬉しく狂おしく舞い踊るのが常なのです。

そんな業平さまをさしおいて、姫さんも女房たちも、業平さまではない男にうっとりしている。

少しばかりの意地悪をしてみたくなる業平さまのお気持ちも、わからないではありません。

「道をきわめた僧なんやから、女ぎみばかりの奥におられても、心が動くやなんて、ありえへんでしょう」

業平さまは、おっしゃいました。

姫さんはそれ以上言い返すことができなくて、しかたなくうなずかれました。業平さまの少しばかり子どもじみたなさりように、わたしは心の中で肩をすくめていましたが、その一方で、真如さまはどのようにこの試練を乗り越えるのだろうかと、わくわくもしていました。

「ほな、ええ日を調べ、決めおくように」

業平さまは姫さんにそう言いつけるのでした。

久しぶりに見た、高丘さんと並んでうつっている小学生のころの写真は、いくつかの感慨をわたしに呼びおこしました。

あのころわたしは、高丘さんのことを、「もう少しでインドの王子様になりそこねたような顔のひと」だと思っていました。大きな目。厚いくちびる。日本人としては高い鼻。けれど、なんだか造作のすべてが少しずつばらばらな感じがして、正直のところわたしは高丘さんのことを美しい男だと思ったことはありませんでした。

大人になって、ふたたび高丘さんと会うようになってからは、高丘さんの顔かたちや肢体について何かを考えるということなど、したことがありませんでした。

高丘さんは、わたしのすぐ横にいて、そしていつも高丘さんらしくふるまって、わたしの不安をしずめてくれるひと。

ただそう思うばかりだったのです。そのひとに、女を惹きつけるような魅力があるかどうかということは、二の次だったのです。

今、三十年近く前の写真の中の高丘さんをよくよく見てみれば、これはまた、なかなかの男ぶりではありませんか。

どんな女をも虜《とりこ》にする、という外見ではありません。たしかに顔の造作は、ほんの少しバランスが悪く、せっかくのぱっちりとした目や通った鼻筋や肉感的な口もとが、過剰な印象を与えないこともありません。

けれど、その均衡を少々欠く顔の底から、そしてその全体のたたずまいから、このひとと一度じかに会って話をしてみたい、という欲望を抱かせるのは、確かなのです。

ナーちゃんの「弟子になりたいような感じのひとだね」という言葉を、あらためてわたしはかみしめます。

小学生のころから、なるほどわたしは高丘さんの弟子になるよう運命づけられていたにちがいありません。高丘さんはあのころ、ほんとうの魔法使いではなかったかもしれないけれど、あれから時間のたった今、わたしたちはある種の魔法の中にいるではありませんか。二十有余年かけて、高丘さんとわたしは、師とその弟子として、魔法の修行をかさねてきたのかもしれません。

いよいよその修行の成果が、平安の姫さんのお屋敷の、奥の間でためされようとしているのです。

屋敷の女たちは、静かに興奮していました。

その興奮は、あからさまに表にあらわれ出るものではありませんでしたが、しぶとくこもりつつ、続いていました。

平安の世は、予想外に女たちの働きが重んじられているところだと、いつかわたしは言ったでしょうか。

そうです。平安の女たちは、現代のこの国の女たちよりも、むしろのびのびと働いていたのです。せっかく家の中から飛び出て社会の組織の中で働き始めようとするにもかかわらず、さまざまな壁に当たって悩むことの多い今の女性たちよりも、ずっとのびのびと。けれど、それは決して、平安の世が女性にとって開放的な時代だった、ということではありません。にもかかわらず女たちがのびやかだったのは、女と男の働く場所がはっきりとわかれていたからです。

表向きの政治の場や学問の場では男たちばかりが活躍していましたが、彼らのいる場所からは隠された、宮中や屋敷の奥の秘められた場所では、女房をはじめいくたりもの女たちがその能を発揮できる場があったのです。

そんな、女たちだけの場所に、いつもは決して入ってこないはずの男ぎみが堂々とやってくるというのですから、少しばかり大仰な言いようをするなら、鎖国していた幕末の日本に黒船がやってきた時と類似の興奮と恐怖と反発と期待が、女たちの中に満ちあふれるのは、無理もないことだったのです。

その日はよく晴れていました。業平さまは数日前から五条の姫のところには足を向けず、姫さんとねんごろにしておられ、姫さんはそんな業平さまを、静かに受けいれていらっしゃいました。

業平さまが五条の姫さんのお屋敷通いをしばらくお休みになっているのは、もしかすると、真如さまに意地悪したことを、ここにきて後悔なさっているからではないかと、わたしは少しばかり皮肉な心もちでいました。

業平さまの天《あま》の邪《じゃく》鬼な計画のおかげで、女たちは真如さまの訪れをこれほどまでに喜んでしまっているのです。ですから、ここで業平さまとしては、ご自分の魅力が真如さまにまさるとも劣らないものであると示すために、屋敷にとどまらなければならなくなってしまったのではないか、と。

もちろん業平さまは、意識的にそのような対抗心を燃やしていらっしゃるわけではありますまい。そのような品下れる思いが表面にあらわれてしまうような男ぎみだとしたら、わたしの聡明な姫さんがこれほどまでに業平さまに惹かれるはずはありません。

わたしは、業平さまの無意識の競争心が、興味深かったのです。そうなのです。女たちに、また男たちに大いなる好意を寄せられてもあっさりとしている、ある意味でからっぽを感じさせる業平さまよりも、こうして少し慌てている業平さまの方が、人間らしくて好ましいと、わたしは感じていたのでした。

　真如さまのご訪問は、神無月《かんなづき》――十月――のころと決まりました。表だった宴会を行わないとはいえ、真如さまを歓迎する食事を供するために、干した柿や葛《くず》の根、栗をはじめとするさまざまな木の実、海藻などがふんだんに取り寄せられました。

　ほんとうのところ、業平さまはあわびや蟹や小鳥の肉が大好きでいらっしゃるのですが、当日は獣や鳥や魚を口になさらない真如さまにならって、屋敷の者たちもそれらのものを口にしないでいようというはからいを姫さんが思いつかれて、山や海の生きものは供されないこととなったのです。

　業平さまは、少なからずご不満のようでした。けれど姫さんはかまわず、奥の者たちに采配をおふるいになります。

「奥のことは、奥にまかせとくしかないんかな」

　業平さまは、小さな声で女房たちにおっしゃっていました。業平さまに、そのようにじかに話しかけていただいたことが嬉しくて、女房たちの興奮はいや増します。

　わたしは、そんな業平さまや女房たちを、じっと観察していました。女たちを柔媚《じゅうび》に扱い、ご自分の方へ誰も彼も惹きつけておしまいになる業平さま。そのご様子を、たんたんと眺めていらっしゃる姫さん。そして、姫さんに遠慮しながらも、業平さまという男ぎみの引力を愉しんでいる女たち。

やはりこれは動物の群れのようだなと、わたしは感じてしまいます。

でもまあ、と、わたしはあらためて認識しなおします。動物の群れのようだ、などとわざわざたとえなくとも、この平安の時代は、まさに群れをつくる動物の世界そのものと言えましょう。力ある魅力的な雄は、どんな雌をもしたがえることができるのです。権力という力。身分という力。見栄えがいいという力。それらが渾然一体となって、雌たちを魅了するのです。

こんな時代を、野蛮だとお思いでしょうか？

現代のわたし、梨子に戻って考えてみれば、たしかに野蛮でありえない世界です。けれど、こうして平安の世に生きている一人の女房としては、それはごく自然なことなのでした。

ここでは、男ぎみの雄としての魅力を認め、その雄とまじわることを、女たちの体が素直に欲しているのです。頭で欲しているのではなく、女たちの心が、体が、男ぎみをまっすぐに求めるのです。

平安時代のこの男女関係における感情の動きを説明するのは、なかなかに難しいことです。現代のわたし、梨子自身に向けてさえ。

現代におけるわたしの来し方を、ここで少し振り返ってみましょうか。

若いころ、どんなにかわたしは熱烈にナーちゃんを恋していたことでしょう。あのころの、寸暇を惜しんで会いたいと切望した気持ち。会えた時の、ときめきと喜び。一緒にいて体を寄せ合っている時の幸福。

今もありありと思いだすことができます。

でもあれは、果たしてわたしの体が素直にナーちゃんを求めていたのでしょうか。

「もっと、頭でっかちのものだったのかもしれないね」

と、高丘さんならば解説してくれるかもしれません。

もしかすると、大部分は理性で、わたしはナーちゃんを好いていたのではないか、という気が、今ではするのです。

あのころは、そんなふうには思っていませんでした。自分の体の、心の、世俗の価値観などからは遠い場所で、自分がナーちゃんを求めているのだと、いわば生理的にナーちゃんを求めているのだと、思いこんでいました。

けれど、平安の世の男と女のまじわりを知ってしまった今となってみれば、あの時わたしは、現代の社会規範や美意識の範囲内で、わたしが知っている中での最善の男を、ごく功利的に求めていたのだ、ということがなんとなくわかります。

　ナーちゃんは、まず容姿がすぐれていました。将来にかけての生活力がありそうでした。心優しい男にみえました。独身でした。わたしのことを好いてくれているように感じられました。

　これらの特質を、当時のわたしは一瞬にして、あるいはしばしの時間をかけて、何かの秤《はかり》にかけていたのです。社会規範的に、ヨシ。人間的に、ヨシ。自分とのつりあい的に、ヨシ。言葉にできないけれどなんだか好ましい感じ、ヨシ。

　ひそかなる指さし確認を、頭の中でせわしくおこなっていた自分が、思いだされます。

　もちろん、言語化して指さし確認をおこなっていたわけではありません。半分は無意識の中で、わたしはさまざまな点をたしかめ判断していたのです。

　人間というものは、なんとすぐれた能力をもつ生きものなのでしょう。

　こんな、ごく平凡で才にも欠けるわたしでさえ、現在の人工知能ではまだ太刀打ちできないくらいの複雑な判断を、ごく幼いころから、意識してではなく無意識のうちに、おこなうことができるのですから。

　現代の女たちがおこなう、この類《たぐい》の判断を、けれどわたしは計算高いこととは決して思いません。それは、生存のために必要なことなのです。現代という環境を生きのびるための、ある意味では公正な価値判断だと言ってもいいのではないでしょうか。

　平安の世界での生存欲は、現代とはまた異なる方向に働きます。

女房たちにとって、よき伴侶を得ることはもちろん大事です。ですから、いつだって男ぎみに対するアンテナは、現代の女たちと同様、しっかりと張りめぐらされています。

女房たちのアンテナには、遊び部分がありました。ぴんと張っているのではなく、ゆるみがあった、と言いかえることもできましょう。

現代の一夫一婦制では、伴侶を選び間違えることは、そのまま「不幸」につながります。選び間違えたからと、ちょっとだけ違うところに休息を得に行ったりしたなら、それは「不倫」という禍々《まがまが》しい行為になってしまいます。あるいは、選び間違った伴侶をいないものとして扱ったりすれば、それは人の道をはずれたおこないとして非難され、伴侶には心の痛みを与え、もしも子どもがいたとしたなら、かれらにも何らかの負荷を与えてしまうことでしょう。

平安の貴族の世では、男たちは幾人もの女と関係をもち、女だとて幾人もの男と関係をもつことが可能でした。まず彼女らは、みな仕事をもっています。女房という仕事もあれば、乳母という仕事もあれば、家の主である姫という仕事もあれば、楽器や清掃をつかさどる仕事もある。家族制度も現代とは違います。身分の高い姫たちは乳母に子どもを託し、身分のさほど高くない女たちも、ただ一人で子どもを育てるということはありませんでしたから、たとえかれらの男女関係が錯綜していたとしても、そのことがすぐさま子どもに負荷を与えすぎてしまう、という確率は現代よりもずっと低いのです。

女たちは貪欲に、魅力的な男ぎみを求めます。男ぎみが魅力的であればあるほど、女たちはその男に群がるわけですが、その時女たちは、男ぎみがよその女と関係をもっていることは、さほど気にしません。

嫉妬は、あります。けれどその嫉妬の多寡は、女たちの身分に左右されるものなのでした。正妻は、夫が多くの女たちのところに通うことを堂々と嫉妬してかまいません。身分の高い女が愛人をもった場合も、その愛人に対する嫉妬は彼女の身分に付随する自尊心ゆえの正当なものとされましょう。さして身分の高くない女と男がいたならば、その間にある嫉妬は、これも低い間がらなりの正当なものとされます。いっぽうで、下々の女が、身分の高い男と縁をとりむすんだ時には、その僥倖《ぎょうこう》を感謝しこそすれ、他の女に対する文句を言いつのるということはまずありますまい。

こうして説明してみると、生まれつきによって感情を案配しなければならないという、窮屈で不公平な世であるようにも思えます。

不公平であることは、たしかでしょう。

けれど、窮屈なのかといえば、いいえ、それは違うのです。

男が、また女が、複数の相手とまじわりをもつことが禁忌とはされていない世での嫉妬は、現代のわたしたちの嫉妬とは、少しばかり異なっています。それはもっと機能的なものであり、反対にまた、まったくまじりけのないものでもあるのです。

　平安の世で相手を奪われた時の損失は、純粋に気持ちの上だけのものであって、物質的損失はさほど大きなものではないのです。いや、物質的損失が全然ないわけではありません。けれど、現代の一夫一婦制における片方の心離れがもたらす物質的な損失と平安の世のそれとを比較してみれば、現代の方がくらべものにならないくらい大きな損失があることは一目瞭然です。家族は壊れ、財産は分割され、将来の生活設計はすっかり御破算《ごはさん》になってしまう。

　そうです。現代のわたしたちは、もしも夫あるいは妻が自分のもとから去ってよその誰かのもとへと走っていってしまった場合、心の傷と物質的損失の、両方を引き受けなければならないのです。

　物質的損失など、心の傷にくらべてみればたいしたものではない、というむきも、むろんあるでしょう。けれど、人は物質的なものをばかにはできません。

　平安の女も男も、その意味ではもっと純粋に恋のかけひきを愉しむことができました。

　よき男ぎみを得たい。

　よき女ぎみを得たい。

　その関係は長く続かないかもしれないけれど、続いている間は、せいいっぱい喜びあいたい。

そのような双方の気分が、時代の社会規範を背景に、にぎやかで多彩な恋愛関係を生んでいったのです。野生の動物にも似た、直截で開放的な関係を。

「事は、成る前までが楽しいもんなんかなあ」

姫さんは、ぽつりとおっしゃいました。

「それは、どのような意味なんでしょう」

聞き返しましたが、姫さんはひっそりとほほえまれるばかりでした。

「真如さまは、いついらっしゃるん？」

若さんがお聞きになります。

「亥《い》の子《こ》のお祝いのころや、言うてはりましたよ」

姫さんはにっこりしながらお答えになりました。でも、その笑顔にはほんのわずかな淋しさが影を落としているように、わたしには感じられてなりませんでした。

「亥の子のお餅つきは、楽しいで」

若さんがはしゃいだ声をおあげになりました。去年の神無月の亥の日に、お餅をついて万病を祓ったことを、若さんは覚えていらっしゃるのです。

「ホトトギスのお花がようけ咲いてたなあ」

「まあ、お花のことまでよう覚えていらして、若さんはほんまにお利口さんでいらっしゃいますね」

わたしが言うと、若さんの頬が恥ずかしそうに桃色に染まりました。このごろの若さんは、以前よりも子どもっぽさがぬけて、はにかみの心が出ていらしたようなのでした。

事は、成る前までが楽しい。

姫さんのそのお言葉を、あれからわたしはおりにふれて思い返します。夢からさめ、現代の梨子に戻ってからも、わたしは考えつづけています。

事が成る前。それはたとえば、恋が始まる前のことをさすのかもしれません。あるいは、秘密のはかりごとが実現する前のことを。そのような大がかりなことではなく、記念日にナーちゃんととる、いつもよりも趣向をこらした食事を待っている時間なのかもしれませんし、新しく発売された甘いものを買ってきていざ食べはじめよう、というその瞬間のことであるのかもしれません。

今、わたしにとっての「事の成る前」は、いったい何なのでしょうか。

わたしには予感があるのです。その予感は、現代のわたしである梨子自身だけがもっているものではありません。かといって、平安の世で女房となっているわたしだけのものでもありません。二人がまじりあったところの者、梨子と姫さんの女房が渾然一体となった者が感じているものなのです。

予感は、わたしの体をわずかずつ、ひたひたと満たしてゆきます。もうすぐ何かが起こるにちがいない、と。

いいえ、その言いかたは正確ではありませんね。

何かが起こるのではなく、きっとわたし自身が、何かを起こすのです。

そうです。わたしはきっと、事を起こしたいのです。そして、起こした事がすっかり成ってくれることを、望んでいるのです。

姫さんは、わたしのそのような心がわかっていらしたのでしょうか。

けれど、こんなふうに言いながら、それでは自分が何を起こしたいのか、わたしにはまだはっきりとはわかっていません。

　真如さまが奥の間をお訪ねになる日は、刻々と近づいていました。葉月《はづき》――八月――は過ぎゆき、音もなく長月《ながつき》――九月――がやってきました。鳴き騒いでいた蟬《せみ》もなりをひそめ、いつの間にか秋の虫がすだくころとなっているのでした。

　まだ暗闇とはいえない暮れ方のひととき、わたしは廂の片隅でうつらうつらしていました。

平安時代のわたしたちは、日が暮れれば寝つき、日が昇れば起きます。夕飯は午後のなかばすぎくらいにはすませ、日暮れ前には寝入るしたくをするのが常でした。

　朝に夕におこなわれる清掃もすみ、部屋のしつらいは片寄せられ、姫さんの寝所も整えられるころでした。いつもならばまだ姫さんがお床に入っている時刻ではありません。これから少しのちに姫さんがおやすみになられるまでは、わたしはおそばについてお世話をするのがならいです。ところが今日は姫さんのおかげんがすぐれず、昼すぎに加持をおこなう者が呼ばれ、念珠をもって姫さんを清め祓っているのです。

　夏が戻ってきたような、暑い日でした。この十日ほどは、秋の涼やかな風が毎日渡っていましたのに、今日は一変してこもったように湿った風が吹いています。もしかすると嵐がやってくるのかもしれないと、わたしたちは言いあっていました。

　姫さんだけでなく、女房たちも顔色がすぐれません。月の障りのある者も多く、そうでない者も、ささいなことが癇にさわるような心もちでした。

　そういえば、女の多いこの奥では、なぜだか月のものの来る時期がそろうのです。勤めはじめたばかりの者は、それぞれに異なる時期に月の障りを迎えるのですが、何ヶ月かを共に過ごすうちに、次第にその訪れが同期してくるのです。月の障りだけでなく、姫さんのおかげんが悪いような時には、女房たちの体も、なんとなく重苦しくなってきます。

　この屋敷は、姫さんと業平さまをいただく屋敷です。その奥で働く女たちは、めったに外に出ることもなく、ただ姫さんと業平さまだけを見て、感じて、生きています。すると、彼女たちは、心だけではなく、体も、姫さんと業平さまにお仕えする感覚になってきてしまうようなのです。はじめは異なる個々人だったのに、しだいに同じ成分でできているものに成りかわってゆくような感じといえばいいでしょうか。その結果、たとえばソメイヨシノがいっせいに咲き満ちるように、彼岸花がいっせいに咲いては枯れるように、わたしたち女房も、この奥という場所に根づいていっせいに咲いたり散ったりするようになるのです。

今日業平さまは、昼すぎに屋敷に戻っていらっしゃいました。御所にあがっていらしたのではなく、一昨日からご自身の所領のある摂津まで足をのばされ、一泊した後に帰っていらしたのです。

弟ぎみや母ぎみにお会いしてきたと、業平さまは久しぶりに明るいお顔で語られました。けれど、姫さんがふせっていらっしゃることを知ると、心配でならないご様子となり、すぐさま姫さんのお床のすぐ外の廂に腰をおろされます。

「姫や、今は具合はどないです」

業平さまは御簾ごしにお聞きになりました。

「今はしんどないです」

姫さんはお答えになりました。五条の姫さんのもとへと通うようになってからも、業平さまの優しさは、ちっとも減ることがありません。上の空になったり、このお屋敷への訪れが減ったりはしていますが、だからといって冷淡な態度をお示しになることは、まったくなかったのです。

「摂津はどやったんですか」

姫さんはふせったままの、こもったお声でお聞きになりました。

「みな、元気にしてはりましたよ」

「せやったらよかったです」

なんでもないやりとりでしたが、温かさのこもった会話でした。うつらうつらしていたわたしは、お二人のお声を聴いているうちに、すっかり目が覚め、なんとまた親しみあったよいご夫婦なのかと、はんぶん涙ぐむような心地となっていました。

なぜ、こんなに睦まじくていらっしゃるのに、業平さまはよその女ぎみのところにお通いになるのだろう。

怒りのような、痛みのような、強い感情が、わたしを襲います。

「今日はもうずうっと寝とき」

業平さまは、おっしゃいました。

「はい」

姫さんは、お答えになります。

それは、たいそう静かなお声でした。けれど、わたしにはわかってしまったのです。姫さんは、ほんとうは悲しんでいらっしゃると。今日は、業平さまは姫さんのお床へはいらっしゃいません。すなわち業平さまはこれから五条へお出かけになるということが、自明なのです。

なぜ、と、現代のわたしである梨子が、平安の女房であるわたしの中で叫んでいました。なぜ業平さまは、姫さんがふせっていらっしゃるのに、平気でよその女ぎみのところへ行ってしまうの、と。

同時に、それは当然のことよね、と、平安のわたしが、現代のわたしをたしなめます。だって、男ぎみは、女ぎみと契りを結ぶようにできている生きもの。そして女ぎみも、男ぎみとの契りを待ち望んでいる生きもの。もしその循環から抜け出したいなら、出家でもしなさい、と。

業平さまは、涼やかな香を焚きしめたお召しものをさらさらといわせながら、立ち上がりました。そのまま廂をたどり、蔀戸をあけて出てゆこうとなさいます。

ああ、と、思わずわたしは声をもらしてしまいました。

業平さまが、こちらを振り向きます。暮れてゆく淡い闇の中で、いったい誰が声をたてたのかと確かめるように、業平さまはわたしのいる方をうかがっておられます。

ああ。

もう一度、ささやくように、わたしは声をもらしたのでした。

「平安の食べものは、おいしいよね」

高丘さんは言います。

「高丘さんは、なまぐさものは食べていなかったでしょう、平安では」

わたしは聞き返しました。

今日、わたしは高丘さんと二人きりで会っているのです。棟児は、父と母と三人でデパートへ出かけています。

棟児はどんどん大きくなります。おととい届かなかったところに今日は手が届き、前の月に歩けなかった道のりを、今日はかるがると踏破します。いきおい、背もぐんぐんと伸び、すぐに服は小さくなってしまいます。

「昔は、子どもはおさがりを着て育ったものだったなあ」

高丘さんは言い、何かを思いだすような表情になりました。

「高丘さんも、おさがりで育ったの？」

「父がまだお金を持っていたころは、いつも新品の服を着ていたけれど、貧乏になってからは、学校の制服もふだんの服も、何もかもが誰かのおさがりだったよ」

「靴も？」

「靴は、さすがに買っていたかな」

ズックの靴を、つま先の部分がぱくりと口をあけてしまうまで使ったのだと、なつかしそうに高丘さんは言いました。

「それにくらべると、今はお金持ちだなあ、ぼくは」

「お金持ちなの？」

「うん、今日食べるものには困らないくらいの、じゅうぶんなお金持ちだよ」

平安時代の僧、真如は、お金や財産を、いっさい持っていません。お山にこもって荒行をおこなっている時以外は、いつも朝早くから托鉢に出て、お布施を受け取るのです。薄い粥《かゆ》と、少しの香の物。それが、ふだんの真如の食事だったはずです。

「僧の厳しい食事が、そんなにおいしかったの？」

わたしは聞いてみました。

「うん、それも空きっ腹にしみわたったけれど、まだ平城《へいぜい》天皇が位についていたころの豊かな食事を、時々ぼくは思いだしてしまうんだよ」

そうなのでした。真如は、もともと平城天皇の皇子だったのです。天皇家の食卓とは、いったいどのようなものなのでしょう。

「ぼくは、あわびが好きだったなあ」

「あら、業平も、あわびが大好きよ。血筋かしらね」

たしかに叔父甥という関係の二人の間には、共通のＤＮＡがあったはずです。

「蘇《そ》もうまかったな」

「蘇は、わたしはまだ食べたことはないのよ」

牛の乳をしぼったものを、何時間もかけて煮詰めていった、今のチーズに似た食べものが、平安の世にはありました。けれどそのような貴重なものを口にできるのは、ごく限られた人びとだけでした。

「業平の所領のある摂津地方は、牛飼いが多いところだから、業平も小さいころは蘇を食べたんじゃないかな」

「ええ、業平が摂津に行ってきた時には、おみやげにと、たまに姫さんに蘇を持ち帰るわよ」

そうです。この前姫さんがふせっていた日も、業平は蘇を姫さんにとたずさえてきたのです。けれど体調がすぐれない姫さんは、せっかくの蘇を口にすることができませんでした。

あの蘇は、たぶん業平が五条へとそのまま持っていったにちがいありません。

口惜しい。

わたしは思います。

「怖い顔してるよ」

高丘さんが言いました。

出します。

「うつっているでしょう、怖い顔が」

「そんなに澄んだ川じゃないから、わからない」

わたしが笑うと、高丘さんも笑いました。

「あなたの怖い顔は、なんだか少し、いろっぽいな」

「何言ってるの」

わたしはどぎまぎしてしまいます。そして、高丘さんが慕わしい、と、瞬間感じてしまいます。けれど同時に、わたしの心の中には、蘇を五条へと持っていった業平への妬心がどんどんきざしてきて、高丘さんへの淡い思いを、覆い隠してしまうのでした。

妬心、と、今わたしは言ったでしょうか。

いったいこれは、どうしたことでしょう。姫さんが五条の姫さんへの妬心を感じていらっしゃるというなら、それはごく自然の道理なのですが、なぜわたしまでが、嫉妬などという強い感情を持たなければならないのでしょう。

「おやおや、怖い顔が戻らないねえ」

のんびりと、高丘さんが言います。その声に、わたしは瞬間我にかえりますが、次の瞬間には、ふたたび妬心にからめとられてしまうのです。川のせせらぎの音ばかりが響いています。遠くで鳥が鳴いています。風はぱたりと止んでしまい、空気が重くのしかかってきます。

「人間は、なぜ自分ではない、他者みたいなものに、執着してしまうんだろうねえ」

高丘さんが、ふと、というふうに言いました。

「執着？」

ささやくように、わたしは聞き返します。今の自分の、粘るような感情がふきだしてしまわないように。

「うん。執着は、人間を強くする。そして同時に、執着は人間をとてつもなく弱くする」

まるでわたしの心の中をあらわに覗いたかのように、高丘さんは答えるのでした。

秋はさらに深まってゆき、姫さんのお屋敷では真如さまをお迎えする準備が少しずつ、けれど着実に、ととのいつつありました。このたびは、奥での饗応となるため、真如さまをお招きしたのは業平さまご自身だったにもかかわらず、その準備は、姫さんがたのお血筋のかたがたが中心となっていました。

姫さんの父ぎみである紀有常さまは、業平さまとはかねてよりはらからのように親しくしていらっしゃいます。そして不思議なことに、業平さまの方が年下であるにもかかわらず、そのかかわりは、年上である姫さんの父ぎみが弟、父ぎみよりも十歳下である業平さまが兄であるかのようなご関係なのです。

お二人の結びつきは、姫さんの父ぎみである有常さまが姫さんの母ぎみとまだ結婚していなかったころからのものだといいます。有常さまは、業平さまとは正反対の気質で、一人で家にこもって書を読むのがお好きなうえに、御所勤めが終わったあとに女ぎみを求めるということも、ほとんどなかったそうです。

有常さまよりもずっと年下、まだ十を少し過ぎたばかりのころの業平さまが、すでに女ぎみたちを垣間見して懸想《けそう》すべき美しい姫をとみこうみしていらしたころも、有常さまはただただ勉学にはげんでいらっしゃいました。深い教養をせっかくそのようにしてたくわえていたにもかかわらず、もともとのお家柄がさほど高くないことに加え、元来の引っこみ思案のせいで、有常さまの出世はおぼつかなかったといいます。

それでも、年のへだたった有常さまと業平さまは不思議に性があったようで、女ぎみたちのところへと通う合間にも、業平さまはしきりに有常さまをお訪ねになり、話しこんでいらしたのです。また、有常さまが遠く下野《しもつけ》や信濃の地に任官なさっていた時には、業平さまがはるばる訪ねていらしたこともあったといいます。

姫さんが業平さまと結婚なさったのも、父ぎみ有常さまと業平さまとの友情に依るものだということは、都のおおかたの者が知っていました。そして、有常さまのたくわえが乏しくて逼迫なさるような時には、業平さまがこっそりとお助けしている、ということも。

　そのようなわけで、姫さんの父ぎみである有常さまにはそもそもたくわえが少なく、おまけに姫さんの母ぎみとて、すでに血縁の多くはみまかっていて、かれらを頼りにすることはできなかったので、真如さまをお迎えするためのごちそうやしつらいのための準備は、なかなかに困難だったのです。

　それでも、姫さんは八方に手をつくされて、真如さまのお好きそうなものを取り寄せられるよう心をくだかれました。

「蟹や雉《きじ》を真如さまが食べはらへんし、助かりますね」

　姫さんはおっしゃいました。湖に棲む蟹や、猟の獲物である雉は、この時代のたいそうなごちそうなのです。けれど、蟹をすなどるには水辺の領民が、雉を狩るには山の人足たちが必要で、有常さまにはそのような領地も家臣もありませんでした。

　かわりに、姫さんは松の実や干したざくろ、なつめなどのよい品を有常さまのかつての任官の地から取り寄せ、また、都で名高い職人に唐菓子を特別にあつらえさせることに決めたのです。

　唐菓子は、平安の貴族たちがことに好んだ甘味でした。中国伝来の菓子で、粗く碾《ひ》いた小麦に塩や胡麻、そして少しの砂糖を練りいれて形をととのえ、胡麻油で素揚げにしたものです。唐菓子職人の腕のみせどころは、練りこむものの配分と、練りあげるその形です。ただまるめるだけではなく、縄をかたどったり、勾玉《まがたま》をつくったりと意匠をこらし、果ては鶴や亀の形などの手のこんだ細工もののような菓子までを、かれらはつくりあげるのです。

どの職人を雇うかを決めるために、姫さんは幾人かの菓子職人を訪ねさせ、その手による菓子をお買いもとめになりました。

女房たちの楽しみは、そのようにしてお屋敷に届けられた菓子を試しに食べてみることでした。

螺鈿《らでん》の手箱のふたをそっとひらくと、中には何枚かの土器《かわらけ》が並び、その上に唐菓子が並べられています。

「これはえらいおいしいな」

「こっちは、少しお腹にもたれそうやわ」

「いや、固すぎるでこれ」

「これがいちばん気に入ったわ」

女房たちは口々に評しながら、唐菓子を大いに楽しみました。姫さんご自身は唐菓子を口にはなさいませんでしたが、若さんはさかんにもぐもぐしていらっしゃいます。

「えらいきれいなもんやなあ」

梅の花をかたどった唐菓子を指でつまみ、若さんは空へ透かすように眺めあげます。

「食べてしまうんがもったいないわ」

そうおっしゃりながらも、容赦なくお口に運ぶので、女房たちは笑いさざめきます。

「まあ、もったいないておっしゃりながら、ひとくちで」

「せやかて、惜しいけれどおいしいもん」

若さんは言い返されます。また女房たちが笑います。

「これは、何の騒ぎや」

という声がして、わたしたちは一瞬しんとしてしまいました。

業平さまが、御所へのお勤めを終えられ、帰っていらしたのです。まだ昼を少し過ぎたころあいだと思っていたら、いつの間にか日は傾き、ものの影がだいぶん長くなっているではありませんか。

「いつからここの屋敷はこんなはしたない女性《にょしょう》のいる場所になったんやろな」

業平さまは、開け放した蔀戸を勢いよくくぐりながら、女たちが座っている廂へと入っていらっしゃいました。まるで、ゆかしさを欠いたわたしたちの様子にあわせるかのごとき無遠慮さで。

姫さんは、うつむいていらっしゃいます。そして、若さんを袖にかきいだき、業平さまから隠されます。こんな騒ぎの中に、大切な業平さまのお世継ぎを置いていることを見られまいとするように。

いっぽうのわたしたち女房は、業平さまのへだてのないさまに、かえって興奮してしまいます。正式なお客様はいらっしゃらず、女たちだけで過ごす時には、女房たちは表着や打衣《うちぎぬ》はあえて身につけないで、ただ何枚かの袿《うちき》を重ね、袴《はかま》をはくだけの姿でいるのですが、今まさにわたしたちはそのような略装をしていました。業平さまがお帰りになるまでには、せめて平絹の打衣くらいは身につけているわたしたちなのですが、それもつける暇がなく、現代でいうならば、薄ものだけの姿で上《うえ》つ方《かた》の前にまかり出てしまったような心地なのです。

けれど、女房たちはしたたかです。中には、業平さまにわざと見せつけるように、広がった袿の下で立てた袴の中の膝を、崩したりまた立てなおしたりして、挑発まがいの姿勢をとる者もいるではありませんか。

平安時代は、女も男も今の正座とは違う座りかたをしていました。女はたいがい片立て膝、男は片立て膝かあぐらです。袴をはき、広がった表着を身につけているので、外からは正座をしているようにもみえますが、実際のところ女房たちは片立て膝で座っているのです。したばきをつけていない女たちの、そのような姿をもし透視することができたなら、それはずいぶんとあけすけな劣情をそそる姿であることでしょう。けれどむろん透視術をそなえている者などはこの世にはおらず、それならば女たちのその座りかたは、体にとっては合理的なものなのでした。足がしびれることはありませんでしたし、さりげなく、立てる膝を左から右へ、右から左へとかえることもでき、これはなかなかに安らかな座りかたなのです。

ちなみに、安らかといえば、姫さんがたが身につけられる衣装は、全部をあわせるとたいへんな重さになり、こちらはとてもではないけれど安らかからはほど遠いものでした。肌着にあたる小袖に張袴《はりばかま》をつけた上に単《ひとえ》を着て、その上に五枚の袿を重ね、さらに打衣、表着、唐衣《からぎぬ》までを着て、最後に裳までつけるとなると、おそらく二、三十キロもの重さになるはずでした。現代の女性たちのようにジムで体をきたえる機会や野山に出て運動する機会もない平安の女ぎみたちのなよやかで脆弱な体は、その重さにうちひしがれ、昼間から横たわって安楽そうな姿勢で過ごすことも多かったのです。

けれど平安びとにとってこれを安楽と言うべきか、それともある種の苦行と言うべきかは、判断がつきません。なにゆえ、さほどまでに重い衣装をつけて過ごさねばならないのかと、現代のわたしの心はいらいらしてしまうのですが、平安のわたしの方は、ごく当然の尊いことと思っているのですから。

江戸時代の遊郭でも、おいらん道中で練り歩く時の衣装はかなり重いものでしたが、あれは狭い吉原の中をほんのわずかな距離歩く間だけのもの、郭に戻ってお客を迎える段となれば、反対にその衣装を脱ぐことが仕事でした。そして、床に入ってのちは、平安の女ぎみたちとは違い、おいらんたちはある程度の運動を余儀なくされていました。つらいことも多い江戸のおいらん仕事でしたが、平安の姫さんたちの日常を、「おいらん仕事」と同様の「姫さん仕事」なのだととらえてみれば、これもなかなかにつらい仕事なのではないでしょうか。肉体的には、重い衣装。そして、精神的には、男ぎみのあまたの浮気を許容しなければならないという境遇。

姫さんたちにくらべ、女房たちは、もっと自由です。ほら、今しも、膝を崩したり立てなおしたりしてみせている女房に刺激され、違う女房が業平さまに向かって上目づかいをしてみせています。さすがに姫さんがいらっしゃる手前、それ以上の狼藉はありませんでしたが、まあ女房たちの淫靡《いんび》なこの興奮は、いったいなにごとなのでしょう。

業平さまは、隠れた挑発をした女房たちを、ちらりと見やりました。けれど、それ以上彼女たちをかまうことはなく、静かなお声で姫さんにこうおっしゃいました。

「ただいま帰りましたわ。今日から三日、泊まる予定や。どうか夕餉のしたくを」

姫さんは、うなずかれました。そして、女房たちも夢から覚めたように、おのおのの仕事へと戻ってゆきます。ただ一人、若さんだけが、お口の端に唐菓子の胡麻ひとつぶをつけたまま、にこやかな表情で今までの余韻を楽しんでいらっしゃるのでした。

若さんと棟児とを、ときおりわたしはくらべてみることがあるのです。もしも棟児が平安の世に生まれていたなら、どんなふうだったろうか、と。

なぜそのような比較をしてしまうかといえば、それは業平という男について考えることがこのところ多くなっているから、かもしれません。

業平は、ナーちゃんと似ている、と、いつかわたしは言ったことがありました。

それは一方では正しく、また一方では不正確な言葉だったといえるでしょう。なぜなら、業平は、ナーちゃんよりもずっと男じみた男なのですから。

けれど、たとえば高丘さんと業平をくらべてみても、あるいはわたしの父と業平をくらべてみても、ナーちゃんと業平の共通点よりもずっと少ない共通点しかみつけることができません。

業平は、今の世には生きられない男です。なぜなら、業平という男をつくったのは、平安貴族の社会という特殊な環境なのですから。

女たちとのびのびとたわむれ、常に友がきと優雅にまじわる。そんな生きようを、現代の男が何の非難もされずにおこなうことは、とても難しいことです。

それでも、ナーちゃんと業平とは、遠く呼び合うような共通点を持っているのです。何よりも二人のつながりが感じられるのは、二人ともが女たちにたいへんに好かれる、というところでしょう。

実際ナーちゃんは、業平と同様、女とのかかわりがとぎれることがありませんでした。

九州の女のひと。通子先生。副社長の許嫁。わたしが知っているだけでも、たちどころに三本の指を折ることが、こうしてできるくらいに。

わたしはナーちゃんの携帯電話や手帳をさぐったことが一度もありません。そのようなことをするのが品の悪いことだと思っているからではなく、たぶん夫であるナーちゃんに対する無邪気な感情が、すっかりすりへってしまっているからなのだと思います。はじめてナーちゃんに会ったころの、自分の邪気のなさを思い返すと、くらくらします。なんとわたしはあけっぴろげにナーちゃんを好き、愛し、身をあずけ、気持ちをそそいだことでしょう。

わたしはナーちゃんを信じていました。けれどそれは、ナーちゃんがほかの女のひとを好きにならないと信じていた、ということではありません。そうではなく、ナーちゃんを愛するということが自分にとってこよなく素晴らしいことなのだと、信じきっていたのです。

人が人を好くとは、考えてみれば、あやういことです。いったい人は自分以外の人のことを、どのくらいわかっているのでしょう。いいえ、自分のことすら、はたしてわかっているのでしょうか。

昔、わたしがナーちゃんを最初に愛した時、わたしは確固とした愛の感情を持っているのだと、自負していました。そして、ナーちゃんを愛することは、自分の完全なる自由意志なのだとも。

けれど、人を愛するということは、さほどにまっすぐで明瞭なおこないなのでしょうか。

結婚が決まり、ナーちゃんの身辺にただよう女たちの気配に気がつき、それでもナーちゃんを愛することをやめようとはつゆほども思うことのなかった、かつてのわたし。

通子先生の、ナーちゃんへの清らかともいえる愛を目の当たりにして、ナーちゃんを愛している自分への自負が、ほんの少しゆらいだ時のわたし。

ナーちゃんの会社の副社長の許嫁とナーちゃんの関係を知って、深い霧の中に閉じこめられてしまったように感じていたころのわたし。

江戸時代へと心がさまよい出て、ナーちゃんではない男との恋を知ったわたし。

平安の世で、業平という特異な男への愛憎なかばする気持ちをいだいているわたし。

そして、高丘さんへの淡いけれどしぶとい思慕をはっきりと意識しているわたし。

いったいわたしという女の、人を恋う心は奈辺《なへん》にあるのだろうかと、今のわたしは思い迷うばかりです。

自分のことすらこれほどにわからないのですから、その愛の対象であるべきナーちゃんのことがさらにわからなくなるのは、当然のことだと言わざるをえません。

自分とナーちゃんの関係は、互いの思いこみと幻想の上にうちたてられた、脆《もろ》いものなのです。そのことに気がついてしまうと、棟児という我ら二人の子どもについてさまざまに思い悩んでしまうことも、むべなるかな、なのではないでしょうか。

平安貴族の世では、子どもは屋敷のみなで育てるものです。けれど、現代のわたしたちの世界では、子どもはこの「愛」というひどく不明瞭な感情によって結ばれた人間たちが、かれらだけの個人的な責任において育てるものなのです。脆いものの上に乗った、さらに心もとないおこない。それが、現代という時代に子どもを育てるという営為なのではないでしょうか。

「棟児、あなたはこうしてわたしのところに生まれてきてくれたけれど、わたしはこんなにおぼつかない存在なの。どうしたらいい？」

嬉しげに積木を持って走りまわっている棟児に、わたしは思わず聞いてしまいます。

「マーマ」

棟児は答えました。世にも無邪気な笑みをうかべ、わたしを信じきっているという表情で。

ぬばたまの闇はたいそう深く、男たちの、また女たちの愛欲の情は、闇の中で静かに降りつんでゆきます。

お屋敷の夜は、ひそやかに蠢《うごめ》いていました。邸内の舎人《とねり》と情を通じている女房は、日のあるうちのおつとめが終われば、昼のうちに結び文で約束しておいた場所で、思いびとであるその舎人を待ちます。下働きの男と通じている女房は、もっと野放図に、男が寝入る場所へと忍び、男への合図をおこなってその寝所から誘いだします。互いを誘いだす方法は、いくらもありました。夜の鳥の鳴き声を真似た合図もあれば、ひそやかな香によって相手を呼ぶ合図もあれば、夏の夜に屋内に蛍を放って意中の者を誘う合図もあります。

女も男も、それぞれの欲望に忠実でした。上つ方たちがみやびな歌を贈りあうのと同様、わたしたち下れる者たちにも、それぞれに工夫した愛の気持ちのやりとりの方法があったのです。

決まった相手のいない者も、おりがあれば情を通じることを決してためらいません。お屋敷を訪れた殿ぎみに見そめられ、文を受けとるようなことがあったなら、歌をつくれる女房はすぐさま歌を贈りかえし、歌をつくるだけの素養に欠けている女房ならば、﨟長けた先輩の女房に手伝ってもらって返事を出すのです。

殿ぎみは、闇にまぎれて忍んでいらっしゃいます。女房たちは、互いにいそいそと逢いびきの手引きをしあいます。殿ぎみの中には、おめあての女房と会うための手引きをした女房にも目をとめ、情をかわす方もいらっしゃいます。

そんな時、女房たちはほとんど嫉妬しあうことはありません。なぜなら、自分たちよりもずっと上の身分でいらっしゃる殿ぎみの目にとまったというそのことだけで、すでにじゅうぶん満足しているからです。

もちろん、もしも殿ぎみのことが気に入らなかった時には、身分が下ではあっても、女房たちは殿ぎみを拒むことができます。あからさまにつれなくすることはありませんが、わざと手引きの道をつくらないでおいたり、いただいた文に無粋な返事を書いたり、からっぽの寝具で出迎えて自分はよそに隠れていたり、そんなやりかたで殿ぎみにそれとなく拒否の意思を知らせるのです。

殿ぎみも鷹揚ですから、下々のわたしたちがたとえ拒んだとしても、それすら遊びのひとつだと楽しまれるのです。

そもそもこの時代では、結婚という制度もたいそうゆるやかなものでした。「妻」というものになったとしても、男が三年以上その女のもとに姿をみせなければ、それはすなわち離婚したことと同じになるのです。

平安のわたしは、すでに二人の殿ぎみと情をかわしていました。

はじめての相手は、お屋敷に長く勤めていた年かさの舎人でした。情をかわしたのは、姫さんが業平さまの妻となられた少しのちのことでした。年はいっていましたが、屋敷の者みなに好かれている優しい男でした。添っていた妻が数年前に亡くなり、しばらく一人の閨《ねや》を守っていたのですが、娘ほど年下のわたしが、子どもじみた様子からめきめきと娘らしさを増してゆくのに惹かれ、ある日無骨な歌を贈ってよこしたのです。

学ぶことに熱心な姫さんとの毎日で、わたしは普通の女房よりも教養が深くなっていましたから、その舎人の歌は洗練を欠いて感じられました。けれどそれだけに、彼の真情が素朴に感じられて、わたしはためらわず彼に身をまかせたのでした。

舎人とは一年ほど続きました。わたしと情を通じはじめた当座は、妻を亡くして小さくしぼんだようになっていたのが、急に血色もよくなり、体もひとまわり立派になって若さが戻るかのようにみえた舎人でした。けれど半年もすると、彼はふたたび疲れた様子となっていったのです。

お屋敷の者たちは、舎人がわたしに精気を吸いとられているのだと噂しました。もちろんわたしに直接そのようなことを耳うちする者はいません。けれど、なんとなくわたしにはわかってしまっていたのです。そもそも自分でも、舎人に無理を強いていることを承知していましたし。

舎人は、わたしに執着するあまり、毎夜わたしをむさぼりに来るのでした。食糧事情も衛生環境もよくない時代です。若い女にいれあげた年配の男が、そのような過激な行為によって寿命をすりへらすのは、しかたのないことだったでしょう。

結局舎人は、わたしと情をかわしはじめてから一年後に、お屋敷を離れて故郷の上総《かずさ》へと下ることとなります。わたしとつきあったせいですっかり老いさらばえてしまった舎人を、わたしはお屋敷の門の前に立ち、一人で見送りました。

舎人は疲れたような笑顔で、けれど満足そうに、別れの言葉をささやきました。彼は、決して不幸ではなかったのです。なぜなら、わたしたちは互いに忠実な恋人どうしだったのですから。

二人めの男は、乞巧奠の宴にも招かれていた、六位蔵人をつとめている殿ぎみです。みやこのはずれに住んでいたその殿ぎみは、最初に情を通じた舎人とは正反対の気質でした。気まぐれで、意地悪で、でもたいそう艶《なま》めかしかったのです。

六位蔵人の殿ぎみがお屋敷を訪ねてくる時、女房たちの間にはいつもざわめきが走りました。いいえ、ざわめき、という表現はあたっていませんね。なぜなら、お屋敷を訪ねてきた殿ぎみの前で、ひそひそばなしや目配せなどといった明白な動きをするようなはしたないおこないは、少なくとも表だっては、避けられるべきだからです。

けれど、うるわしい殿ぎみが近くにいる時の心の華やぎというものは、何の動きや音がなくとも、伝わってしまうものです。女房たちは、あこがれの目で六位蔵人の殿ぎみを見あげていました。もしやこの中の誰ぞに文が贈られはしないかと、待ち望んでいました。

それなのに、六位蔵人の殿ぎみは、女房たちには目もくれませんでした。

彼がひそかに懸想していたのは、姫さんだったのです。

わたしには、そのことがはっきりとわかっていました。平安のただの女房だったとしたら、彼の心を見抜けたかどうかはわかりません。でも、現代のわたし、梨子の目を重ねて世界を見ることを幾たびもおこなってきた目でじっくりと観察してみれば、彼の姫さんへの懸想の心は、簡単にみやぶることができました。

　ああ、なんと平安の世のひとたちの欲望の、開放的なことか。

　現代日本のわたしたちの、互いへの奇妙なほどの深い配慮など、かれらにはつゆほどもありません。業平さまがいらっしゃるので、さすがに直截に姫さんに文を出したりお声をかけたりすることはありませんでしたが、六位蔵人の殿ぎみの視線は、いつも姫さんのいらっしゃるあたりをそわそわと探ろうとしていました。

　六位蔵人の殿ぎみは、業平さまと同じように艶めかしくはありましたが、業平さまと違ってすべての人に好かれる質ではありませんでした。かんたんに言ってしまえば、女ばかりに好かれる男だったのです。

　彼は、わたしの清廉な姫さんにまっすぐに当たるという方法は、あきらめたようでした。そのかわりに、搦《から》め手でまずは姫さんに近い女房であるわたしと情をかわし、その伝手《つて》で姫さんにどうにか渡りをつけようと計画したのです。

　結論から言うならば、わたしは、六位蔵人の殿ぎみと情をかわしました。

伝手などつくらせてたまるものですか。姫さんを守れるのは、わたしだけ。

そんな、姫さんの前に立ちはだかるような心もちでもって、わたしは六位蔵人に身をまかせたのです。

けれど六位蔵人は、わたしが思っているよりも、ずっと狡猾な男でした。

彼は、わたしが姫さんを守ろうとしていることに、気がついていたのです。その上でわたしを誘惑したのですから、わたしたちは互いに互いの腹のうちをさぐりあうようにして情をかわしつづけていたことになります。

「今日の香はええなあ」

六位蔵人は言うのです。あるいは、

「今日の髪はえらくなめらかやんか」

「文の字が上手やな」

「毎日でも吾子《あこ》のところへ通いたいわ」

などとも。

彼はたいそう口が達者なのです。自分よりもずっと目下の者であるわたしにまで、このようなほめ言葉を惜しみません。まるでどこぞのお屋敷の姫さんに対するように。

たしかに彼は姫さんをねらっていたのですが、わたしが予想したようには行動しませんでした。わたしと関係をもったなら、そののちすぐさま姫さんに向けて六位蔵人が動くと、わたしは思っていたのです。ところが、そのような気配はまったくありませんでした。彼はただわたしにほめ言葉を惜しまず、優しくし、通いつづけるばかりだったのです。

数ヶ月、六位蔵人は静かにわたしのもとへと通いました。もちろん毎夜というわけにはいきません。女との縁の多い殿ぎみなのですから、ほかにも通う先はいくらもありますし、だいいち殿ぎみたちは一般に、そうそう女の相手ばかりをしているわけではないのです。御所での仕事にさしつかえるような深い遊びにふけるわけにはいきませんし、見まわるべき所領もありますし、縁者の屋敷もおりおりに訪ねなければなりません。その日の方角が悪ければ、訪ねるはずだった予定を変えざるを得ませんし、都ぜんたいが物忌みの時期に入っていれば、自身の屋敷でじっと身を慎むことも必要となってくるのです。

平安の闇は深いと、わたしはたびたび言ってきました。闇の暗さが深いだけではなく、闇の色が豊かでもあるのです。

漆黒のその闇の中には、現代にはない何ものかの息吹が満ちていました。それはもしかすると、もののけの息吹なのかもしれませんし、幾多の戦いで死んでいった怨霊たちの息吹なのかもしれませんし、あるいは最上級の地位をもつ貴族たちだったとしても現代の豊かさには比ぶべくもないくらい貧しく生きなければならない中での目に見えない疲れの凝《こご》った、生き霊たちの息吹なのかもしれません。

それらの息吹に身を削られぬよう、女も男も闇の中で寄り添い、求めあい、共寝をするのかもしれないと、わたしはずっと感じていました。

決して六位蔵人のことを心から好ましいとは思っていなかったにもかかわらず、彼が通ってくるあいだに、わたしの体が彼を求めるようになっていったのは、そのためもあったのではないでしょうか。

六位蔵人は、姫さんについてわたしに訊ねることさえ、しませんでした。その視線は、その関心は、あきらかに姫さんの上にあるのに、言葉やおこないでは、姫さんにわずかでも近づこうというさまは見せないのです。

わたしは、次第に油断してゆきました。

この男は、ほんとうにわたしのことが好きなだけなのかもしれない、と。

なんとわたしは浅はかだったことでしょう。六位蔵人がわたしのところに通うようになってから、あれは一年近くたったころだったでしょうか。ついに彼は、姫さんへとその触手をのばしはじめたのですから。

姫さんが漢籍を読むことがお好きだったことは、すでに言っていたでしょうか。六位蔵人は、つい先年唐の国から取り寄せたという書を幾巻か、螺鈿をほどこした瀟洒《しょうしゃ》な経箱に入れ、お屋敷に持ちこんだのです。

「これを、預かっといてくれへんか」

彼は言いました。業平さまにお見せするのかと、わたしは思いました。あるいは、姫さんに漢籍の手ほどきをなさった姫さんの父ぎみ有常さまに。

「こんな大切なもんを預かっても、ええんですか」

わたしは訊ねました。

「この書が貴重なものやとわかる吾子は、いみじき女性やね」

六位蔵人は言いました。その瞬間、わたしは少なからず誇らしく感じてしまったのです。たしかに、女房でこの書の大切さを知る者は、稀でしょう。

「そんな吾子やからこそ、預かってほしいんや」

男はそう続けました。男が帰っていったその夜が明けた翌日、漢籍好きの姫さんに、預かった書をついお見せしてしまったのは、わたしの虚栄心のなせるわざだったことは、今になってみればあきらかです。けれどわたしは、自分の手元にあるもので姫さんを喜ばせる、という誘惑に、どうしても打ち勝つことができなかったのです。なんと考えなしだったわたしでしょう。

姫さんは、すぐさま大いなる関心をいだかれました。

「手に取ってみてもええんやろか」

そうおっしゃりながら、すでに姫さんは巻《かん》子《す》本《ぼん》のかたちになっている書をそのお手にとり、ていねいに広げてゆかれます。

「ほんまに美しい色の墨やわ」

使われている墨の質を、まず姫さんはごらんになりました。それから、広げた部分に書いてある文字を、じっくりと眺められます。

「なんとみごとな手になる文字やろか」

雄渾《ゆうこん》な漢字に、姫さんはじっと見入られました。それから、時おりほうとため息をつかれながら、夕餉のころとなるまで、姫さんは巻物に読みふけられたのです。

翌日も、その翌日も、姫さんは朝から螺鈿の経箱をおそばに置き、几帳をめぐらせてお一人になり、朝から夕まで巻物を眺めていらっしゃいました。時おりは文机に向かい、現代のわたしたちがノートをとるようなさまで、さらさらと何かを紙に書きつけてもいらっしゃいました。

六位蔵人は、巻物を持ちこんでからは、足が遠のいていました。といっても、それまでも月に一回か二回の訪れしかなかったのですから、半月ほど訪れがなかったとしても、わたしは気にとめていませんでした。それよりも、姫さんが巻物を読むことに身をお入れになるあまり、お食事もろくに召し上がらず、しだいにお痩せになって面変わりさえなさっていることの方に、気をとられていたのです。

「そないに根をつめられるもんやありませんよ」

見かねた姫さんの乳母が、いさめたりもしました。けれど、姫さんは何かに憑かれたように、終日巻物に見入っていらっしゃるのです。

それほどまでに姫さんのお気持ちをとらえている漢籍を、わたしは憎く思うようにさえなっていました。

自分の愛人としての六位蔵人の訪れはさほど待ちかねていませんでしたが、姫さんがおやつれになるにつれ、姫さんのお心を奪った漢籍の持ち主としての六位蔵人の訪れを、わたしは待ちかねるようになりました。

早《はよ》う巻物を持って帰ってください。

そう、わたしは六位蔵人に頼むつもりでした。

螺鈿の経箱を六位蔵人が持ちこんでから、たしか一月《ひとつき》半ほどたったころだったでしょうか。ようやく彼は屋敷に忍んできました。

とうに日は暮れており、今宵も男の訪れはないだろうとわたしが思い定めた時に、男は音もなくわたしの床にすべりこんできたのです。

訪れを告げる文もなく六位蔵人が忍んできたのは、久しぶりのことでした。逢いはじめのころには、ふいをつくように彼がわたしの休んでいるところにやってくることはあったのですが。けれど、そのような突然の訪れを、わたしは常に強く拒みました。なぜなら、わたしは姫さんのごくおそばに床をとるならいとなっていたからです。

六位蔵人が訪れる夜には、わたしは姫さんのおそばを離れ、姫さんのいらっしゃる寝殿の対屋《たいのや》である西の対で、六位蔵人を迎えるようにしていました。姫さんのお休みになっているそのすぐそばで男と情をかわすなどという不埒なことを、わたしはしたくありませんでしたし、六位蔵人が姫さんに懸想していることに気がついているのですから、なおさらのことでした。

ところが、六位蔵人を手引きする女房が屋敷の中に幾人かいるせいで、彼は時おり姫さんのすぐそばにいるわたしのところまで忍んでくることができたのです。もしかすると、その女房たちとも、彼は情をかわしていたのかもしれません。もちろんそんなことは、どちらでもいいことなのですが。

その夜は、ことに突然の訪れでした。わたしはすでに深く寝入っており、姫さんも奥の御帳台《みちょうだい》でぐっすりとお休みになっていらっしゃるはずでした。業平さまはその日も五条の姫さんのところへいらしており、屋敷の奥は森閑としていました。

胸もとをさぐる何かを感じ、わたしは眠りから呼びさまされました。けれどまだはっきりと目覚めることはできず、ただその何かが、胸もとから脇、脇からまるみを描く腹へとゆっくり動きつづけるのをぼんやりと感じるばかりでした。

廂の端に灯された小さなあかりを頼りに、わたしはようやく目をひらき、わたしの上にのしかかる影を見ることができました。

六位蔵人でした。

「ここではあきませんよ」

声をひそめ、わたしは言いました。

さらにあらがいの言葉を続けようとしたわたしの口を、六位蔵人は自分のくちびるでふさぎました。

「やめてください」という言葉が、喉の奥に押し戻されてしまいます。

六位蔵人のてのひらが、指が、わたしの肌の上をわたってゆきます。ふれられたところが、最初はぽう、とあかりが灯ったように温まり、そのうちに熱をもち、しまいには溶けだしてゆくような心地となってゆきます。身をよけようと思っても、自分の体がままなりません。

そのままわたしは男に組み敷かれ、されるがままになってしまいました。せめて男と情をかわしている気配を察されまいと、声をたてないよう口を固く閉じ、かたくなに身を縮めていました。けれどその努力もつかのま、やがてわたしは男の思うがままに身をひらき、たゆたい、波になぶられる木の葉のように落花狼藉のさまとなってゆくのでした。

暗闇の中で、だれかの息の音が聞こえます。すべてが終わったあと、男の腕にいだかれ、わたしはその音を聞いています。

あれはきっと、姫さんのおたてになっている息。そして、姫さんのお目は、闇の中でぱっちりと見ひらかれているはず。お耳はそばだてられているはず。お体はそこにいない業平さまを求めてうるおっていらっしゃるはず。

わたしの上でさきほどまで熱くたぎっていた男は、満足そうなため息をつき、寝息をたてはじめました。その横でわたしは、そして奥の御帳台の上で姫さんは、まんじりともせずに夜明けを迎えようとしているのでした。

六位蔵人が姫さんのご寝所に忍びいるようになるのに、それからさほどの時間はかかりませんでした。

もしも彼が螺鈿の経箱を持ちこまなければ、それほどまでにたやすく姫さんを手にいれることはなかったでしょう。

六位蔵人は常に、姫さんのおそばにひかえているわたしの床を訪ねるという体裁をとりました。手引きをする女房たちも、彼が訪ねるのはわたしだと信じていたはずです。

けれど実際のところ、いちど姫さんと情をかわしてしまってからは、六位蔵人がわたしの床へ入ってくることはなくなっていたのです。

六位蔵人は、愛人としてはたいそうゆきとどいた男です。姫さんをいつくしむさまを、何枚かの几帳ごしにひそかに感じる時、妙な言いかたですが、わたしは安心していました。かつて六位蔵人がわたしの体を乱暴に扱ったことは一度たりともありませんでした。むしろ、散りやすい花の花弁が一枚でも散ることのないような、過ぎるほどに優しく細心なさまでもって、女の体に対する男なのです。

もちろん姫さんのお心は、六位蔵人の上にはありませんでした。あくまで姫さんは業平さまのことを心の底から慕っていらっしゃるのですから。

けれど、姫さんのお体の無聊《ぶりょう》は、六位蔵人によって着実になぐさめられていました。

六位蔵人は、姫さんに対しては遠慮深い愛人でした。もちろん身分ある女ぎみであるという理由もありましたが、それ以上に、姫さんがおもちになっている教養を、六位蔵人は尊んでいたのです。

螺鈿の経箱に入れた幾巻もの漢籍を六位蔵人が持ちこんできたのは、伊達《だて》や酔狂ではありませんでした。彼は本心から、その漢籍について姫さんとさまざまに語りあいたく思っていたのです。

この時代、殿ぎみどうしで唐の国について話す機会は、むろんしばしばありましたが、その時には少しばかり微妙な配慮を必要としました。

まず、おのおのの殿ぎみのもつ教養の深さが、まちまちでした。ですから、ごく単純な意味で、唐の書物について深く話せる相手は、限られていたのです。

次に、さかんに遣唐使を派遣し、唐の文化をみならい、日本という国を認めてもらおうとしてきたそれまでだったのが、唐という国自体が少しずつ乱れてくるにつれ、都びとたちの意識も変化してきていたのです。

盤石と思われていた唐の政権はゆらぎ、地方ではさかんに反政府の勢力による武力闘争がおこっていました。やがてくる唐の終わりを予感させるさまざまな陰影が、大陸の方から日本という国へも、そくそくと伝わってきていたのです。

都びとたちの中には、唐の庇護を離れ、独自の文化をうちたてようと考える派閥も生まれてきていました。それまでは、教養といえばすなわち漢籍を読む力だったのですが、中には漢籍ばかりを重用するという方向を変えてゆこうとするむきもあるようになったのです。

そんな中で、楽しみのためだけに漢籍について語りあうことは、少しばかり難しいこととなっていました。唐の国に忠実につき従ってゆくという意志のあらわれとしてではなく、たんに漢籍に対する知的教養を開陳しあって愉しむ、ということができにくくなっていたというわけなのです。殿ぎみたちは、それぞれの政治的立場を腹の中でさぐりあいながら、あたりさわりのない会話をかわす。そんな、現代の会社組織の中ではごくふつうにみられる関係が、平安貴族の殿ぎみたちの間にもあったのです。

けれど姫さんとならば、六位蔵人は安心して唐の書物の話ができました。それは、御所の中での自分の立場や深い教養に対するそねみなどを用心深く慮る必要なしに、のびのびと語りあえるひとときだったのです。

いっぽうの姫さんとて、六位蔵人と漢籍について話す時間は、開放的なものだったにちがいありません。

つねづね言ってきたとおり、姫さんの賢さは、必ずしも業平さまにとって、魅力的にうつる特質ではありません。平安時代では、さかしすぎる女ぎみは、男ぎみから敬遠されてしまうのですから。

この点は、少し前までの現代日本と、共通しているかもしれません。みるからに賢そうな女ではなく、妻にするなら御しやすい女を。そんな言説が、今から少し前までは堂々とまかりとおっていたのが現実です。いいえ、今この時だとて、表だってそのようなことを口にする者は少なくなったかもしれませんが、腹の中では「女は自分より劣るのがよろしい」と思っている男と、それを利用せんと賢さを隠す女がいることを完全に否定できる人は、いないでしょう。

姫さんと六位蔵人との仲は、秘されなければならない、淫靡な仲です。最終的には姫さんのふたごころを手引きする立場になってしまったのがわたし自身だったということも、わたしの心には暗い影をおとしていました。けれど救いだったのは、姫さんと六位蔵人は、人間としてとても似合っていたということです。二人の間がらは、もちろん男女の仲です。姫さんの体の無聊をなぐさめるために六位蔵人がもちいられていたと、わたしは言いました。ただ、性愛にもまして、思考の無聊をなぐさめるためにも、六位蔵人はたいへんに有用な男ぎみだったのです。つれづれに学んだことごとを遠慮会釈なく語りあえる対等な相手を得ることは、男ぎみよりも女ぎみのほうが、よりいっそう難しかった時代なのですから。

もしも現代に姫さんが生きていたなら、きっと業平さまよりも六位蔵人とのほうが、よい伴侶どうしとなったのではないか。そんなふうにさえ、わたしは感じていました。そのことが、二人の罪ある仲を手引きしているわたしの良心の呵責《かしゃく》を、ほんのわずかではありますが、軽くしていたのは事実です。

姫さんと六位蔵人のひめごとは、長くひめごとのまま保たれて、結局最後まで人の口にのぼることはありませんでした。

わたしから姫さんへと手をのばし、心をうつしていった六位蔵人のことを、わたし自身が恨みに思うということがなかったからかもしれません。

もしもわたしにひとかけらほどでも悋気のようなものがあったなら、それは目に見えない何かの波となって、お屋敷の中に知らず知らずのうちに漏れでてしまったような気がするのです。

姫さんは、六位蔵人の訪れがあるようになってから、ずいぶんとお心が平らかになられたように、わたしには感じられていました。業平さまお一人を見つめていらっしゃった時よりも、ずっと。

五条の姫さんのところへの業平さまの訪れは、あいかわらずでした。ちかごろでは五条の姫さんの兄ぎみたちが、業平さまとの逢瀬に気がついて、業平さまを追い払おうとしているそうです。けれど、恋する二人を引き裂こうとする何かがあればあるほど燃え上がるのが、恋というものなのではないでしょうか。

もしかすると、業平さまは最初、五条の姫さんに対して、ほかの女ぎみたちに対するのと同じくらいの関心しかもっていなかったのではないかと、時おりわたしは推測したものです。

ところが、五条の姫さんを御所へ入内させようと姫さんの父ぎみや兄ぎみたちが画策しているらしいという噂が都でささやかれるようになってから、業平さまの五条の姫さんへのご執心は、数倍にも深まったようなのでした。

おそらくいつかは裂かれてしまう仲。その哀しみが、業平さまの情念を五条の姫さんのほうへとつきうごかしていったのです。

それでも、業平さまはあいかわらず姫さんにはお優しく対していらっしゃいました。

日に日に業平さまは恋のためにおやつれになってゆきます。真如さまがお屋敷にいらっしゃることとなっていたのは、そのような時期だったのです。

ナーちゃんのことが、わたしは時おりしみじみといとおしくなります。

ただひたすら好きだったころから、ほかの女のひとの影がさして絶望的な気持ちになった時期を経て、子をなした相手として大切に思うようになっていったという、おりおりの事情による気持ちのすじみちとはまったく別のところで、体じゅうに、ナーちゃんが好きだという気持ちが満ちる瞬間が、わたしには今もたしかにあるのです。

高丘さんのことを、わたしは好きです。その「好き」が減ることはありません。なぜなら、高丘さんとわたしとは、心が通じあってはいるけれど、互いの全体を知ってはいないからです。

ごく単純に言ってしまうなら、わたしは高丘さんに、いい部分だけをみせているのです。

高丘さんのほうだって、きっと同じでしょう。いくら浮世離れしているといっても、高丘さんにだってみにくい心もあれば、軽薄な思いもあるはずです。

でも、わたしたちはそんな部分を見せあいません。見せあわないことは、必ずしも悪いことではありません。きれいに整えたものの奥底にある混沌としたものを見せられた時、人は疲弊するものなのですから。

高丘さんにくらべ、わたしとナーちゃんの距離はとても近いのです。だから、隠していても、互いの混沌は、いつの間にか相手にけどられてしまいます。わたしがナーちゃんとかかわった女のひとたちに嫉妬し、その女のひとたちを惹きつけて活力にしているナーちゃんをうらんでしまうのと同様、ナーちゃんのほうだって、わたしの高丘さんへの好意やナーちゃんへのいらだちを、意識の上ではなくとも無意識のどこかで感じているにちがいありません。

そんなわたしとナーちゃんなのに、夫婦としてなりたっている、ということに、わたしは時おり驚いてしまいます。そして、驚いたあとには、ナーちゃんのことがいとおしくなってしまうのです。

持てあましているのに、好き。

それが、わたしのナーちゃんへの気持ちなのかもしれません。

平安の世での、ある種素直で直線的なエロスを体験したあとに、現代に戻ってくると、わたしは少しくらくらしてしまいます。

六位蔵人との愛撫の床でわいてくるようなエロスは、今のこの世の、どこにあるのでしょう。

少なくともわたしは、そんな開放的なエロスは知りません。ナーちゃんを好きになったばかりのころ、ナーちゃんとかさねた体があんなにも喜んだあのころだって、平安の世で感じるような直截な艶《つや》めきはおぼえたことがありませんでした。

でも、と、わたしは思うのです。

持てあましているのに好き、というふうな、ねじれた思いからくるエロスもあるのではないか、と。

朝、わたしは、ナーちゃんに朝食を用意します。わたしが整えた服を身につけたナーちゃんは、棟児とわたしに行って来ますをして、会社へと出かけてゆきます。夜、ナーちゃんは、一日の疲れを身にまとわせて帰ってきます。棟児が起きていたなら一緒にお風呂に入り、もし寝ていたならわたしの用意した夕食を上の空で食べながらテレビを見、帰宅時間がもっと遅かったならシャワーも浴びずに床にもぐりこみます。

いっぽうのわたしは、ナーちゃんがいない間、家事をおこない、棟児を育て、たまに高丘さんに会い、父母とも時間を過ごし、ご近所とも多少の交流をおこない、家庭を平穏に保つよう活動します。

つまりわたしもナーちゃんも、それぞれのことなった場所で生きる者どうしとしての共同生活を送っているということになります。

共同生活の合間には、さまざまな思いが錯綜します。好き。きらい。どうでもいい。それよりもあれだ。ところでそのことは。そういえばあの時。あのひとは今ごろ。あの案件はどうしよう。かわいい。困った。憎い。嬉しい。疲れた。悲しい。爆発しそう。気持ちが平坦。からっぽ。

時々刻々と思いは変化し、それでもわたしたちはなんでもない顔をして互いのそばにいるのです。

わたし梨子とナーちゃんの間に、もしも艶めいたものがあるとすれば、それはこれらの複雑で刹那的なさまざまな思いが混沌とあるところから出《い》でてくるものなのではないでしょうか。

自分でも思いもよらない瞬間に、ナーちゃんへの欲望はわいてきます。棟児をベビーカーに乗せて買い物に行く途中に。ナーちゃんが玄関を出てゆく刹那に。キッチンで味噌汁の味噌を溶いている瞬間に。

平安の夜の闇の中に濃くわだかまっていたエロスは、今では白日のもとに、きれぎれに散りひろがっているように、わたしには感じられるのです。

きれぎれで、唐突で、薄くて、脈絡のないエロス。けれど、現代のエロスは、存外しぶといもののようにも感じられます。

ナーちゃんへのわたしの欲情は、時と場所を選びません。そんなものが存在することを、なにくわぬ顔で無視しつづけながら、わたしは唐突なその噴出を、なかば楽しみに待っているともいえます。

そもそもわたしたちの欲情は、なかなか発露することがかないません。抱いて、という言葉を、わたしは口にしません。抱きたい、という言葉を、ナーちゃんも口にしません。

言葉ではなくただ行動で示すことにも、たくさんのハードルがあります。棟児の機嫌は。わたしの体調は。ナーちゃんの意欲は。昼間の仕事の進み具合は。おとといの小さな喧嘩のあとのひき具合は。数ヶ月前のナーちゃんの実家での姑との会話の記憶は。それらがわたしたちを引きとめます。行動にうつることを制限します。

平安時代の、いわば組織的に様式化されたエロスの場ではなく、現代の男女二人きりの共同生活におけるエロスの場とは、そのようなものなのではないでしょうか。

夢の中の世界は、曖昧模糊としていた最初のころにくらべ、たいそう色あざやかに、また質感を増しています。それにつれ、平安の世での時の過ぎる速度は、どんどんゆっくりになっているのです。

いっぽう、棟児とナーちゃんという家族の中で過ごす現代の時間は、今ではあっという間に飛び去ってゆくように感じられます。

昨日ようやくはいはいを始めたばかりと思っていたのに、今日はもう伝い歩きをし、明日は確かな足どりで歩き、あさってには走りまわっている棟児です。

わたしは育児日記をつけています。ですから、実際には、はいはいから伝い歩きまでの間には一ヶ月以上かかったこともわかりますし、歩きはじめから走りはじめまでにも時間を要したことを知っています。

けれどやはり、棟児との日々は次々にかたちを変えてゆく空の雲のごとく、見る間に変化していってしまうのです。

棟児はすでに、文章をつくれるようになっています。

「ママー、みどり、ちらい、ちらい」

と、ゆでたブロッコリーを堂々と拒否することもできますし、

「パパー、おふろいっちょ、はいゆ、いっちょ」

と、いばってナーちゃんに催促することもできるのです。

それにくらべ、このところの平安での時間の進みかたの重さはどうでしょう。まるで女房であるわたしの心の中の陰影の密度の濃さが、時間を引きとめているようにすら、感じられます。

心の中の陰影が濃いのは、わたしだけではありません。姫さんのお心も、六位蔵人との仲が深まるにつれて、いっそう複雑なものになっているようなのです。

たとえば、六位蔵人の訪れがある日には、姫さんはわざとおぐしやお召しものへのお心くばりをなさいません。業平さまがいらっしゃる時だけでなく、つねづね身の回りを美しくまた清潔に保たれることに厳しくていらっしゃる姫さんなのに、これはどういうことなのだろうかと、最初わたしは首をかしげたものでした。

六位蔵人にご自分の最良の姿をお見せにならないことが、すなわち業平さまへの仁義なのだと気がついたのは、少したってからでした。

よくよく観察してみれば、なるほど姫さんは、六位蔵人への文にしても、業平さまにお

返しになる文に使う紙よりも劣る紙をお使いになっていますし、色重ねなどをなさることもなく素っ気ない一色のものを無造作に結び文にしてわたしに託されます。

六位蔵人との会話も、そうです。業平さまと対していらっしゃる時には、決して業平さまのお顔を正面から見つめることはなさらず、いつもうつむきがちで遠慮深いさまでいらっしゃるのに、六位蔵人とは、しっかりと顔を見あってはきはきと喋っていらっしゃいます。

現代のわたしから見れば、六位蔵人と目をおあわせになり、思うままに言葉をつがれる姫さんのご様子は、まさに大好きな人と一緒にいる時の人間の心はずみが感じられる態度なのですが、平安の世の常識では、このように対等に殿ぎみと向きあう女ぎみの態度は、少なからず無礼なものとされています。

様式というものは、なんと妙なものなのでしょう。

女性が働くことを推奨されているのが、平安という時代です。けれど、それは女性が男性から同等のものだと認められているという意味ではありません。女性は、女性のサークルの中で、いそいそ働くべし。しかし、男性のサークルの中では下々としてひかえておるべし。そんな大きな前提が、はっきりとあるのです。

そもそも、男女をくらべるという概念は、平安時代にはありませんでした。

——女と男は、ちがう生きものみたい。

女房として生活してゆくうちに、しばしばわたしは思ったものです。

貴族の男と女は、同じ家に住んでいても、いつも何かでへだてられているのです。まず、ふだんいる場所が違います。女たちは奥におり、男たちは御所へと出てゆきます。食事をとるのも別々です。たまの宴の時以外は、姫さんは業平さまとは決して食卓を同じくしません。いいえ、食卓を囲むという概念すら、この時代にはないのです。めいめいのための折敷《おしき》があるだけです。

神仏に祈禱するために出かけてゆくのも、男女は別のことがほとんどです。

女たちがお喋りするなかみと、男たちが話すなかみも、まったく異なります。

それでは男と女が一緒に何かをおこなうのは、どんな時なのだろうかと思い返してみれば、いちばんに時間を共に過ごすのは、床の中なのです。

床の中で、平安の男と女は、はじめて互いにふれることができます。

肌の接触だけのことを言っているのではありません。その時にささやかれる睦言《むつごと》や、なんでもないわずかなやりとり、そして床に到るまでにかわされる歌、そのようなものが、男女の間での大きなふれあいとなるわけなのです。

違う生きものどうしが、こわごわと、また晴々と、また互いに遠慮深く慈しみに満ちながら、ふれあう床の中。

そんなふうに説明してみれば、これはなかなかにしみじみとした接触のようにも思われます。

けれどしょせん違う生きものどうしのこと。ささやかな接触は、ささやかなままで終わり、大きな意思の疎通など、ほとんどありえません。

だからこそ、よその女ぎみのところへ自分の夫や愛人が通っても、心が騒がずにいられるのかもしれないとも、わたしは感じています。

ただ、それも、「男ぎみ」という生きものが自分とは別種の存在だということを素直に受けいれ、何も考えずに目をつぶっていられる女性《にょしょう》の場合だけのこと。

わたしの姫さんのように賢い女ぎみの場合は、「女」という生きものである自分と、「男」という生きものである業平さまが、決して別種の生物ではないと、ちゃんと気がついているのです。

いよいよ、真如さまの訪れの日が近づいてきています。お屋敷の奥には、静かながらもたしかな興奮が満ちつつありました。

働きたいなと、このごろわたしはしきりに思います。家庭という場だけに引きこもっているのがつまらない、という理由からではありません。

有り体にいえば、わたしは体を動かしてお金をかせぎたいのです。

ナーちゃんの勤めている会社のお給料はさほど高額ではありません。そのかわり、福利厚生がしっかりしていて、たとえば勤続十年ごとに長期休暇をとる権利があったり、社内貯蓄制度が充実していたり、何より産休育休が取りやすいのです。

ナーちゃんにも女性の同僚がおり、一人前の会社員としてそれぞれに働いているのだということを、このごろわたしはしばしば意識してしまいます。

考えてみれば、今までわたしは何と世間知らずに生きてきたことでしょう。ナーちゃんと恋に落ち、ナーちゃんと共に暮らす人生だけをめざし、結婚すれば幸福になると信じて疑わなかったのです。

白馬に乗った王子も人間であり、自分は末永く幸せになる姫ではないのだということに、ようやくこのごろ気がつきはじめた自分は、つくづくぼんやり者だとあきれる思いです。

体を使って働いて、お金を得ることで、わたしの中の何かが満たされるにちがいない。

そうわたしは、感じています。それもこれも、江戸と平安の世で働かざるを得ない境遇になったからなのではないでしょうか。

仕事とは、過酷なものです。でも、その過酷さをしのいでいった時に得られる尊厳は、棟児を育てる過酷さで得られる尊厳とは、また種類の異なるものなのではないかと、わたしは思うようになっているのでした。

けれど、わたしはこの現代で、どんな仕事ができるのでしょう。

「おかあさんは、働いたことがある？」

わたしは母に聞いてみました。

「ええ、おとうさんと結婚する前に、二年間勤めていたわ」

母が就職したのは財閥系の造船会社だったそうです。結婚すれば退職、という女子がおおかただったのですが、母はもっと働きたかったと言います。

「そんなこと、初めて聞いた」

「梨子が聞こうとしなかっただけでしょう」

目尻に豊満な皺をよせて笑う今の母が、独身の若い女として毎日出勤してきちんと仕事をしていた過去の姿を、わたしは想像することができませんでした。

「梨子は、わたしと同じで、家庭向きなんじゃないかしら」

母はそう続けました。

「……わたしだって、働こうと思えば、働けるわよ」

「でも、どんな仕事ができると思うの？」

はて、と、わたしは首をかしげます。

江戸時代にならい覚えたことを思いだしながら、男たちを喜ばせる仕事につけばいいのでしょうか。あるいは、平安時代にならい覚えた女だけの集団での身の処しかたを使って、女の多い職場をめざせばいいのでしょうか。

「なかなか……ない、かもしれない」

わたしはうなだれます。

おりしも、棟児が泣きはじめました。どうしたの、お腹すいたんですか。それともおむつをかえてほしいんですか。そろそろトイレトレーニングも始めなきゃですよ。トーちゃんのママは、外で働くよりも、まずおうちのことをちゃんとしなきゃよねえ。

母は明るく棟児に呼びかけました。わたしが働くと口にしたことを、頭から否定するかのように。

お金をかせぎたいのは、もしかするとナーちゃんからいつか離れる時があると予感しているからかもしれません。

姫さんが六位蔵人と対等にものを言いあっていらっしゃるお姿を見る時、わたしはまぶしくて目を開けられないような心地にさえなってしまうのです。

こんなに女の生活が制限されている時代なのに、姫さんはきちんとご自分の身一つで立っていらっしゃる、と。

何ごとも制限されている貴族の姫さんにくらべ、女房という、姫さんよりも低い地位の安楽さをずっと愉しんできたわたしでしたが、平安の世で、男ぎみと臆せず語りあうことのできる姫さんを見て、今まで愉しく感じてきたことが、あまり愉しく感じられなくなってきていたのかもしれません。

わたしも、何かに寄りかからずに、立ってみたい。

そんなふうにわたしは、思うようになっていたのです。

いよいよ真如さまがお屋敷にいらっしゃる当日となりました。日ごろよりも昂ぶっていたそれまでの女房たちでしたが、真如さまのお話を聞いているうちに、たいそう安らかで鎮まった様子となっていったのは、見事なほどでした。

真如さまのお話は、なんと心にしみとおるものだったことでしょう。

現代の時間にしてみれば、小一時間ほどの短いお話でした。ごく簡素な言葉で、なかみもごく単純だった真如さまのお話を要約するならば、それはつまり、

「生まれてきたことはすばらしいことなんや」

ということなのでした。

そもそもわたしたちが生まれてきたことは、奇跡のようなことやと、真如さまはおっしゃるのです。そして、生きていれば仏縁にもいつかめぐまれ、すると常ではないこともおこるんや、と。

最初は、真如さまのそのお言葉に、わたしは少しばかり鼻白む思いでした。なぜなら、真如さまがおっしゃったそのような言葉に類する言説は、現代にはあふれかえっているからです。

生まれてきたことが奇跡的で喜ばしい、なんて、それ、いくらでも聞いたことがあるし。

そんなふうにしか、わたしには思えませんでした。

けれど、女房たちは、驚くほど真如さまの言葉に反応したのです。

「生まれたことがすばらしい？」

「それは誰かて同じなんですやろか」

「お屋敷の殿ぎみや姫さんがたやったら、生まれてきたことがすばらしいかもしれへんけど、下々の者たちもそうなのですか」

「子どもかて、つぎつぎに生まれるもんやのに、そのことはほんまに奇跡なんやろか」

女房たちは真如さまの方に、ツバメの雛《ひな》のように首をのばし、次々に問いかけます。

「せやけど、すばらしいことなど、今まで何もありませんでした」

「苦しんで死ぬ者《もん》もぎょうさんおるのに」

一人が真如さまに訴えると、すぐさま次の女房が訊ね、また次の者が続けます。

真如さまは、そのいちいちに、ていねいにお答えになるのでしたが、おっしゃることはたくさんではありません。生きていることとそのものが、奇跡であること。苦しみさえも奇跡であること。そして、苦しみも喜びも、何かの仏縁につながってゆくこと。だからこそ生きることが何よりもすばらしいおこないであること。そのことだけを、諄々《じゅんじゅん》と説かれるのでした。

業平さまは、静かに真如さまと女房たちとのやりとりを聞いていらっしゃいます。そのお心の中が、いかばかりなのか、わたしはとても知りたく思ったのですが、はかることはできませんでした。

いっぽうの姫さんも、口をずっとつぐんでいらっしゃいます。けれど、少しばかり心ここにあらずにも感じられる業平さまとは違い、姫さんの方は、言葉こそ口にせねど、深い何かを感じとっていらっしゃるように、わたしには思えたのです。

ひとしきり女房たちが真如さまへ気持ちをぶつけた後には、しばしの沈黙がおとずれました。どの女房も、上気しています。たった今、大きな秘密を知ったかのような表情で。

実際、真如さまは、わたしたちに世界の秘密を教えてくださったのです。生きているというそのこと自体の尊さ、という秘密を。

現代では、それは言い古された言説だと、さきほどわたしは言ったでしょうか。確かにそうです。けれど、今しも女房たちが真如さまに疑問をぶつけているこの時点の世では、生きてゆくことの難しさを嘆いたり、そのはかなさに愁《うれ》いをおぼえたり、少しばかり皮肉な言葉を使って生というものを描写してみたり、といったことはしばしばあっても、素直に生をことほぎ讃えることは、稀であるように感じられます。

そうです。今しも女房たちは、そして姫さんは、生きていることを喜んでもいいのだと、はじめてはっきり示唆されたのです。つらく苦しい浮世であっても、我慢しなければならないことに満ちていても、生自体を尊んでいいのだと。

はじめて知ったそのような考えかたを、すぐさまみずからの血肉にすることは、とうてい不可能です。けれど、まっくらな森の中に、何条かの光が射しこんだかのように、女たちの心には、今まで思ってもみなかった考えが射しこんだにちがいありません。

真如さまは、今はただ黙って生真面目なお顔で座っていらっしゃいます。この時代にはまだ珍しい正座で、女たちに対していらっしゃいます。真如さまの、すうっと伸びた背中と、そのまわりを取り囲む女房たちを、業平さまはといえば、物憂げに、ぼんやりと眺めていらっしゃるのでした。

真如さまがお屋敷にいらしてから、また一月ほどが過ぎました。じきに師走《しわす》——十二月——がきます。

はじめての雪が降ったのは、翌日には師走に入るという日でした。

「今年は雪がえらい早いこと降りますね」

姫さんはおっしゃいました。

業平さまは、少し足の遠のいていた五条の姫さんのところに、またこのところ足繁くお通いになっていらっしゃり、何日もお姿を見せないままです。

「以前雪山をつくったことがありましたね」

「はい、よう覚えています」

雪は、悪い虫を追い払って次の時期の豊作を告げてくれるものとして、喜ばしく迎えられるのです。どっさりと降った時には、雪の山を庭につくり、いつまで消えずに残るかをみなで予想して遊びもします。

女房としての記憶の中でいちばんたくさん雪が降ったのは、業平さまと姫さんが結婚なさった年でした。いつもならば一週間ほどで消えてしまう雪が、あの年は春になるまで消えずに残り、業平さまもご一緒につくられた雪山は、きらきらと輝く春の日に、ようやく溶け去ったのでした。

その年のとりいれの季節は、たいそうな豊作でした。姫さんと業平さまのご結婚がいっそう祝福されているようで、屋敷ではたくさんのごちそうがふるまわれ、にぎやかな日々が続いたものでした。

「あれからわたしは、えらいこと年をとったような気がしますよ」

ひっそりと、姫さんはおっしゃいました。

「まさか。ついこないだのことやないですか」

そう答えながらも、わたしは姫さんがこのところめっきり老けこんでいらっしゃることに気がついていました。まだ二十代のなかばでしかないというのに。

現代ならば、二十代は若さまっさかりの、子どもに毛が生えたくらいの世代ですが、平安の二十代は、すでに酸いも甘いもかみわけた、成熟した大人なのです。お肌こそつやつやと張りのあるご様子ですが、業平さまをお思いになっていらっしゃる時に浮かべるその表情は、生きることに疲れた女のそれのようだと、おそばにいるわたしはつい案じてしまうのです。

雪が、きりもなく空から落ちてきます。水をほとんどふくまない、さらりとした粉雪です。

「殿は、お幸せなのでしょうね」

姫さんは、ぽつりとおっしゃいました。

「生きてるていうんがすでに幸せなことなんやと、真如さまもおっしゃっていましたから、きっとわたしらはみな、幸せなんやないでしょうか」

そんなふうにわたしは答えましたが、姫さんはわたしの答えに、ひっそりとほほえまれるばかりでした。そのほほえみの、なんとさみしそうなこと。

生きていることは、たしかに奇跡かもしれないけれど、その奇跡の喜びをいとも簡単に踏みにじる平安の男女関係を、女房であるわたしは受け入れることができるのに、梨子としてのわたしはやはり好きになれない。姫さんのさみしそうなほほえみを見ながら、わたしは感じていました。夫がよその女のところに通っても、怒ることも、おおっぴらに悲しむことも許されないって、いったい何なの⁉　という、ぶつけどころのない憤懣《ふんまん》に、わたしは一瞬めまいさえおぼえてしまうのです。

その時でした。

あ。

思わずわたしは、小さく声をあげていました。

何かに、強く引っぱられる。そう感じた瞬間、わたしは平安と現代の、両方の時間の中に放り出されていたのでした。

これは、今よりも若いナーちゃんだ。わたしには、はっきりとわかりました。

だから今わたしは現代にいるけれど、その現代は、少し以前の現代であって、今のわたし、梨子が棟児を産み育てている現代よりも、「むかし」のことにちがいありませんでした。

わたしはナーちゃんに、ぴったりと寄り添っています。

ここは、どこだろう。

そう思って自分の腕や腰のあたりを見おろしました。

ちがう。

瞬間的に強く感じたのと、車酔いした時のようなきもちわるさを覚えたのが、同時でした。

わたしは今、わたしではない人間の体に入っているのでした。その体は女のものですが、明らかに自分のものとは異なった身体なのです。腰のくびれはわたしよりも深く、足も長く、顔だちはたいそう美しいのです。くちびるは柔らかく息づき、目はぱっちりとみひらかれ、鼻は梨子であるわたしよりもずっと筋のとおった繊細なかたちをとっています。

「息がしやすい」

わたしはつぶやきました。

「え？」

いぶかしげに、ナーちゃんはわたしを見やります。わたしたちは、暗いバーにいるのです。正面の鏡張りの棚に、わたしの顔が映っていました。なんてきれいな顔なのだろうと、一瞬感心してしまいます。でも、これはわたしの顔ではない。だんじて、ない。

わたしは、ついさっきこの体がナーちゃんと愛しあったばかりであることを、はっきりと知っていました。まだその時のたゆたいが、この体には残っています。胴体の芯はここちよく脱力し、脳天はまだ少しだけしびれています。

「息？」

「なんでもない」

あわててわたしは言いました。それからナーちゃんの顔をじっと見ます。ナーちゃんも、じっとわたしを見返しました。

わたしは今、ナーちゃんがかつて深く愛した女の中にいるのです。そのことは、すぐにわかりました。

わたしは今、副社長の許嫁だった女としてここにいる。結局のちにナーちゃんとは別れ、副社長ではないよその男と結婚し、今は子どもが二人いる女。

「愛してる。このままどこかへ行ってしまいたい」

ナーちゃんは、ささやきました。背筋が、こおりつきます。世にも怖ろしい恐怖映画を見ている時のように。

わたし以外の女に愛をささやき、あまつさえ逃避行を望んでいるかのようなナーちゃんと、こんなふうに親密に寄り添っていることの不条理に、ふたたびわたしは大いなる絶望を感じます。そのとたんに、またわたしは強く引っぱられました。

あ。

今度は、わたしは闇の中に横たわっていました。慣れない香が鼻をつきます。さっきまで息をするのがいやに楽だったわたしの鼻筋は、今はすっかり扁平になっています。闇の中でわたしは咄嗟に、手を自分の顔にもってゆきました。

てのひらが、きしきしした何かを感じとりました。

これはきっと、おしろいです。姫さんはあまりお化粧をなさらないのですが、それでも業平さまがいらっしゃる夜にほんの少しだけ粧《よそお》われる時にお顔にはたくのと同じ、平安の、きめのあまり細かくない野性的なおしろいが、今のわたしの顔には刷《は》かれているのでした。

そのままわたしはてのひらを自分の顔にすべらせつづけます。

眉は、きれいに剃られています。鼻は低く、目はほそく、まつげはぐるりとその細いまなこのまわりをおおっています。

顔だちの平たさにひきくらべ、髪は豪奢に長く重く体のまわりに散り広がっています。

慣れない香は、このたっぷりとした髪からたってくるのでした。

男と、わたしは同衾《どうきん》しています。その男が業平さまだということは、すぐにわかりました。なぜなら、業平さまはわたしの姫さんがみずから焚きしめた香をまとっているからです。

この香をまとっているということは、今は春にちがいありません。そして、ここはおそらく、五条の姫の屋敷。業平さまが姫のもとへ通いはじめてからまださほど時間はたっておらず、毎日のようにしげしげと足をはこぶようにはなってはいません。

なぜそんなに細かなことまでわたしにわかってしまうのかといえば、季節によって、またその時々の業平さまの予定によって、焚きしめる香を微妙にかえていらっしゃる姫さんのごようすを、いつもすぐそばで見てきたからです。

業平さまが五条に行きはじめた当初から、姫さんは業平さまの服に焚きしめる香を細心に区別していらっしゃいました。その調合は、都で唯一のものであるはずでした。

姫さんと過ごす時のためには、姫さんはたおやかな香をお選びになります。いっぽうの、五条の姫と過ごす時のためには、姫さんは少しばかり挑発的な香を焚きしめられていたのです。そのことを知っていたのは、姫さんご自身と、ほんのわずかな女房たちだけでした。

　果たして業平さまが自分のまとっている香の調合の具合に気がついていたかどうかは、わたしにはわかりません。そのうえ、五条の姫のもとに足繁く通うようになってからは、姫さんの目も手も業平さまに届きにくくなったので、時と場合によって香を微妙にたがえるということさえ、姫さんは業平さまのうえにふるうことはできなくなっていったのですから。


　業平さまはどんなふうにこの女を抱くのだろうか。

　まず最初に思ったのは、そんなことでした。

　ついさきほどナーちゃんの秘めた恋の相手の体の中にいた時とはちがい、わたしは少し余裕をもっていました。むきだしの好奇心が心の中にわいてきます。

　結論から言えば、業平さまの愛の動作は、優しいばかりのものではありませんでした。この時代の男を、わたしは二人知っています。一人は、年かさの舎人。朴訥な男でした。彼自身の動作もわたしを扱うさまも、野の花のように飾らないものでした。

　もう一人は、今は姫さんの愛人となっている六位蔵人。唐の書物を能く読むことができるのと同様、女を読むことにも長けていたにちがいありません。ただ、彼との床では、何も心配することはないかわりに、何も法外なことは起こらなかったという記憶があります。

彼らにくらべ業平さまは、予想していたよりもずっと荒い動作をする男でした。ただそれは、女を大切にしていない荒さなのではないところが、さすがの業平さまではあるのでした。

業平さま自身の中からあふれでてくる女への欲情が、その動きを自然に荒くしてしまう、そういった態の動作なのです。

その荒さは、時に思いがけない反応を女の体に引き起こしました。予想していなかったところで突然の波にさらわれたり、あるいは反対にここで深みにつき進むだろうというところで、ふいにいなされてじらされたり。

ところが、ことが終わったのちには、業平さまは憑きものが落ちたようにしんとしてしまわれたのです。

「殿」

とわたしが声をかけると、業平さまはにっこりと笑ってわたしを抱きしめましたが、そのあとにはすぐさま腕を解《ほど》いてしまい、御簾ごしにさしこむ月の光をぼんやりと眺めているばかりでした。愛を交わしたのちのひめやかな睦言を、業平という男ならばここぞと並べてくれるのかと期待していたわたしは、肩すかしをくらった気分でした。

わたしが体を借りているこの姫と業平さまとが、いつもはどんな会話を交わしているのか知らないので、下手なことを言ってはならないと、こちらから喋りかけるのもためらわれます。

「殿」

しかたなく、もう一度、わたしは呼びかけました。

業平さまは、答えません。ただ、横たわるわたしの肩ごしに、遠くを見やっているだけです。

しばらく、沈黙が続きました。あれほどの歌をつくる歌よみである業平さまの、女との床でのこの無口さに少しばかり落胆をおぼえはじめたころ、業平さまはようやく口を開きました。

「さろうてしまいたいわ」

え、という声を、思わずわたしはたてそうになります。それからあわてて口をつぐみ、我慢します。

もしかすると、今この瞬間にこそ、業平さまは五条の姫と駈け落ちすることを決意したのではないかと、わたしは天啓のように感じてしまったのです。

伊勢物語の中の、業平と五条の姫の芥川の段をなぞったかのような江戸のおいらん春月と高田との道行きの決意の瞬間だけでなく、当の業平さまご自身が五条の姫さんとの道行きを決めた瞬間、そしてまたナーちゃんが逃避行を口にしたその刹那にまで立ちあってしまうとは、ああ、いったいなんということなのでしょう。

業平さまの目が、薄闇の中で光っています。

なぜ業平さまが言葉ずくなだったのか、ようやくわたしにはわかりました。

言葉を流暢に並べることができないくらい、業平さまはこの女に夢中になり、思いつめているのです。

目が覚めると、わたしは首筋に汗をびっしょりかいていました。反射のように棟児のベッドを眺めると、そこには手足をのびのびと四方に投げ出した棟児が、規則正しい寝息をたててあおむけに眠っていました。

「起きちゃった？」

低い声がします。

「うん」

ナーちゃんの方へと首をまわしながら、わたしも小さな声で答えました。

「ぼくも、さっきから起きてる。なんだか苦しい夢を見ちゃって」

「苦しい夢？」

それはもしかして、以前副社長の許嫁だった女のひととホテルで愛をかわしたあと、仄暗いバーで、逃げようとささやいている夢じゃないの？

心の中で、わたしはナーちゃんに問います。

「いやな夢だった」

「いやな夢」

それでは、ナーちゃんの心の中では、あの女のひととのことは、昏い思い出として処理されているのでしょうか。ざまをみろ、という心地になるような、一方であれほど思いを寄せていたらしい女のひとに失礼なのではないかという心地にもなるような。

「女のひとが出てきた？」

「うん」

奇妙に素直な調子で、ナーちゃんは答えました。

「で、そのひとの鼻は、高かった？」

「え」

ぽかんとするナーちゃんの顔を、憎くまたいとしく、わたしは見つめます。

何かを感じたかのように、ナーちゃんはしばらく目を閉じていました。それから、わたしの方へ腕をのばし、いつもよりも荒い動作でわたしを抱き寄せます。

すやすやと寝入る息子の横で、その夜わたしたちは、激しい波間をただよう心地で、けれどおこないそれ自体は静かにささやかに、愛をかわしたのでした。

このところ、夢の中でのわたしは、姫さんの女房として生きている時間と、業平さまが通う五条の姫の体の中に生きる時間が、ちょうど半々くらいなのです。

五条の姫として業平さまと過ごす間に、業平さまへのわたしの気持ちは、ずいぶんと変化しました。

わたしの姫さんから五条の姫への変心を恨む気持ち。その前からずっとある、一女房として華やかな上つ方の殿ぎみにうっとりとあこがれる気持ち。

それらが、すっかり払われてしまったのです。

業平さまは、五条の姫に対して、たいそう情熱的でした。みやびやかで機知にとんだ文をいつも寄こすのは、さすがともいうべきことでしたが、二人で過ごす時間にはどんな殿ぎみよりも、言葉ではない、体から放射される何かで、女に自分の心を知らせることができるのが、業平さまという殿ぎみなのでした。

わたしの姫さんと業平さまが結婚した時のことを、わたしは思い返してみます。

純情で、男ぎみに触れられたならばはらはらと落涙してもしまいそうなわたしの姫さんだったのが、会ったとたんに業平さまに強く惹かれていったのではなかったでしょうか。

姫さんのその傾倒は、姫たちが殿たちとめあわせられるべきものだという慣習に素直にのっとっていただけのことなのだと、わたしは軽く考えていたのです。

けれど、おそらくそれは大きなまちがいなのでした。

考えてみれば、姫さんはかなり頑固で、ご自分をはっきりと持った女性です。そんな姫さんが、女は結婚すべきものだからとあてがわれた男に、それがどんな男かにかかわらず、一目で夢中になるなどということがあるはずはないではありませんか。

業平さまは、危険な男なのです。

業平さまに惹かれるのは、たとえば桜に惹かれるのと似たことのように感じられます。

女を愛すると決めた時の業平さまの、その愛する気持ちの強さと、反対に愛の果てを厳しく見すえている一種の絶望が、まず女を虜にしてしまうのです。

五条の姫をこんなにも愛し求めているのに、業平さまが正妻であるわたしの姫さんへの思いをうち捨ててしまわないのは、愛というものの果てを知っているからこそなのではないでしょうか。

姫さんの女房として、業平さまの変心を心の内で責めてきたわたしからみると、業平さまは妻から五条の姫へと心をうつし、姫さんをうち捨てたかのように感じられたわけですが、逆に五条の姫の目からみれば、業平さまは今もあいかわらず正妻である姫を愛しつづけているようにしか感じられないのです。

業平さまの愛は、まるで疵《きず》のない玉のようです。

それほどに非のうちどころのない形の玉を見せられてしまったなら、女はその玉に引き寄せられずにはおられません。

引き寄せられて、その玉にしがみつくようにして、けれど玉があまりにまったき球の形をしているので、誰もがそこからすべり落ちてしまうのです。

玉にしがみつく指にいくら力をこめても、玉のあまりのなめらかさゆえに、つかまり続けることは、誰にもできません。

そのまったき玉の中心に、業平さまは存在しているのです。憂いながらも女への愛に満ちて。

まったくもって、女からすれば詮ないことではありませんか。

年があけ、じきに春が来ようとしていました。ついこの前、真如さまが天竺に旅だったという知らせが、業平さまを通じてわたしの姫さんに届けられました。

「いってしまわはったんですね」

姫さんは、おっしゃいました。

「さみしなりますね」

そう答えますと、姫さんはじっとわたしをお見つめになりました。

「あなたはさみしいん？」

「はい。あないにええ教えをくださる御坊《おぼう》のお話を、もう聞くことができひんと思うと、さみしいです」

さりげなく、わたしは答えましたが、実は少しばかりどぎまぎしていました。もしも高丘さんが、真如さまと同様に遠くへ去ってしまったなら、わたしはどんなにかさみしいことだろうかと思って。

「天竺いうんは遠いとこやろね」

「ほんまに。つつがなく天竺までの旅を終えられることをお祈り申し上げております」

当時すでに天竺では仏教はさかんではなく、むしろ天竺に興ったのち世界の各国へと広がっていった先、たとえばこの平安の日本などでこそ、仏教はそれぞれの土地の歴史や死生観とまじりあって、大いなる発達をとげているのだということを、もちろん姫さんはご存知ありません。そしてまた、真如さまがやがて天竺への旅の途中で客死なさってしまうことも。

「なにもかも、とどまってはくれへんのやね」

姫さんは、ぽつりとおっしゃいました。

「はい」

わたしも、短く答えました。

業平が五条の姫と手に手を取って出奔《しゅっぽん》するのは、もうじきです。その時を、姫さんが知るよしなどないはずなのに、なぜだか姫さんはすべてを承知していらっしゃるように思えてしまう瞬間が、わたしにはあるのでした。

「とどまってしまわへんから、ええということも、ありましょうしね」

ひっそりとほほえまれながら、姫さんはおっしゃいます。

「とどまらんと、変わってゆくことによって、この世の苦の輪の中から、どないかして抜けだすことを導いてくださるんが、真如さまの教えやったんやないでしょうか」

わたしがそう言うと、姫さんは驚かれたようなお顔で、じっとわたしをごらんになりました。

「まあ、仏のみおしえのことを、ようわかってはるんやね」

「いえ、それは」

この時代の仏教がどんなものだったのか、わたしは梨子の姿をとっている時に、少しだけ本を読んで学んでみたのです。仏教は、とても難しい宗教であると、わたしには思えました。もちろんキリスト教やイスラム教のことだってよくはわかりませんし、そもそも日本の神道についてだって、ほとんど無知なわたしです。

けれど仏教は、それらの宗教にくらべても、とらえどころがないもののようにわたしには思えてしかたがありませんでした。

「これをすることが、いいことなのだ。これを望めば、救われるのだ」

ということが、どうやらそもそもの仏教にはないようなのです。反対に、

「何もしないように、何も望まないようにすれば、救われるのだ」

という教えを、仏教は示すのです。「しない」「望まない」ことこそが、「解脱《げだつ》」という

言葉で表現される概念のようなのでした。

何かを望み、何かを実行するのは、大変ではありますが、できやすいことのようにわたしには感じられます。けれど、何もしない、何も望まない、という、空漠としたおこないは、とても難しく、苦しいことなのではないでしょうか。それなのに、その苦しみを苦しみと思わないようにならなければ、解脱、という境地に達することはできないのです。

そんな無茶な。

というのが、梨子であるわたしの単純な感想でした。

ところが、こうして平安の世で、理不尽な境遇にある姫さんはじめ幾多の女たちを見ているうちに、

「苦しまないように、苦しむこと自体をあきらめる」

ともいうべき心もちが、ほんのわずかですが、あってもいいのかもしれないと思えてくるのは、不思議なことでした。

「髪をおろしてしまおかと思うことが、ときどきあるわ」

姫さんはおっしゃいました。

「真如さまのように、ただひたすら修行の道をゆき、この世のはかなさにもかなしみにもとらわれへんようになりたい、と思うのですよ」

静かに、姫さんはお続けになります。

わたしは、うなだれてしまいました。五条の姫の意識の中にいる時のわたしは、いまや業平を求める心と体の欲望にとらわれきっています。わたしの姫さんがめざしていらっしゃる、静かで、欲望からははるか遠い心もちとは、正反対の場所にいるのです。

――でも、修羅にまみれて生きる、それもまた、人間のことわりなのではないかしら――

わたしの中の、五条の姫と、江戸のおいらん春月が、くちぐちに言いたてます。

「真如さまは、生きてはお帰りになられへんかもしれませんね」

姫さんがおっしゃいました。わたしは、はっと顔をあげます。さきほどわたしが心の中で思ったことが、姫さんには聞こえてしまったのでしょうか。

「せやけど、真如さまは満足なさってはることでしょう。いいえ、むしろ生きてお帰りになることなど、はなから望んではおられへんのでしょう」

姫さんは、そう結ばれたのでした。

業平さまの思いつめようは、日に日に激しくなっていました。そしてついに、五条の姫と業平さまが、手に手を取って逃げる時がやってきたのです。

その日は雨もよいでした。夜の浅いうちは、業平さまと五条の姫は二人並んで御簾ごしに雲間の月を眺めたりもしましたが、やがて雨が降りはじめ、稲妻も飛びかうようになりました。

「こないに寒い季節に雷が鳴るやなんて」

業平さまはおっしゃいました。

「……やめはりますか？」

五条の姫は、ひかえめに、けれど芯には挑発するような調子をふくみつつ、問い返します。

「やめません」

業平さまは答え、姫を強く抱きしめられました。

業平さまは牛車《ぎっしゃ》を用意していらっしゃいました。牛飼童《うしかいわらわ》が一人だけ、牛車のそばでひかえているはずです。

稲妻は、幾度も上空を走りました。雨は激しくなってゆきます。口を引き結んだ業平さまは、言葉ずくなでした。

――このまま、駈け落ちなどやめてしまえばいいのに――

姫の中の梨子の心が、思います。

――やめさせてたまるものですか――

五条の姫が、梨子の心にあらがいます。

あらがいあうその二つの心が、ほんとうに梨子と五条の姫のものなのか、それともただ一人の人間の中の、矛盾し相反する同じ心でしかないのか、もうわたしにはわからなくなっていました。

　夜半になり、ようやく雨は小止みになりました。姫は皮ごろもをはおり、闇に雨の降る中、牛車に乗りこみました。姫の手をとる業平さまのてのひらの、なんと冷たいこと。

　牛車は、いつも業平さまが使う檳榔毛車《びろうげのくるま》ではなく、ごく質素なしつらいの糸毛車《いとげのくるま》でした。ぎい、ぎいと、車輪が鳴ります。ぬかるみに深い轍《わだち》をしるしながら、ゆっくりと牛車は業平さまと五条の姫を運んでゆきます。

　いったい二人はどこへ向かっているのでしょう。

「寒ないですか」

　業平さまが聞かれました。

「はい」

　五条の姫は答えます。

　外から牛飼童が声をかけてきました。牛を休ませてやりたいので、少し止まりたいと。

「外は、どないなってますか」

　五条の姫が聞いたので、業平さまは御簾をあげられました。見渡すかぎりの荒れ地に、月の光がさしています。雨はつかの間あがっており、はるか先には、湖らしきものが見えました。

「あれは、何ですか」

草に宿る露をさし、五条の姫は言いました。

ああ、と、わたしは思いました。ああ、と、五条の姫も思いました。そして遠く、春月も。

今この言葉を口にしているのは、五条の姫なのでしょうか。それとも、業平さまと五条の姫の運命をすでにつぶさに知っているわたしなのでしょうか。あるいは、その運命をただ肯定して、その運命をことさらにたどってみせている、わたしでもなく五条の姫でもない、おいらん春月の消え残った想いのようなものなのでしょうか。

「白玉のようやありませんか」

五条の姫は、つづけて言いました。

この言葉を口にしているのが、五条の姫なのだろうが、わたし梨子なのだろうが、春月なのだろうが、もうここからは引き返せないのです。道行きは、成ってしまいました。この後、五条の姫の兄たちが姫を追ってくることもすでに決まっていますし、業平さまが傷心のうちに夜明けを迎えられることもすでに決まってしまっている物語なのです。

物語。

心の中で、わたしは呪いのようなその言葉をつぶやきます。

雷の音が遠くで響いています。やがて雷は近づき、雨は再び激しく降りはじめることでしょう。

業平さまは五条の姫を近くにあった蔵に隠し、自分は表に立たれて戸口を守ることでしょう。

雷が業平さまと五条の姫の真上まで来てとどろきわたった時、鬼たちがやってきて、五条の姫をさらうことでしょう。

業平さまは、五条の姫がさらわれたことも知らず、夜が明けるまで戸口で仁王立ちになられていることでしょう。

ようやく雷が去りしらじらと夜が明けると、戸口を開け放った業平さまの目にうつるのは、からっぽの蔵の内であることでしょう。

牛飼童に姫をさがすよう言いつけ、みずからも走りだした業平さまは、日が高くなっても荒野を駆けずりまわることでしょう。

やがてまた日が暮れ、疲れきった業平さまは、姫さんのところではなくみずからの所領へと足をお向けになることでしょう。

月が替わるまで、業平さまは自分の領地の屋敷にとどまり蟄居《ちっきょ》なさることでしょう。

みやこの噂で、五条の姫をその兄たちが取り戻したと聞いた業平さまは、ひさかたぶりにわたしの姫さんのもとを訪われることでしょう。

姫さんは、何ごともなかったかのように、業平さまをお迎えになることでしょう。

次の年には、業平さまは蔵に足を向け、春のひと日をそこに座って一人過ごし、五条の姫を哀しくなつかしく恋われることでしょう。

さらにその千有余年後には、春のひと日、五条の姫をなつかしんだ業平さまに、梨子という一人の女が、憎く、あるいはいとしく、あるいは哀れに、思いをはせることでしょう。

物語。

それはなんと冷徹な概念なのでしょう。

「天竺の話を聞きたいの」

わたしは高丘さんに電話して、頼んでみました。

「天竺？」

「そう。高丘さんがむかしむかしに生きていたころのお話」

「もう、たいがい忘れてしまったなあ」

そう言いながらも、高丘さんは、久しぶりに会う約束をしてくれました。

棟児を連れ、お弁当をつくり、わたしは川端へと向かいます。棟児は久しぶりの遠出に、興奮していました。ナーちゃんと三人で行くショッピングモールや、小さな遊園地、動物園や植物園も、もちろん棟児は大好きなのですが、何より棟児が気に入っているのは、どうやらこの川端のようなのでした。

「もうすっかり小さな人間になったね」

棟児を眺め、高丘さんが言います。

「もう少ししたら、ぼくが初めて会ったきみと同じくらいの年になってしまう」

「まだまだよ」

「いや、五年十年は、あっという間さ」

「そうね、千年だって、あっという間ですものね」

そう言ったわたしの顔を、高丘さんはじっと見つめました。

「何か、あったの？」

高丘さんは聞きました。

「いいえ、新しいことは、なんにも」

「平安の日々は、楽しい？」

「このごろは、あんまりあそこへは行けなくなってしまったの」

そうです。わたしは近ごろ、夢の中で姫さんのもとへ行くことが、ずいぶんと不自由になっているのでした。

このごろのわたしの眠りは、とても深いのです。夢も見ないくらい。

たまに夢を見ても、それは姫さんとは関係のない、梨子であるわたし自身のただの夢であり、わたしの無意識の中にあるごたごたしたものが、出たり入ったりするばかりの、脈絡のない普通の夢なのです。

「天竺には、着けなかったんだよ」

高丘さんは言いました。

「そうよね」

「でも、旅は楽しかった」

「旅の間、薬子さまのことは、思いだした？」

「うん、よく思いだしたよ」

「修行をつんで、解脱に近い境地まで行ったのに、昔恋したひとを、そんなにしょっちゅう思いだして、いいの？」

「いいんだよ」

ほがらかに、高丘さんは答えました。

「それじゃあ、修行のかいがなかったっていうことじゃない？」

「ちがうよ。思いだしても、もう苦しい気持ちは一つもないから、いくらでも思いだすことができたんだ」

「苦しい気持ちがない……」

恋しいひとへの気持ちの中に、苦しみが一つもない、という境地が、どんなものなのだか、今のわたしにはわかりません。

恋することは、いつも苦しかったのです。ナーちゃんに恋することも、江戸時代のおいらん春月として高田に恋することも、平安時代の女房として姫さんの恋を間近に感じることも、五条の姫として業平との恋に身を投じることも、みんなみんな、にがみに満ちたものでした。

だからこそわたしは、そのにがみがいったい何なのか知りたくて、高丘さんにこうして会いにきているのです。

「ねえ、天竺への旅の道中の話をして」

わたしは言いました。

「そうだね。天竺はね」

高丘さんは、静かに語りはじめたのでした。

——天竺には、結局行きつくことができなかった。そのことは、あなたもよく知っているよね。

高丘さんは、わたしの顔をのぞきこみながら、茶目っ気のある表情で言いました。

——ええ、知っている。今ではわたしも澁澤龍彦を読んでいるから。

わたしは答えました。

——実際のところ、唐の国はともかく、天竺ではあのころすでに仏教はすたれていたのだし、そのことを知っているぼくが、それでもあえて真如の身で天竺をめざしたのは、なぜだったのだろうかと、今のこの現代に帰ってきてから、ずっと考えているんだ。

――もしかして、澁澤の『高丘親王航海記』の中の薬子さまの面影を、追っていくためだったの？

――わざわざ、ぼくが実際に危険な旅をして天竺まで行ったこと？

――そう。わざわざ、危険をおかすために。途中で死ぬことはわかっているのだから、危険の中にこそ、高丘さんの中に高まるものがあったのかなって……。

――その仮説は、かなり真実に近いものかもしれないね。

高丘さんは、はればれとした顔で言いました。

――ぼくは、ずいぶん幼い頃にくすこさんに出会っただろう。そして、そののちむかしむかしの世界に逍遥するようになり、高岳親王の身としてあらためて薬子さまに出会った。父との不思議な関係をもっていたくすこさんと、むかしむかしの薬子さまが、同じ人間なのか、それとも似ていても非なる存在なのか、ぼくには今でもわからない。

たぶんそれは、どちらでもいいことなんだ。

くすこさんが大好きだという心と、薬子さまを慕っているという心は、今もこの身の中にたしかにあるのだから。

もうくすこさんにも薬子さまにも会うことはないだろうに、そのひとたちを愛する心がありありとあるというのは、なんと奇妙なことなのだろうね。

——天竺までの旅の間、高丘さんのその心は、変わっていった？

——変わっていったような、変わらなかったような。

——そんな言いかたじゃあ、わからない。

——ぼくが死んだのは、虎に喰われたからなんだよ。

突然高丘さんは、違う調子でそう言いました。天竺までの旅の途上で、虎におそわれて亡くなった高岳親王、僧真如。そのような伝聞が、たしかにあることを、わたしも知っています。

——ほんとうに、虎に喰われちゃったの？

——喰われたさ。

——喰われたんだ……。

——虎に喰われたという最期は、ゴータマ・シッダールタにまつわるエピソードと関係しているのかもしれないね。

——お釈迦さまのエピソード？

——うん。シッダールタは、その前世において、飢えた虎の母子のために、自分の身をさしだしたというし。

——お釈迦さまって、前世で虎に食べられちゃったんだ？

——その時の虎の子が、生まれかわってシッダールタの弟子になったんだって。

——じゃあ、真如はシッダールタの前世と同じ行為をおこなったっていうわけ？

——そうなるね。

——だとすると、真如もシッダールタと同じように、そのあと悟りを開くような者に生まれかわったのかな。

——だといいけど。

——それが、高丘さんだったりして。

——ちがうな。

高丘さんは、即座にそう言いました。

——ぼくは、悟りなんて全然開けてないよ。だって、あなたのことを、ぼくは少し恋しているもの。くすこさんをこんなにも恋している、そのかたわらで、平然と。

あなたのことを、少し恋している。

高丘さんのその言葉に、わたしは胸がしめつけられるような心もちとなります。なぜなら、わたしの方も、高丘さんに、少し恋しているからです。

とても、ではなく、少しだけ、恋をしている。

そのことが、安らかで、そしてたまらなく切ないことなのでした。

天竺に行きつかず、マレー半島のなかばで虎に喰われて死ぬまでの僧真如の冒険譚は、くすこさん、あるいは薬子さまへの恋情もさることながら、そのことから離れても、たいへんにわくわく、またはらはらする、物語でした。

あまりに旅が苦しい時には、真如は信仰を捨てそうになったこともあったといいます。また、旅がゆるやかに愉しく進む時には、反対に何もかもを捨ててその場所に居ついてしまおうかと思うこともあったそうです。

けれど真如はまことの悟りを求めて、旅を続けたのです。吹く風が、そびえる山々が、乾いた道が、湿った密林が、行く先々で真如を迎えました。一週間歩けば出会うひとびとの肌の色が変わり、喋る言葉も違ってゆくのです。さらに一週間歩けば、見たこともない風俗のひとびとが真如をとりまき、想像したこともなかった迎えかたをしてくれます。

鳴き交わす鳥。足もとを走り過ぎる小さな動物。威嚇してくる大きな動物。頭上に濃い影をつくる木々。繁茂するシダやコケ。ぶんぶんと飛びまわる虫。

あらゆるものの中を、真如は進んでゆき、そして最後には虎に喰われて果てたのでした。

――虎に喰われるのは、痛かった？

わたしは聞いてみました。

――痛くて、苦しくて、その瞬間、もう二度とぼくはむかしむかしには帰りたくないと思ったよ。

高丘さんは、顔をしかめながら答えます。

――今も、帰りたくない？

わたしのその問いに、高丘さんは答えませんでした。ただ静かに目の前を流れてゆく川を眺めながら、くちもとを、ほほえんでいるような、あるいは少しばかりこわばっているような具合にゆがめ、まなこを沈んだ茶色に光らせているばかりです。

高丘さんはきっと、帰りたいのです。

おそらくこの先、二度とわたしたちは、むかしにも、むかしむかしにも、帰れなくなることでしょう。だからこそ、わたしたちは帰りたいのです。

けれど、たとえもう二度と帰れなくとも、わたしたちは決して忘れることはないでしょう。むかしむかしに出会ったひとたちのことを。むかし見た場所のことを。むかしむかしの空の色を。むかしの風の匂いを。

むかし、そして、むかしむかしに生きる者たちに、実際のこの身をもって会ったことはないはずだのに、ただの夢の中でのできごとのはずだのに、わたしたちはやはりそこで生きていたのです。泣き、笑い、喜びつつ、長い時間を過ごしたのです。

――帰らないよ、もう。

高丘さんは、そう答えたのでした。

今の章

棟児の保育園が決まったのは、先週のことでした。三ヶ月前から、わたしは働きはじめたのです。

母は、わたしが働きに出ることに、ずっと反対し続けました。

「まだ棟児が小さいのに」

というひとことから始まり、わたしが働くことなどできるはずがない、パソコンもろくに触れないのに仕事があるのか、体力だってないのに、ひとさまと協調して毎日つつがなく過ごすことだってできるはずがない、云々と、まあその理由の滔々《とうとう》と述べられたことといったら。

「そんなにわたしは、だめな人間なの？」

思わずわたしは、聞いてしまいました。

「そうよ。梨子は、だめな子よ」

「そんな」

「生矢さんに結婚してもらったことが、梨子の今までのいちばんの手柄ね」

「ひどい」

母は反対しましたが、わたしは根気よく説得を続けました。なぜなら、母の協力なくしては、勤めはじめることはとうていかなわなかったからです。

保育園に棟児を預けるにしても、働いているという実績がないとだめなのですから、まずは母に棟児をみてもらい、その間にわたしが少しずつ仕事に慣れることが必要なのです。

「そもそも、わたしがいなければ働けない、というのが、甘ったれている証拠じゃないの？」

あくまで母は、反対の姿勢をくずしませんでした。

わたしに助けの手をさしのべてくれたのは、意外なことに、通子先生でした。

母とすったもんだしていたある日、通子先生は棟児の顔を見に、遊びに来てくれたのです。

「先生、聞いてくださいよ」

母は、早速訴えました。

「梨子ったら、育児に飽きて、外に出たいなんて言うんですよ」

「あらまあ」

というのが、通子先生の最初の言葉でした。

「棟児くんに、もう飽きたの？」

通子先生は、わたしに聞きました。

「飽きてません」

「じゃあ、飽きていないけれど、外に出たいの？」

「外に出たいけれど、それは遊びに出たいという意味じゃありません」

「じゃあ、どういう意味なの」

母が横から口をはさみます。

「一人の人間として、ちゃんと立ちたいと思っただけ」

わたしのその言葉を聞いた母は、大きく眉をひそめました。

「母親として子どもを育てるなんていう簡単なことは、一人の人間として立っていることとは違うって、梨子は言うのね」

「そんなこと、言ってない」

「いいえ、あなたは主婦の仕事を軽くみてるのよ」

それまでさんざんわたしと母の間で交わされてきた言い合いが、通子先生の前でふたたび交わされはじめようとしていました。わたしは、あせりました。せっかく通子先生が足を運んで遊びに来てくださったというのに。

けれど、母とわたしの不穏なやりとりを、優しくほぐしてくれたのは、通子先生そのひとでした。

「ちがうのよね」

通子先生は、母とわたしを交互に見やりながら、言うのでした。

「梨子さんが働きたいのは、ご自分がふがいないからなのよね」

母が、え、という表情で、通子先生を見ます。わたしに対する、「ふがいない」という、言ってみれば否定的な通子先生の言葉は、母を驚かせたようでした。

「梨子さんのお母さまのように迷いなく生きることができなくて、そして生矢さんとの間がらにも自信がもてなくて、それがふがいないから、ご自分のためだけじゃなく、生矢さんや棟児くんのためにも、働いてみたいのよね」

この数年間のナーちゃんとのごたごたを、すっかり見通しているかのように、通子先生は続けるのでした。

「そ、そうです」

気圧《けお》されながら、わたしは答えます。

「だから、お母さま、心配なさらず」

「心配するなって言われても」

母は、まだまだ不満そうです。

「わたくしたちが子どもを育てた時代と、今は、すこうし、違うのですよ」

諭すように、通子先生は言いました。

「梨子さんたちは、依って立つ場所が、ものすごく、すかすかしているのです」

「すかすか」

ぽかんとしながら、母は聞き返しました。

「ええ、すかすかなの、梨子さんたちの立っている地面は」

「そうなのかしら？」

「その、すかすかの地面の下に、いろんなものが見えてしまうのよね」

「いろんなもの」

母は、通子先生の言葉を口の中で繰り返します。

いろんなもの。わたしも、心の中でその言葉を繰り返します。

そう。たしかに、わたしの立っている場所はすかすかで、その隙間を通して、むかしのことや、むかしむかしのことや、今のナーちゃんのさまざまが垣間見えてしまうのです。

そして、それらのことごとが、わたしを揺らし、迷わせ、不確かにしてゆくのです。

最後まで母は完全には納得してくれませんでしたが、通子先生の言葉は母の心を少しは柔らかくしてくれたようでした。

こうしてわたしは、卒業した大学の教授の秘書として、働くこととなったのです。

秘書の仕事は、おもに事務仕事です。今の大学は昔よりもずっと予算が厳しく、国からの援助として得ることが可能な研究費を獲得するのは、なかなかに困難なことらしいのですが、わたしがかつてついた卒論指導の教授は、さいわいにその方面の力があるらしく、秘書を雇用することが可能なのでした。

もともとは、わたしの数少ない友人である菅原さんが、大学を卒業してからすぐに教授の秘書となり、二十年近く勤めつづけてきたのですが、少し前からお母さんが病を得、看病のために秘書の仕事を誰かに引き継ぎたいと言っていたのです。

「梨子さんにお願いできるといいんだけれどな」

という菅原さんの言葉に、わたしは最初のうちは躊躇《ちゅうちょ》していました。まったく自信がなかったからです。

けれど、少し前から自分の中にわきあがっている、「新しい何かをしてみたい」という気持ちに、わたしはきちんと向き合ってみることにしたのです。今まで、結局は何ごとにも正面から向き合ってこなかったこの人生を、今度こそ変えたいと思って。

仕事の初日、わたしは疲れきって帰宅しました。朝から緊張しつづけていただけでなく、パソコン教室に通って学んだエクセルは全然うまく使いこなせなかったし、教授が言いつけるいくつかの用件をこなすのにもいちいち時間がかかってしまったし、そのことに教授が内心でいらいらしていることにもはっきり気がついてしまったしで、これでは来月には馘首《かくしゅ》されてしまうにちがいないとがっかりしていたからです。最初の一ヶ月は、本採用ではなく仮採用という形で、この仕事は始まったのです。

棟児を迎えに母のところに行くと、母も疲れきった顔をしていました。

「この年での育児は、もう、無理かもしれないわ」

母は言うのでした。

「ごめんなさい、保育園がみつかるまでだから」

わたしが言うと、母はむっつりしたまま、

「でも、ちゃんと働いている人でも、保育園の空きをみつけるのは大変なんでしょう。梨子みたいな腰かけなんて、とてもじゃないけど……」

どうしてそう娘の気をくじくようなことしか言えないの、と口にしかけたわたしをさえぎったのは、棟児の笑い声でした。

「マーマ」

そう言って、棟児は抱きついてきました。少し湿った温かな存在を、抱きあげてぎゅっとしているうちに、母に対するわだかまりは、みるみるうちに溶けてゆきます。

「ともかく、ありがとう」

母に頭を下げながら言い、わたしは棟児を抱いて二階へとのぼって行きました。

リビングのドアを閉め、棟児と二人きりの空間で小さなソファにどさりと座ったとたんに、あらためて疲れが体ぜんたいにじんわりと広がってゆきます。

「おなか、すいた？」

わたしは棟児に聞きました。

「ううん。おかち、たべた」

棟児は言い、にっこりしました。間食はさせないでと言っておいたのにと、またわたしは母に対してむっとした気持ちになりかけますが、首をふって自分をいさめます。かわりに、これまでなんてわたしは甘やかされてきたんだろう、こんなことくらいでいらいらするなんて、と思いなおします。

「働くのは、大変ですよー。パーパも、毎日いっぱい働いて、えらいですねー」

棟児だけにではなく、自分にも言い聞かせるように、わたしは言ってみます。

「先にお風呂入っちゃいましょうかねー」

歌うように続けると、棟児は嬉しそうに、おふろー、と声をそろえました。

その夜は、買ってきた鶏の唐揚げと、キャベツを千切りにしたもの、そしてお麩《ふ》のお味噌汁にしました。きっと花壇の手入れは、当分できないだろうなあ、というのが、寝入る直前に頭に浮かんできたことでした。

家の仕事も立派な仕事なのに、なぜ外でする仕事とは違うふうに感じるのだろうかというのが、本採用が決まってからしばらくして湧いてきた疑問です。

専業主婦としてだけ働いていた時には、家庭での仕事は、わたしにとってははっきりとしたプロフェッショナルな仕事でした。ところが、大学でパソコンを使ったり教授のお使いをしたり、お金のことを扱ったりすることをはじめると、家の中のことごとをしている自分が、アマチュアに戻ってしまったかのように感じられてならないのでした。

「アマチュア」

近くに来る用があったという菅原さんと、大学の学食でA定食を一緒に食べている時にそのことを言うと、菅原さんは笑ってわたしの言葉を繰り返しました。

「そりゃあ、アマチュアでしょう。だって、家庭の食事はレストランの食事にくらべたら簡素だし、掃除だって洗濯だってプロの技には劣るでしょう」

菅原さんは、言いました。

「なるほど」

わたしが頷くと、菅原さんはこう続けたのです。

「でも、一つ一つの仕事ではプロの技に劣るかもしれないけど、ものすごく多方面の仕事が家庭にはあって、それぞれはアマチュア仕事だったとしても、その全部を一人でとりさばくのはほんとうに大変なことで、家庭の仕事全部をまるごとやってくれるような業者は、この世には存在しないのよ。昔の住みこみのお手伝いさんならば、もしかすると多くの部分をカバーしてくれたかもしれないけど、そのお手伝いさんだって、一家の主婦の指示のもとに働いていたわけでしょう。家庭の仕事ほど、アマチュア的プロフェッショナリズムが必要な仕事はこの世にはほかにないと、あたしは思う」

「なるほど」

菅原さんの言葉に、わたしは圧倒されつつ頷くばかりでした。おりしも菅原さんは、家庭のアマチュア仕事の中でももっとも大変だと思われる介護という仕事に新しく取り組んでいるところでもあるということを、わたしはすぐに思いだします。

「大学の仕事と、家庭の仕事って、どう違うんだろう？」

わたしは直截に聞いてみます。

「大学の仕事は、他人によって仕事の方針が決まることが、いちばん大変だった。家庭の仕事は、自分で仕事の方針を決めなきゃいけないことが、いちばん大変」

つまり、外仕事は人さまの決断に従わなければならないストレスが大きく、家仕事は自分で決断しなければならないストレスが大きいっていうことなのよね。菅原さんはそう続けたのですが、その言葉にも、わたしはただただ、なるほど、と頷くばかりだったのです。
家庭の中心でありかつ社会で働いている多くの日本の女たち（と、少しの男たち）は、社会においては部下である自分と、家庭においては経営者である自分の、両方のストレスと楽しみを引き受けて生きているのだ。菅原さんはそう言っているのです。

「引き裂かれてるのね、わたしたちは」

わたしが言うと、菅原さんは定食の漬けものをぽりぽり嚙みながら、

「そうなのよね」

と、大きく頷くのでした。

　高丘さんに会いたい。
久しぶりにそう思ったのは、働きはじめてから半年ほどたったころだったでしょうか。
いつものように会議室に集まってお弁当を食べたあとくつろいでいる何人かの秘書たちに背を向けて、わたしは先に部屋を出ます。お手洗いに行き、歯をみがき、研究室に戻って誰もいないことを確かめてから、わたしはスマートフォンに指をはしらせ高丘さんの番号を呼びだしました。

　二回の呼びだし音のあとに、なつかしい高丘さんの声がしました。

「やあ」

背後に、風の音が聞こえます。

「元気だった？」

何と言っていいのかわからず、わたしは訊ねてみます。

「うん。あなたは？」

「うん、元気」

「もしかして、家じゃないところから？」

高丘さんは聞きました。

「どうしてわかったの？」

「声が、にじんでいない」

高丘さんらしいその表現に、わたしの中にあった高丘さんへの思いが、まるで水中花が開いてゆくように、静かに広がってゆきます。

「高丘さんは、今どこにいるの？」

「瀬戸内海の近く」

「遠いのね」

「遠くないよ」

「そうね、天竺よりは遠くない」

「会いたいな」

そうささやいた高丘さんの声の中に、わたしは深く沈みこんでゆくような心地になりました。

「わたしも、会いたい」

「いつ、会えるかな」

「わからない。でもきっと、また会える。いつか」

「うん」

そのあとしばらく、わたしたちは黙って互いの息の音を聞きあいました。互いの息の音と、それから、高丘さんの背後の風の音、わたしの背後の人の足音やドアを開け閉めする音を。

肩をたたかれて、いつの間にか午後も三時を過ぎていることに気がつきました。電話はもちろんずっと前に切っていて、わたしはかばんの中にそっとスマートフォンをしまい、自分の机に向かっていたはずだったのですが、教授に頼まれた予算管理表を途中でほうったまま、わたしは椅子の上にある自分の体から少し離れた場所を、しばらくただよっていたようなのでした。

「疲れてる？　お茶でも飲む？」

お隣の研究室の秘書である中田さんが、わたしの肩を軽く揉みながら、聞きました。

「ありがとう。中田さんの分も淹れるね。紅茶？　コーヒー？　日本茶？」

あわてて立ち上がりながら、わたしは聞きました。

そうなのです。ついさっき、わたしは高丘さんと会っていたのです。だって、実際には瀬戸内海のあたりにいるはずの高丘さんが、教授の部屋のすぐ外に立って、ほほえんでいたのですから。そこに駆けよっていって、白昼夢の中でもいいから、言葉をかわさずにいられましょうか。

電話の続きを、わたしたちは喋りあったのです。どんなことを喋ったのかは、覚えていません。でも高丘さんは、たしかにここにいたのです。

「なんだか、キツネに化かされたような顔をしてるわよ」

中田さんが笑いながら言いました。

「うん、化かされたのかもしれない」

「ええっ、危ないなあ」

「はい。気をつけます」

気をつけます。心の中で、わたしは繰り返します。でも、わたしは大丈夫。高丘さんがさっきまでここにいたのはたしかだけれど、高丘さんがここにいなかったことは、ちゃんとわかっているから。

中田さんは、週末に行ってきた伊豆のおみやげだというサブレの包みを、わたしのてのひらにぽんと載せてくれました。そして、わたしに向かって、にっと笑いました。

サブレの包みを、わたしはすぐに破いて口に運びます。

「おいしい」

「伊豆、よかったよ」

中田さんは楽しげに言いました。

「何年か前に、夫と行ったなあ」

ナーちゃんと泊まった伊豆の宿のことを、わたしは思い返します。

「仲いいのね」

中田さんが、からかうような口調で言いました。

「はい、仲いいです」

悪びれず、わたしは答えます。

嘘ではありません。わたしとナーちゃんは、このところ実際に仲がいいのですから。

ナーちゃんは変わった。わたしは最近しばしばそう感じます。以前は、ナーちゃんとわたしが互いに近づくと、強い放電が二人の間に起こり、そのために、ある時は色めいた昴ぶりが二人を近づけ、またある時は反対に痛みを感じるあまりに遠くへだてられてしまったものでした。

けれど今は、放電を起こすべき静電気はわたしたち二人の体の中にたくわえられており、二人のいる磁場は、おだやかに鎮まり、常に微弱な電流が流れているばかりなのです。

これをもって、夫婦としての円熟味がくわわってきた、と表現することもできましょうし、いよいよ本格的な倦怠期がおとずれはじめた、と言うこともできましょう。

「中田さんは結婚して何年めになるんですか」

わたしは聞いてみました。一緒にお昼をとる秘書仲間のうちで、結婚しているのはわたしと中田さんだけです。

「十……えーと、たぶん十二年。あれ、十三年だったかな」

首をかしげながら、中田さんは答えました。

「うん、忘れますよね」

「そう、忘れるの、最近。結婚したての頃は、結婚記念日だけじゃなく、初めて出会った日のことも、祥月命日みたいにして毎年お祝いしてたのに」

「祥月命日って……」

わたしが笑うと、中田さんも笑いました。それをしおに、中田さんは自分の部屋へと帰ってゆきます。

祥月命日。中田さんが口にしたその言葉を、わたしは心の中でころがしてみました。命日とは、何某かが亡くなった日のことであるわけですが、記念日というものも、最初は何かのできごとをことほぐ意味をもつものだったのに、時間がたつにしたがって、何かをなくしてしまったことを哀しむ日へと変質していってしまうのかもしれない、そんなふうに感じながら。

ナーちゃんと出会った日を、わたしは今までことさら祝うことはしてきませんでしたが、もし中田さんのように祝うことに決めていたなら、出会った当初は、たぶん「出会った記念日」として単純によろこび祝ったことでしょう。けれど今現在のわたしにとっては、「ナーちゃんと出会った時の気持ちが、こんなにも変化してきたことをしみじみと眺めやる日」として、ままならない来し方を振り返る機会になってしまっただろう気がします。

結婚記念日だって、同じです。一年でたった一度の、大事なお祝いの日に、結婚したばかりの二人ならば、それはもう慈しみ深く互いを見つめあいながら、その日を純粋に楽しむことでしょう。

それが、結婚三年、五年、十年とたつにしたがって、その日のもつ意味あいに、喜びだけでは包みきれない、皮肉な気分やとりかえしのつかないいくつもの悔恨の記憶がまじるようになることでしょうし、さらに二十年三十年と時間を重ねていったならば、今のわたしにも想像のつかない、嬉しいとも悲しいとも可笑しいともいきどおろしいとも判別のつかない記憶の地層が、幾重《いくえ》にも重なりつつ横たわるに違いありません。

「結婚って、奇妙なものね」

わたしは、思わずつぶやいていました。

教授も部屋にはおらず、ここにいるのはわたし一人だけです。自分の出した声が、へんなふうに部屋の中に響きます。

「わたし、ナーちゃんのことが、今も好きなのかしら」

続けて、そう口にしてみます。

すき。きらい。すき。きらい。

花びら占いをする時のように、交互に言葉を重ねてゆきます。

好き、とか、嫌い、とか、そういう素直な言葉ではあらわせないものが、わたしとナーちゃんの間にあることだけは、はっきりとわかっています。それを、いったいわたしたちは何という言葉で呼べばいいのでしょうか。

ぶるっと頭をふり、わたしはパソコンの前にまっすぐ座りなおしました。

高丘さんの白昼夢をみた数日後に、今度は高丘さんから電話がきました。

「門司《もじ》にいるんだ」

まえおきなしに、高丘さんは言い、こう続けました。

「会いたい」

会いたい。その言葉を、わたしは心の中で繰り返します。わたしも、会いたい。口には出さず、思います。そして、かわりに言いました。

「でも、門司から東京まで、自転車でいったいどのくらいかかるの？」

「フェリーに乗れば一日半で着くよ」

「そうか、フェリーか。一日半後は、金曜日ね」

「うん、金曜日の夜に、会おう」

「生矢さんが帰りの遅い日だから、母に棟児をあずけられるかどうか、聞いてみる」

「わかった。またあさって電話する」

まるで待ち合わせの約束をしばしば交わしている恋人どうしのように、わたしたちはなめらかに逢瀬の約束をしました。

そうです。きっとわたしは金曜日に高丘さんに会うことでしょう。その時わたしたちは、いったい何を話すのでしょう、あるいは、何を話さずにおくのでしょう。

　金曜日はすぐにおとずれました。朝から雨が降っていて、保育園からつれ帰った棟児をあずけた母は、少しふきげんでした。

「こんな日に、外に行くなんて」

「棟児をつれていくわけじゃないから、大丈夫」

「そもそも、人の奥さんがこんな夜に出歩くって、どうなの？」

　母のこのようなもの言いに、わたしはもうずいぶん慣れてきていました。女は家にいて夫の背後を守るもの、という時代の中でつちかわれた母の価値観をくつがえすのは、とうてい無理だとわかってきたからです。

これは、朽ちつつある帝国の法令を、母という口伝の徒が、まるで古事記の元となる文言を誦習《しょうしゅう》した稗田《ひえだの》阿礼《あれ》のごとく口にしているのだと、最近わたしは思うようにしているのです。

「ほんとうに、感謝してる」

「口先だけでそんなこと言ってもだめですよ」

そう答えながらも、母の機嫌が少しだけなおったことが、わたしにはわかりました。

父は、このように素直な母のことが、さぞやいとおしいことだろうと、わたしは思います。それならばナーちゃんは、わたしのことを、こんなふうにいとおしく思っているのでしょうか。

むしろこのごろでは、わたしの方が、ナーちゃんのことをいとおしく思っているのかもしれません。ナーちゃんは、母のようにはあどけなくないけれど、たとえば副社長の許嫁との仲を伊豆の宿でわたしに告白した時も、その前にたくさんのおんなのひとたちの影がさしたおりにも、わたしに対してはたいそうあけっぴろげで、まるで人さまへの忖度を持たない純朴な子どものようだったではありませんか。

このおとこのことは、かわいいと思うしか、ないのか。

そんな覚悟が、江戸から平安の世をさまよいつづける間に、わたしの中に少しずつかたちをなし、育っていったのかもしれません。

「何を笑っているの」

とがめるように、母が言いました。

「え？」

「早く行きなさい、待ち合わせをしているんでしょう」

「うん、ありがとう」

おとなしく、わたしは答えました。

「じゃ、あんまり遅くならないうちに」

母の気が変わらないように、わたしはいそいで家を出ました。棟児は嬉しそうにわたしに手をふっています。保育園に行きはじめてから、日に日に活発になり、独立心も強くなっている棟児。わたし以外の大人や子どもと過ごすことが、棟児は楽しくてならないようなのでした。

高丘さんがちゃんとした服を着ているので、わたしはびっくりしました。

「どうしたの」

思わず、そう言ってしまいます。

「たまにはね。デートだし」

「デートなのね、これは」

「ちがうの？」

ちゃんとした服、といっても、高丘さんがスーツやジャケットを着ていたわけではありません。ごくふつうのシャツに、ごくふつうのパンツ。でも、いつもの毛玉だらけのセーターや、着古して体によくそった、気持ちよさそうではあるけれどかなりよれよれしたシャツやジーンズではないものを身につけた高丘さんは、かなりすてきでした。ただそこに立っているだけで、近くによってゆきたくなる風情、とでも言えばいいでしょうか。

「今日は、すてき」

わたしは素直に言ってみました。

「今日だけ？」

目をまるくみひらいて聞き返す高丘さんに、わたしは笑ってしまいました。

「うん、今日だけ」

「いつもは、すてきじゃないの？」

「いつもは、違うふうにすてきなの」

「あなたも、いつもいろんなふうにすてきだよ」

待ち合わせの改札前で、互いをおおっぴらにほめあっているわたしたちの横を、勤めがえりらしきひとたちが、足早にゆきすぎます。ナーちゃんは今ごろ残業をしているのだろうか、あるいは取引相手と接待の食事でもしているのだろうかと、わたしは一瞬思いますが、すぐにナーちゃんのことは忘れてしまいます。

「今日は、ぼくの好きな店に行こう」

「どんなお店？」

「それは、行ってみてのおたのしみ」

高丘さんは、わたしと並んで歩きはじめました。

そのまま歩いてゆくと、駅から続く商店街が途切れるあたりに、五階建てのマンションがありました。外壁がレンガの、昭和ふうの建物です。どのベランダにも、洗濯ものやグリーンなどの生活を思わせるものは見えず、カーテンの閉まっている部屋がほとんどでした。

エントランスに入り、正面にあるエレベーターに乗ると、高丘さんは三階のボタンを押しました。機械は、ゆっくりと、音をたてて、のぼってゆきます。

「こんなところに、レストランがあるの？」

わたしは聞きました。

「うん、秘密のレストランだよ」

それ以上高丘さんは説明をしませんでした。降り立った三階は、外廊下が無機的に続いているばかりで、店の看板らしきものはありません。そのまま高丘さんは廊下を進み、ポケットから無造作に鍵をとり出しました。

かちゃり、という音がして、扉が開きました。変哲のない、マンションの部屋です。短い廊下の片側に扉があり、おそらくそこはバスルームとお手洗いにちがいありません。リビングダイニングは十畳ほどの広さで、その奥にはベランダへの掃き出し窓がありました。

「さあ、今宵はここで過ごそう」

高丘さんは言いました。そのまま高丘さんは、わたしをかきよせ、わたしの頭を高丘さんの胸にぴったりと押し当てます。

部屋の外からは、かすかな電車の音と、ときおり鳴くカラスの声が聞こえてきます。

高丘さんの鼓動を、わたしは感じていました。決して昂ぶってはいない、ゆったりとした鼓動です。

「わたしを、抱くの？」

頭を高丘さんの胸に押し当てたまま、聞きました。

「その必要は、ないだろう？」

その必要。堅苦しいような高丘さんの言葉に、わたしは少しだけ笑ってしまいます。

「うん、その必要は、ないね」

答え、顔をあげて、わたしは高丘さんの目をじっと見つめました。高丘さんも、見つめかえします。

そのまま、わたしたちは静かにくちづけをかわしました。あかるくて、軽やかで、互いをいとおしむくちづけです。

くちびるは、少しばかり迷ってから、それ以上深まることなくすぐに離れました。迷ったのは、どちらのくちびるだったのでしょう。わたしのくちびる？　高丘さんのくちびる？　それとも、二人のくちびる？

「では、食事にしよう」

高丘さんは言い、木の葉がはらりと枝から離れるように、わたしから離れました。キッチン部分へと、高丘さんは足をはこびます。ガステーブルの上に、煮こみ鍋が置いてありました。かちりとガスのつまみをまわし、高丘さんは火をつけました。

煮こまれていたのは、牛のほほ肉でした。

「けっこう長時間、煮たよ」

さもなんでもないことのように、高丘さんは説明しましたが、この高丘さんの「秘密のレストラン」で出されたごちそうは、なかなかに凝ったものばかりでした。

前菜には、きのこのムース。魚はあんこうのポワレで、一緒に出してくれたサラダは、何種類ものハーブが使ってありましたが、それらのハーブのほとんどを、わたしはこれまで見たことがありませんでした。そして、きわめつきは、もちろん牛ほほ肉のシチューです。

とろりとした肉が、茶色いシチューの中にうかんでいて、一緒に煮こんだという野菜は、マッシュしてあるのです。野菜と肉のうまみが渾然一体となったシチューの中の肉は、口にいれるとほろりと涼しく溶けてゆきました。

「このお料理は、高丘さんがつくったの？」

そう訊くと、高丘さんはうなずきました。

「料理は、好きなんだ。ふだんはこんなきちんとしたキッチンがないから、焚き火でこんがり焼いて塩をふるような料理が多いけどね」

「旅の間は、いつも野宿して、野外料理をするの？」

「いいや、今は火をおこすのにもいろいろ許可が必要だったりするから、そんなには」

「高丘さんは、猟もするの？」

「動物を殺すのはつらいから、しないな」

「でも、死んだ動物を食べるのは、大丈夫なのね？」

「そういうことになるね」

食べている間の、わたしたちの会話は、意味があるようで、まったくないものでした。

高丘さんは、旅で出会った人や、動物や、景色のことを、ぽつりぽつりと語りました。わたしは、棟児のこと、勤め先の大学のことを、これも前後の脈絡なく、思いつくままに喋ります。けれどそれらの言葉は、情報のための言葉ではなく、ただこの部屋の中に一瞬ただよって、わたしたちのこの親密な空気を濃くし、次の瞬間には空気の中に溶けていってしまう、はかなくも楽しい音のつらなりにすぎないのでした。

高丘さんもわたしも、健啖でした。サラダの葉一枚、パンのくずひとつ、シチューの一滴も残すことなく、貪欲にすべてを食べつくしました。

「おいしい」

わたしが言うと、高丘さんはほほえみました。

「昔、給食を食べきることも難しかったあなたが、こんなに食いしん坊になっていたとはね」

たしかに、そのとおりです。大嫌いだった給食の時間。お昼休みの途方もない長さ。その一方で、高丘さんのいた用務員室の、あの気持ちのいい空間。

「わたしたち、なんて長い旅をしてきたんでしょう」

わたしはささやきました。

「そうだね。ぼくたちは、旅をしてきたよね。一緒にいないときも、いるときも、いつもいつも」

わたしにとって、高丘さんは、とても大切なひと。かけがえのないひと。

グラスに残ったワインを飲み干しながら、強くそう思います。

でも、高丘さんとの間にあるのは、恋愛感情ではない。

そうも、思います。

「かなしい、って言ってたよね、そういえばあのころのひとたちは」

静かに、高丘さんは言いました。


愛《かな》しい。

なつかしい言葉でした。平安の世で、わたしの姫さんは、女房たちは、誰かをいとおしく思うときに、この言葉を口にしたものでした。

かなしいややこやなあ。

姫さんは、その手に若さんをお抱きになりながら、ときおりおっしゃっていました。

それは、今のわたしたちの「愛する」とは、少しばかりちがうニュアンスの言葉です。

平安の世では、今のわたしたちがただ一人のひとを求める気持ちで誰かを「愛する」というような、狭くて深い気持ちをもつ機会よりも、境界線のないような愛の世界の中で、ゆらゆらと、ふれあったり離れたりすることが多かったのです。業平が五条の姫に抱いたような、ただ一人だけの者に向かってゆく鋭くも強いベクトルの愛情は、平安の世では、危険なものだったのです。

そのかわりに、女たちも男たちも、ゆるやかに相手をいとおしみ、互いの悲しみと喜びとを眺めあい、それ以上踏みこむことはせず、ただ互いの存在を感じあっていました。

「高丘さんを、わたしは愛《かな》しんでいるのね、きっと」

わたしは、言いました。

「ぼくも、あなたを愛《かな》しんでいるんだ、たぶん。この先も、ずっとね」

高丘さんも言いました。

静かに、わたしたちは見つめあいます。互いの顔を、いつまでも覚えていられるように。最後にまたくちづけをかわし、わたしは一人で部屋を出ました。おそらくこの先、わたしはもう高丘さんには会わないでしょう。天竺をめざした真如高岳親王と同じように、高丘さんはきっと、わたしの知らないはるか遠い場所へと旅を続けてゆくにちがいありません。

さよならは、言わないから。

心の中で、わたしは高丘さんによびかけます。

駅までの道は、冷えていました。ネオンが、いつもよりずっときらきらと輝いていて、なんてきれいなのだろうかと思ったとき、わたしは自分が涙を流していることに、はじめて気がついたのでした。

そして日々は続きます。

棟児は、来月小学生になります。ナーちゃんは本格的に社内の主流派に復活したようで、やたらに忙しくしています。わたしは秘書の契約を無事更新することができて、棟児の入学後も、また三年間勤めつづけられることとなりました。

ナーちゃんは、もう恋はしないのかしらと、わたしはときおりいぶかしみます。今でも彼の男ぶりはよくて、一緒に道を歩いていると、女のひとたちがふりかえるくらいなのですから。

「誰か、好きなひとは、いないの？」

この前、わたしは実際にナーちゃんに訊ねてみました。

「いないよ」

さっぱりと、ナーちゃんは答えました。

なるほど、今はきっとナーちゃんにとっては、恋の道よりも仕事の道が広々と豊かに感じられているのでしょう。

「梨子は、どうなの？」

そうナーちゃんに聞かれ、わたしは少しばかり居ずまいを正しました。今までわたしの恋愛生活についての関心など一つももったことのなかったナーちゃんから、こんな質問を受けるとは。

「恋は、もう、いいわ」

わたしのその答えに、ナーちゃんは、ふうん、という表情で、わたしをじっと見つめました。しばらく、ナーちゃんは、わたしから目をそらさず、正面から凝視したのち、

「……よかった」

と言いました。

家族みなつつがなく息災で、今のところ、わたしの人生に翳《かげ》りはみられません。わたしは今、余生としてのまったき幸福の中にいるのです。

余生、などという年まわりではないだろうとお思いでしょうか？

いいえ、いちばん大切なひとが去ってしまったのですから、今たしかにわたしは、余生を送っているのです。けれど、余生だからといって、わたしが何かをあきらめたわけではありません。ええ、余生だからこそできる、くさぐさのことが、わたしにはあるのです。

わたしにできること。

それは、これから愛する誰かをみつけることです。ナーちゃんでもなく、棟児でもなく、高丘さんでもない、誰かを。

その「誰か」は、男ではないかもしれません。年齢も離れているかもしれません。ひとでさえないかもしれません。いいえ、生きものである必要さえ、わたしにとっては、ないのです。

幾重もの時間を生き、人びとと縁を結び、幾重もの感情を知り、それらが終わった今、

わたしは心の底から、何かを愛したいと思えてならないのです。

その愛は、狭いものではなく、かといって広すぎるものでもなく、ぽうっとともった春の灯のようであってくれればいい。その灯がわたしを照らさなくとも、わたしが愛した何かを照らしてくれさえすればいい。そうしたら、わたしは愛するものを優しく見つめることでしょう。ただただ、柔らかく見つめていることでしょう。この余生が終わるまで、ずっと。

かつてナーちゃんをいっしんに愛し、またかつて高丘さんを愛《かな》しんだわたしの三度目の恋は、これから静かに始まろうとしているのです。

あとがき

伊勢物語をモチーフとした作品をつくってみませんか、というお誘いを受けたのは、二〇一七年のことでした。明治時代以前に日本でつくられた書物を保管している東京立川の国文学研究資料館の、その資料を使って創作をしてみようではないか、という「ないじぇる芸術共創ラボ」の企画のためでした。すぐさまわたしは「参加します」と返事をし、その結実が本書なのです。

おりしも企画参加の前年、二〇一六年に、河出書房新社の日本文学全集で、わたしは伊勢物語の現代語訳を上梓したのですが、実は伊勢物語を訳しながら、どうにもすっきりしない感じを覚えていたのです。業平という男が、つかめなかった。光源氏の造形に影響を与えているだけあって、数々のまつわる恋物語もあれば、仕事人としての業平も描かれていれば、男どうしの友情も描かれている。光源氏よりも人間くさい男ではある。それにしても、女たちはなぜ、この業平という男にこれほどまでにとらわれるのだろう。そのことが、どうにも解せなかったのです。

平安の文化背景を深く掘ってゆかなければ、たぶん女たちの気持ちはわからないのだろうとは、感じていました。異国の文化や歴史を知らなければ、その国の人々の意識の持ちようを想像することが難しいことと同様。

たくさんのことを、国文学研究資料館館長ロバート キャンベル先生はじめ、山本登朗先生、小山順子先生、小林健二先生、恋田知子先生、有澤知世先生、青木賜鶴子先生、藤島綾先生、岡田貴憲先生に教えていただきました。平安の人々の、江戸時代の人々の、その毎日の生活はどんなふうなのか。仕事は。家族関係は……。それらのことを知るのは、あたかも江戸そして平安の世を旅することのようでした。

業平という男は、結局今もわたしにとっては、魅力的ではあるけれど、謎の男です。けれど、この小説を書き終えた今、わたしはようやく業平をめぐる女たちの、男たちの関係を、少し理解できるようになった気がします。『江戸吉原図聚』（三谷一馬著、中公文庫）『六條院へ出かけよう』（五島邦治監修、光村推古書院）『宮廷に生きる』（岩佐美代子著、笠間書院）は、小説を書いている間ずっと横に置いて、書きあぐねた時に開く、水先案内となった本です。そしてまた、この小説は『高丘親王航海記』（澁澤龍彦著、文春文庫）への大いなるオマージュでもあります。先生方によって得た知識が、資料館の豊富な資料が、今まで読んできた言葉が、小説が、この小説を書かせてくれました。深く、感謝申し上げております。

二〇二〇年八月

川上弘美

解説

千早茜

好きな小説家の名をあげて、「一番好きな作品はなに？」と訊かれると困ってしまう。好きにはいろいろあるのだ。一番など決められない。

でも、最初に恋に落ちた作品ならわかる。ああ、好きだ、と魂がふるえて、その小説家の文字を追って何作も何作も読みふけってしまう。この世界にずっといたい。そう思わせてくれる小説家はそう多くはない。

川上弘美さんは、私が「まったき」恋に落ちた数少ない小説家のひとりだった。

初めて読んだのは『蛇を踏む』だった。呑み込まれる心地がした。凄いと昂奮し、『神様』『いとしい』『溺レる』と続けざまに読み、怖くなった。私は大学生で、まだ恋愛というものをよくわかっていなかった。『溺レる』の中の男と女はぬきさしならない場所にいる気がした。こわごわと『物語が、始まる』を手にとって、私は恋に落ちた。雛型の三郎とゆき子の、不完全で愛しいいとなみに惹かれたのだった。ラストは哀しい。ふたりの別れよりも、私はゆき子が三郎を忘れはじめていることがさみしかった。ゆき子の中で三郎は物語になる。本書でも書かれている物語の冷徹さを、私は恋をおぼえる前にうっすら知っていた気がする。

私の一部は川上弘美さんによってつくられたといっても過言ではない。エッセイを読んでは柑橘を剥いてタッパーを満たしたり『檀流クッキング』を求めたりし、『光ってみえるもの、あれは』の「江戸の日」を真似して、ちょっとした記念日には『センセイの鞄』を友人や恋人に贈り、『真鶴』で男と女の深淵を覗き込んだような気になった。「ひらがなの神様」と呼んでいた。言葉ひとつひとつが体温を持ついきもののような文体にぼうっとなった。自らも小説家となり本をだすようになってからは少しひかえた。

ただ、河出書房新社の『日本文学全集』で、『伊勢物語』の現代語訳を川上弘美さんが担当すると知ったときは我を忘れて喜んだ。これ以上に相応しいかたはいるまいと思った。

私の中の在原業平は『ニシノユキヒコの恋と冒険』の西野幸彦だった。女たちに語られる、どこかつかめない、女々しいような冷たいような「おぐらさ」のただよう男。西野幸彦は業平と違ってよくふられる。でも、もし平安の世ではなかったら、業平は女たちに去られることも多かった気がするのだ。しかし、川上弘美さんの業平はまったく違った。本書『三度目の恋』は『伊勢物語』をモチーフにして書かれている。

『伊勢物語』は私にとって特別な古典だった。高校生の頃、授業で知って驚いた。男がいて、女がいて、寝たり、別れたりする。女を奪われ、都落ちした男が泣いて携帯食料をふやかしてしまう。男に去られた女が悲しみで息絶える。どこかとぼけた描写もありつつ、基本的には恋の話だ。千年も昔の大人が全身全霊で恋をしているのが不思議でならなかった。他にすることはないのか。しかし、そのわりにはひとつひとつの物語（段）は唐突とも思える短さで終わる。心情などは多くは語られない。高校生の私はやや潔癖で、わからないことを看過することができなかった。毎日、一段ずつ品詞分解して訳した。動物の生態を眺めるようにして千年前の恋の景色を今の言葉にした。わからないことは古文の先生に訊きにいった。なぜ女は他の男を迎えいれたの？　なぜこの男はあちこちに恋人をつくるの？　先生はほとんどの疑問に「そういう時代だったから」と答えた。本書で、吉原に売られていく娘に「さだめだから」と告げる「かかさん」のように。先生はその後でかならず、「君ならどうする」と私に問うた。うまく答えられなかった。平安の時代に生きている自分が想像できなかったから。

古典を訳していると、ときどき足元がゆがむような心地になった。もし現代に生まれていなかったら私は私でいられただろうか。男らしいとか女らしいとか、平等という概念さえ、時代によってすりこまれたものではないか。恋とか愛という想いも、誰かによってすりこまれた物語をなぞっているだけかもしれない。自分のほんとうの願いなど存在するのだろうか。古典を読むということは不確かさに触れることだった。

本書は『伊勢物語』をモチーフにしているが、主人公は現代に生きる梨子という女性だ。

梨子は「ナーちゃん」こと原田生矢に幼いころから恋している。その恋の中で、梨子は高丘さんに出会い、夢の中で、江戸時代の遊女になり、平安時代の女房になる。おのおのの時代で梨子は、梨子であって梨子ではない女として生きて、梨子の想い人ではない男にからだを許したり恋をしたりする。

　川上弘美さんの作品は、夢をはじめとした「ここではない場所」がたびたび登場する。本書のもとになった『なめらかで熱くて甘苦しくて』の中の『ignis』では、夫婦が茶畑の中の光る道を何度も行き来する。これは彼岸を連想させる。『センセイの鞄』でもセンセイと月子さんは「また来てしまったね」と、現実には存在しないであろう干潟にいってしまう。

ただ、本書の夢は他の作品とはどこか違った印象を受ける。また『伊勢物語』をモチーフとしながら、『伊勢物語』とはまったく違うと感じさせる一面もある。確かに、在原業平も登場するし、『伊勢物語』六段目の「芥川」のエピソードも繰り返される。六十三段目を思いおこす場面もある。けれど、『伊勢物語』と違うのは、「女」である梨子が語られる側ではなく、みずから語っている点だ。平安、江戸、そして現代と、「男」のかたわらにいる「女」の心情が梨子を通して描かれている。梨子の夢も、最愛の想い人である「ナーちゃん」とは共有されない。あくまで、梨子の物語なのだ。

「まったき」ものであったはずの梨子の恋心は徐々に変化していく。ゆっくりと歩むように語りながら。俗世から離れた印象の高丘さんも「平然と」恋をする。うつりゆくことはさみしいが、同時に安心もする。恋の痛みは薄れ、つらいことがあっても人は生きていくことができる。私は『伊勢物語』の最後の段の、川上弘美さんの訳が忘れられない。高校生の私はあの境地にはたどりつけなかった。けれど、恋に潔癖だったあのころでも、『三度目の恋』ならば梨子と一緒に歩けた気がする。この作品はやさしく手をひいてくれるように千年も昔の恋の世界に連れていってくれる。

　本書でも「ひらがなの神様」は健在だ。文章はひたりと肌になじむ。夢は「みる」で、恋に落ちた無防備さは「ばか」、野良仕事の合間の水は「うまさ」で白い飯は「おいしさ」。私は川上弘美さんの「まったき」ひらがなを目にするだけでふるえてしまう。どの時代も違和感のない言葉で綴られていて、それはどの時代の人のありようも否定も肯定もしないという姿勢につながっている。ままならない時代の切れるような生のあざやかさ、自由だとされている現代のよるべなさ、それでも、その時代その時代で、虫や植物のようにせいいっぱい人が恋をして生きていることが、これ以上ない美しい日本語で迫ってくる。

　しかし、「まったき」日本語をあやつりながらも、川上弘美さんの物語は不確かさがゆらめいている。本書は『伊勢物語』の謎に近づきながらも決めつけることはない。通子さんも春月も姫さんもどこか謎めいた印象が残る。自分の恋心を自分でもわからぬままに抱えている。主人公の梨子でさえもそうだ。彼女たちはなまものだ。そして、私自身もわからぬものを抱えたまま生きている。千年も前から男と女の物語はあって、ここまで無数に書かれてきても、まだ男と女のことはわからない。気が遠くなるような、頼もしいような心地になる。

不確かなものを不確かなまま残しておくためには物語が要る。川上弘美さんの文章は、そのことをなにより肌で感じさせてくれる。

（ちはや・あかね／小説家）

『三度目の恋』　二〇二〇年九月　中央公論新社刊

初出　『婦人公論』　二〇一八年一月二十三日号〜二〇二〇年二月十日号

中公文庫

三《さん》度《ど》目《め》の恋《こい》

2023年 9 月25日　初版発行

著　者　川《かわ》上《かみ》 弘《ひろ》美《み》

発行者　安 部 順 一

発行所　中央公論新社
〒100-8152　東京都千代田区大手町 1-7-1
電話　販売 03-5299-1730　編集 03-5299-1890
URL https://www.chuko.co.jp/

DTP　嵐下英治
印　刷　大日本印刷
製　本　大日本印刷

Published by CHUOKORON-SHINSHA, INC.
Printed in Japan　ISBN978-4-12-207414-9 C1193

各書目の下段の数字はＩＳＢＮコードです。978－4－12が省略してあります。

中公文庫既刊より

か-57-1
物語が、始まる　川上弘美
砂場で拾った〈雛型〉との不思議なラブ・ストーリーを描く表題作ほか、奇妙で、ユーモラスで、どこか哀しい四つの幻想譚。芥川賞作家の処女短篇集。
203495-2

か-57-2
神　様　川上弘美
四季おりおりに現れる不思議な生き物たちとのふれあいと別れを描く、うららでせつない九つの物語。ドゥ・マゴ文学賞、紫式部文学賞受賞。
203905-6

か-57-3
あるようなないような　川上弘美
うつろいゆく季節の匂いが呼びさます懐かしい情景、ゆるやかに紡がれるうつつと幻のあわいの世界。じんわりとおかしみ漂う味わい深い第一エッセイ集。
204105-9

か-57-4
光ってみえるもの、あれは　川上弘美
いつだって〈ふつう〉なのに、なんだか不自由……。生きることへの小さな違和感を抱えた、江戸翠、十六歳の夏。みずみずしい青春と家族の物語。
204759-4

か-57-5
夜の公園　川上弘美
わたしいま、しあわせなのかな。寄り添っているのに、届かないのはなぜ。たゆたい、変わりゆく男女の関係をそれぞれの視点で描き、恋愛の現実に深く分け入る長篇。
205137-9

か-57-6
これでよろしくて？　川上弘美
主婦の菜月は女たちの奇妙な会合に誘われて……夫婦、嫁姑、同僚。人との関わりに戸惑いを覚える貴女に好適。コミカルで奥深いガールズトーク小説。
205703-6

お-51-8
完璧な病室　小川洋子
病に冒された弟と姉との時間を描く表題作他、デビュー短篇を含む最初期の四作収録。みずみずしい輝きを放ち、作家小川洋子の出現を告げる作品集。新装改版。
207319-7